Datos

Pez marino del estado de California

Garibaldi

El garibaldi abunda en las aguas poco profundas cercanas a la costa sur de California. Es un pez de color anaranjado y dorado de unas 14 pulgadas de largo.

rango de hábitat

golpeteo   golpeteo   golpeteo

Cuando se le molesta, este pez emite un sonido que parecido a un golpeteo que pueden oír los buzos.

HOUGHTON MIFFLIN

Ciencias
para California

HOUGHTON MIFFLIN BOSTON

Autores del programa

William Badders
Director of the Cleveland Mathematics and Science Partnership
Cleveland Municipal School District, Cleveland, Ohio

Douglas Carnine, Ph.D.
Professor of Education
University of Oregon, Eugene, Oregon

James Feliciani
Supervisor of Instructional Media and Technology
Land O' Lakes, Florida

Bobby Jeanpierre, Ph.D.
Assistant Professor, Science Education
University of Central Florida, Orlando, Florida

Carolyn Sumners, Ph.D.
Director of Astronomy and Physical Sciences
Houston Museum of Natural Science, Houston, Texas

Catherine Valentino
Author-in-Residence
Houghton Mifflin, West Kingston, Rhode Island

Asesor de escuela primaria

Kathleen B. Horstmeyer
Past President SEPA
Carefree, Arizona

Asesores de contenido

See Teacher's Edition for a complete list.

Profesores de California a cargo de revisar el contenido

Robert Aikman
Cunningham Elementary
Turlock, California

Christine Anderson
Rock Creek Elementary
Rocklin, California

Dan M. Anthony
Berry Elementary
San Diego, California

Patricia Babb
Cypress Elementary
Tulare, California

Ann Balfour
Lang Ranch Elementary
Thousand Oaks, California

Colleen Briner-Schmidt
Conejo Elementary
Thousand Oaks, California

Mary Brouse
Panama Buena Vista Union School District
Bakersfield, California

Monica Carabay
Four Creeks Elementary
Visalia, California

Copyright © 2007 by Houghton Mifflin Company. All rights reserved.

Science Content Standards for California Public Schools reproduced by permission, California Department of Education, CDE Press, 1430 N Street, Suite 3207, Sacramento, CA 95814.

No part of this work may be reproduced or transmitted in any form or by any means, electronic or mechanical, including photocopying or recording, or by any information storage or retrieval system without prior written permission of Houghton Mifflin Company unless such copying is expressly permitted by federal copyright law. Address inquires to School Permissions, 222 Berkeley St., Boston, MA 02116

Printed in the U.S.A.

ISBN-13: 978-0-618-84363-3
ISBN-10: 0-618-84363-9

2 3 4 5 6 7 8 9 - DW - 15 14 13 12 11 10 09 08 07

Profesores de California a cargo de revisar el contenido (continuación)

Sheri Chu
Vineyard Elementary
Ontario, California

Teena Collins
Frank D. Parent Elementary
Inglewood, California

Gary Comstock
Cole Elementary
Clovis, California

Jenny Dickinson
Bijou Community School
South Lake Tahoe, California

Cheryl Dultz
Kingswood Elementary
Citrus Heights, California

Tom East
Mountain View Elementary
Fresno, California

Sharon Ferguson
Fort Washington Elementary
Fresno, California

Robbin Ferrell
Hawthorne Elementary
Ontario, California

Mike Freedman
Alta-Dutch Flat Elementary
Alta, California

Linda Gadis-Honaker
Banyan Elementary
Alta Loma, California

Lisa Gomez
Marshall James Elementary
Modesto, California

Lisa Green
Jordan Elementary
Orange, California

Carey Iannuzzo
Fitzgerald Elementary
Rialto, California

Teresa Lorentz
Banta Elementary
Tracy, California

Christine Luellig
Henderson Elementary
Barstow, California

Peggy MacArthur
Montevideo Elementary
San Ramon, California

Jeffrey McPherson
Parkview Elementary
Garden Grove, California

Susan Moore
Lang Ranch Elementary
Thousand Oaks, California

William Neddersen
Tustin Unified School District
Tustin, California

Josette Perrie
Plaza Vista School
Irvine, California

Lisa Pulliam
Alcott Elementary
Pomona, California

Jennifer Ramirez
Skyline North Elementary
Barstow, California

Nancy Scali
Arroyo Elementary
Ontario, California

Janet Sugimoto
Sunset Lane School
Fullerton, California

Laura Valencia
Kingsley Elementary
Montclair, California

Sally Van Wagner
Antelope Creek Elementary
Rocklin, California

Jenny Wade
Stockton Unified School District
Stockton, California

Judy Williams
Price Elementary
Anaheim, California

Karen Yamamoto
Westmore Oaks Elementary
West Sacramento, California

Contenido

UNIDAD A
Los ciclos de vida

La gran idea Las plantas y los animales tienen ciclos de vida que se pueden predecir.

Lectura de ciencias: Comienza con un poema 2

Capítulo 1 **Los ciclos de vida de las plantas** 4
  Vistazo al vocabulario 6
Lección 1 ¿Cómo cambian las plantas durante sus
           ciclos de vida? 8
  Ciencias extremas: ¡Guácala! ¿Qué huele tan feo? ... 16
Lección 2 ¿Qué tipo de planta crece a partir
           de una semilla? 18
Lección 3 ¿En qué se diferencian las plantas del mismo tipo? .. 24
  Enfoque: Tecnología: Uvas deliciosas 30
Lección 4 ¿Cómo reaccionan las plantas
           a su medio ambiente? 32

  Enlaces entre el hogar y la escuela 38
  Ocupaciones 39
  Repaso y práctica 40

Capítulo 2 **Los ciclos de vida de los animales** 42
  Vistazo al vocabulario 44
Lección 1 ¿Qué animales bebés se parecen a sus padres? 46
Lección 2 ¿Qué animales bebés no se parecen a sus padres? ... 52
Lección 3 ¿De dónde obtienen los animales
           sus características?.......................... 58
  Ciencias extremas: ¡Mira estas gallinas! 64
Lección 4 ¿En qué se diferencian animales del mismo tipo? 66
  Enfoque: Tecnología: Ovillo de lana 72

  Enlaces entre el hogar y la escuela 74
  Gente en las ciencias 75
  Repaso y práctica 76

iv Tángaras rojas

Repaso y práctica de la unidad 78
Conclusión de la unidad 80

Actividades

Excursión por California:
Parque Nacional Secuoya . . . . Lámina A

Investigación dirigida
Frutos y semillas. 9
Siembra semillas. 19
Compara vainas de guisantes 25
Germinación de semillas 33
Compara ciclos de vida 47
Fases de los branquiópodos 53
Entrena un pez de colores. 59
Mide palmos. 67

Laboratorio expreso
Ordenar el ciclo de vida de una planta 11
Comparar plantas con sus progenitoras. 21
Comparar el tamaño de las hojas. 27
Comparar la temperatura 35
Emparejar animales 49
Medir cómo cambia la rana 55
Observar un comportamiento aprendido 61
Comparar dos individuos. 69

Pino Jeffrey

Contenido

UNIDAD B
Los recursos de la Tierra

La gran idea La Tierra está hecha de materiales que tienen distintas propiedades y proporcionan recursos para las actividades humanas.

	Lectura de ciencias: Comienza con una canción.... 82
Capítulo 3	**Las rocas, los suelos y los fósiles** 84
	Vistazo al vocabulario 86
Lección 1	¿De qué están compuestas las rocas? 88
Lección 2	¿Cómo cambian las rocas? 96
Lección 3	¿De qué está compuesto el suelo? 102
	Ciencias extremas: El imponente ácaro 110
Lección 4	¿Qué pistas nos dan los fósiles? 112
	Enfoque: Historia de las ciencias: Fósiles de tigres dientes de sable 120
	Enlaces entre el hogar y la escuela 122
	Ocupaciones 123
	Repaso y práctica 124

Capítulo 4	**Usar los recursos** 126
	Vistazo al vocabulario 128
Lección 1	¿Cómo usan las personas las rocas? 130
	Enfoque: Teatro del lector: Rocas maravillosas..... 136
Lección 2	¿Cómo usan las personas el agua? 140
Lección 3	¿Cómo usan las personas el suelo y las plantas? 146
Lección 4	¿Cómo pueden las personas conservar recursos?.... 154
	Ciencias extremas: Pájaro de basura............ 160
	Enlaces entre el hogar y la escuela 162
	Gente en las ciencias 163
	Repaso y práctica 164

Repaso y práctica de la unidad 166
Conclusión de la unidad 168

Actividades

Excursión por California:
    Cañón de Roca Roja .... Lámina B

Investigación dirigida
Compara rocas 89
Rocas que cambian 97
Compara suelos 103
Compara fósiles 113
Busca rocas 131
El uso del agua 141
El agua en el suelo 147
El agua desperdiciada 155

Laboratorio expreso
Agrupar rocas 91
Observar cómo cambian las rocas 98
Comparar suelos 106
Agrupar fósiles 117
Identificar los usos de las rocas 132
Categorizar los usos del agua 143
Clasificar el suelo 149
Hacer un modelo del desperdicio del agua . 156

Cañón de Roca Roja

Contenido

UNIDAD C

El movimiento y las fuerzas

La gran idea El movimiento de objetos puede ser observado y medido.

	Lectura de ciencias: Comienza con un poema	170
Capítulo 5	**Los objetos en movimiento**	172
	Vistazo al vocabulario	174
Lección 1	¿Cómo puedes describir la posición de un objeto?	176
	Enfoque: Historia de las ciencias: Instrumentos de medición de ayer y de hoy	182
Lección 2	¿Cómo puedes describir el movimiento de un objeto?	184
	Ciencias extremas: ¡Rápido, más rápido, el más rápido!	192
	Enlaces entre el hogar y la escuela	194
	Ocupaciones	195
	Repaso y práctica	196
Capítulo 6	**Las fuerzas**	198
	Vistazo al vocabulario	200
Lección 1	¿Qué hacen las fuerzas?	202
Lección 2	¿Cómo puedes cambiar la dirección de un objeto?	210
	Enfoque: Teatro del lector: Movimiento en la pista de carreras de California	216
Lección 3	¿Para qué sirven los intrumentos y las máquinas?	220
	Ciencias extremas: La mega máquina	226
Lección 4	¿Qué hace que las cosas se caigan?	228
	Enlaces entre el hogar y la escuela	234
	Gente en las ciencias	235
	Repaso y práctica	236

Repaso y práctica de la unidad 238
Conclusión de la unidad 240

Actividades

Excursión por California:
El Espíritu de Sacramento .... Lámina C

Investigación dirigida
Localiza un objeto 177
Objetos en movimiento 185
Cambia de movimiento 203
Cambia de dirección 211
Instrumentos que jalan y empujan 221
Objetos que caen 229

Laboratorio expreso
Describir la ubicación de un objeto 179
Observar el movimiento de una pelota 187
Medir el movimiento 207
Cambiar la dirección de un objeto 212
Construir una máquina 223
Experimentar con la gravedad 230

Tranvía de San Francisco

Contenido

UNIDAD D

Los imanes y el sonido

La gran idea El movimiento de objetos puede ser observado y medido.

	Lectura de ciencias: Comienza con una canción...	242
Capítulo 7	**Los imanes**	244
	Vistazo al vocabulario	246
Lección 1	¿Qué son los imanes?...................................	248
	Enfoque: Tecnología: Trenes maglev...........	254
Lección 2	¿Qué es un campo magnético?.....................	256
Lección 3	¿Qué tan potente es la fuerza de un imán?...	260
	Ciencias extremas: ¡Poder magnético!........	266
	Enlaces entre el hogar y la escuela	268
	Gente en las ciencias	269
	Repaso y práctica	270

Capítulo 8	**Crear sonido**...	272
	Vistazo al vocabulario	274
Lección 1	¿Cómo se crea un sonido?............................	276
	Enfoque: Literatura: *Canción del viento;* *El canto nocturno de mi casa*.............	282
Lección 2	¿Qué es el tono?..	284
Lección 3	¿Qué es el volumen de un sonido?................	290
	Ciencias extremas: Un sonido grande como ballena	296
	Enlaces entre el hogar y la escuela	298
	Ocupaciones	299
	Repaso y práctica	300

Repaso y práctica de la unidad 302
Conclusión de la unidad 304

Actividades

Excursión por California:
Festival de mariachis .... Lámina D

Investigación dirigida
Prueba imanes 249
Patrones de limadura..................... 257
Observa la fuerza........................ 261
Crear sonido............................. 277
Agudo o grave............................ 285
Alto o bajo.............................. 291

Laboratorio expreso
Observar imanes.......................... 251
Observar un campo magnético.............. 258
Mover objetos con imanes 263
Observar el sonido....................... 279
Comparar sonidos 287
Cambiar el volumen....................... 293

El Desfile de las Rosas

Ciencias para California

Cómo usar tu libro

La naturaleza de las ciencias

En la primera parte del libro aprenderás acerca de cómo las personas exploran las ciencias.

Cada unidad en tu libro tiene dos o más capítulos.

Puedes leer estos libros tú mismo.

¡La gran idea! te dice qué parte de los **Estándares de ciencias de California** se conectan con las ideas de cada lección.

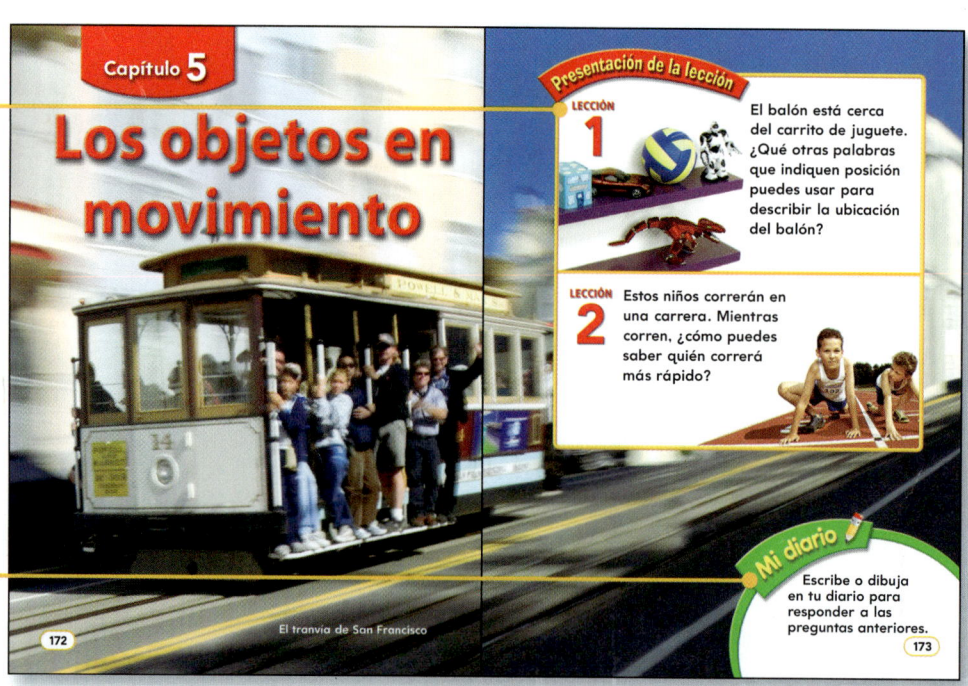

La **Presentación de la lección** provee información y hace preguntas acerca de cada lección.

Mi diario te dice que escribas o dibujes respuestas a las preguntas.

xii

Vistazo al vocabulario

Introduce importantes términos de ciencias, con ilustraciones y destrezas de vocabulario.

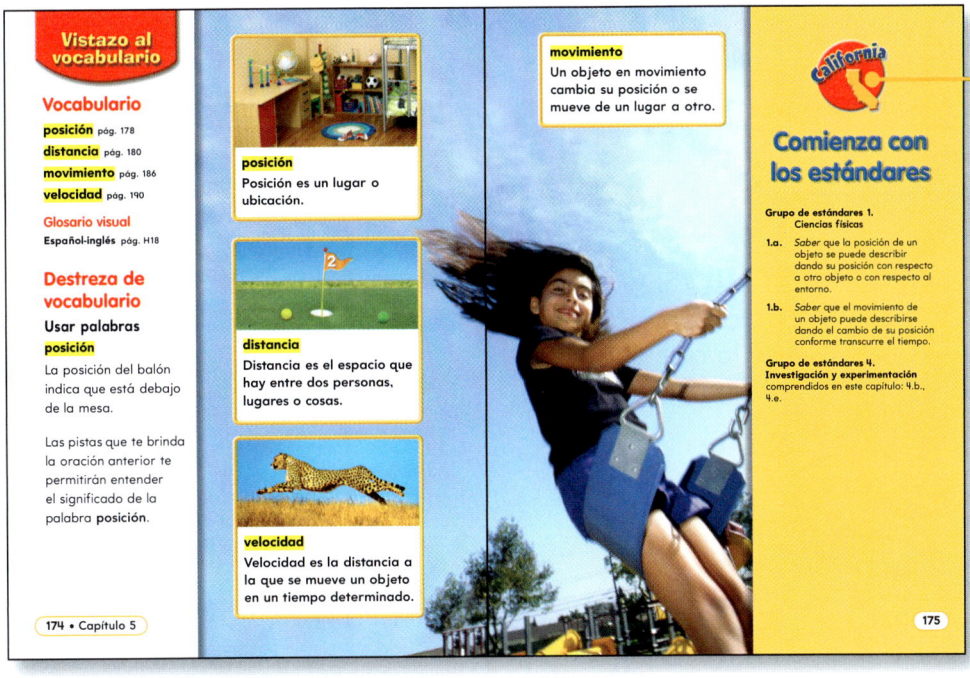

Los **Estándares de ciencias de California** están identificados en cada capítulo.

Cada lección en tu libro tiene dos partes.
Parte 1: Investigación dirigida

Desarrollar el contexto te da hechos científicos necesarios para las lecciones.

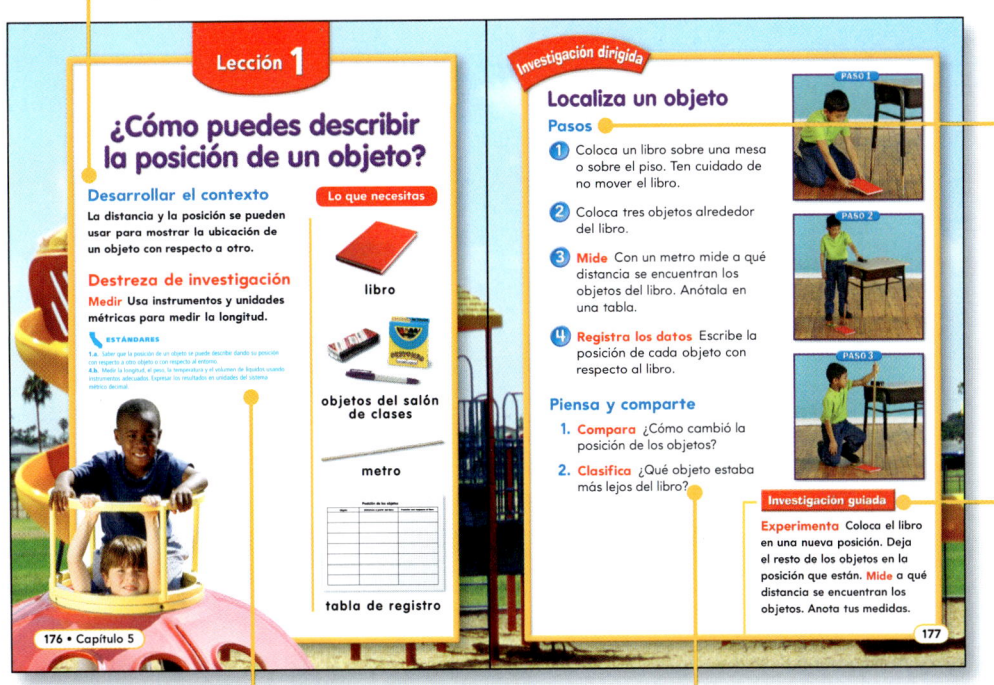

Pasos a seguir en la actividad de **Investigación dirigida.**

La **Investigación guiada** te permite haer más cosas por ti mismo.

Los **Estándares de ciencias de California** aparecen en azul en cada lección.

Piensa y comparte te permite comprobar lo que has aprendido.

Parte 2: Aprender leyendo

El Vocabulario te ofrece una lista de las palabras nuevas de ciencias que aprenderás. En el texto, las palabras en negritas que aparecen resaltadas de color amarillo son las palabras nuevas.

Conclusión de la lección

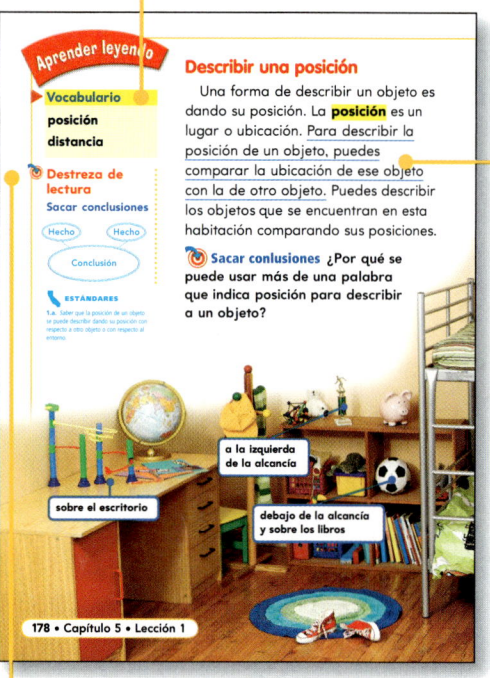

La Idea principal está subrayada para mostrarte lo que es importante.

La Destreza de lectura te ayudará a comprender el texto.

Después de leer, comprueba lo que has aprendido.

Enfoque

Enfoque te permite aprender más acerca de algún tema importante. Fíjate en distintos temas: Historia de las ciencias, Tecnología, Literatura, Teatro del lector y otros.

Compartir ideas te pide que compruebes lo que has entendido y que escribas y comentes acerca de lo que has aprendido.

Ciencias extremas

Compara y contrasta información interesante de ciencias.

Mi diario ofrece una oportunidad de escribir tus ideas sobre las lecciones de Ciencias extremas.

Enlaces y Ocupaciones/Gente en las ciencias

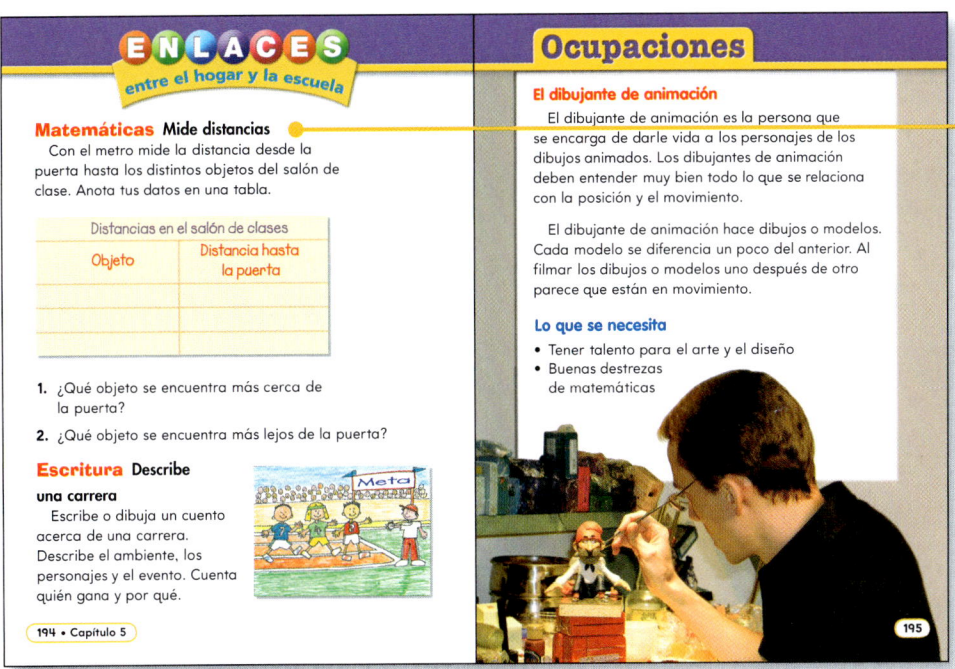

Puedes hacer esto en el hogar o en la escuela.

Enlaces conecta las ciencias con otras áreas temáticas.

Ocupaciones en las ciencias te dice acerca del trabajo de un científico real.

Repaso y práctica para exámenes

Estos repasos te permiten saber si realmente estás aprendiendo los estándares de ciencias de California.

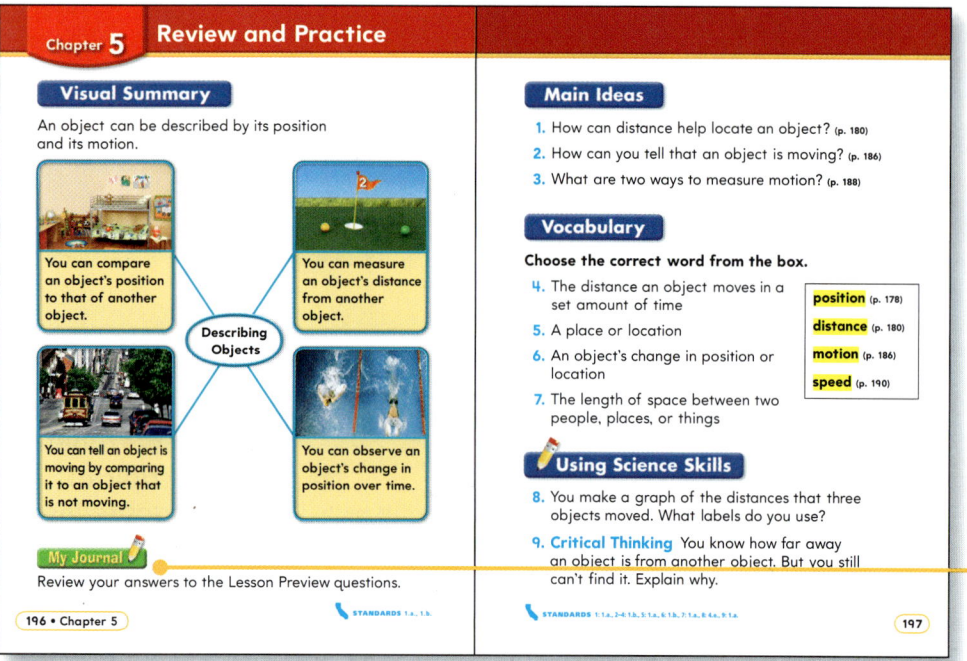

Mi diario te pide que repases las preguntas que respondiste al comienzo del capítulo.

Conclusión de la unidad

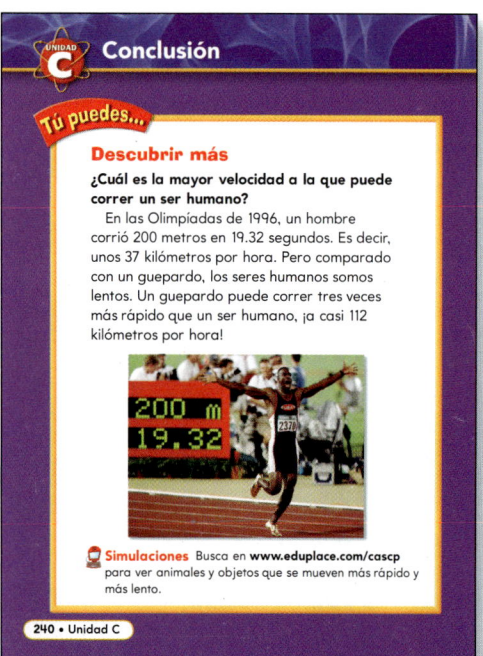

Aprende más sobre las ciencias con la pregunta de **Descubrir más.**

Referencias

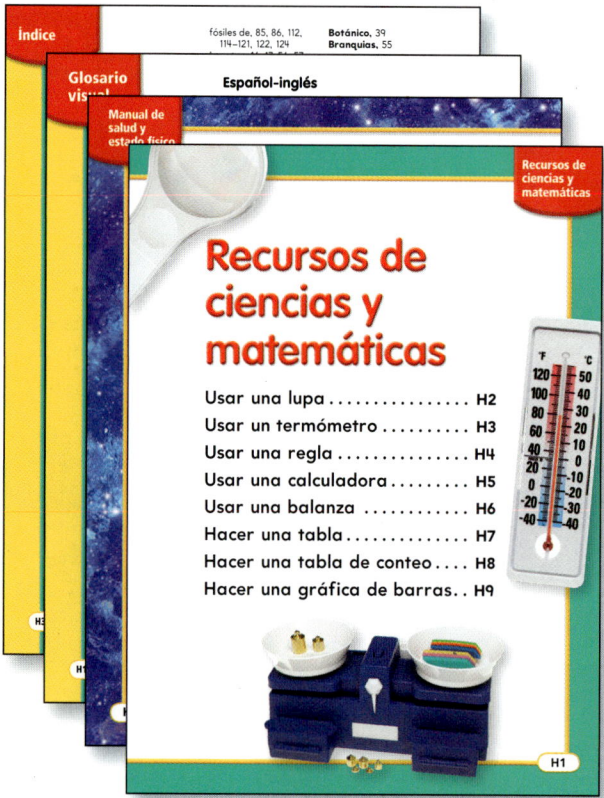

La última parte de tu libro tiene secciones que consultarás una y otra vez.

xvi

Comienza con los estándares

Estándares de ciencias de California

Cómo pueden ayudar las familias S1

Grupo 1 Ciencias físicas S2

Grupo 2 Ciencias naturales S4

Grupo 3 Ciencias de la Tierra S5

Grupo 4 Investigación y experimentación S6

Ciencias
Estándares de California

¡Bienvenidos a la aventura de ciencias!

Muchos científicos e inventores famosos han vivido y trabajado en California. ¡Tú podrías ser uno de ellos!

Los estándares de ciencias te indican qué deberías saber cuando finalices segundo grado. También te indican lo qué deberías poder hacer cuando investigas y llevas a cabo experimentos. Encontrarás los estándares junto a cada sección de la lección y el capítulo.

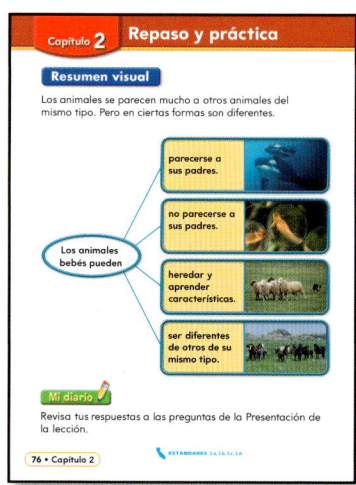

Llegarás a dominar los estándares con **Houghton Mifflin Ciencias**. En la trayectoria, harás preguntas, participarás en investigaciones prácticas, razonarás críticamente y leerás lo que han descubierto los científicos acerca de cómo funciona el mundo. También llegarás a conocer a personas que practican las ciencias todos los días.

Cómo pueden ayudar las familias

- Oriéntense bien con los Estándares de contenido de ciencias de California en las páginas que siguen. Si desean aprender más acerca de la educación en ciencias, podrán encontrar el plan educativo de ciencias para las escuelas públicas de California *(Science Framework for California Public School)* en: **http://csmp.ucop.edu.csp/standards/index.html**

- Relacione las ciencias de los estándares a las actividades del hogar, como cocinar, jardinería y practicar deportes.

- Conozca bien el libro de ciencias de su niño. Anime a su niño a usar la tabla de contenido, el índice y el glosario. Haga énfasis en la importancia de títulos y encabezados como una forma de averiguar información necesaria.

- Ayude a su niño a escoger libros de la biblioteca para leer acerca de las ciencias, el medio ambiente, inventores y científicos. En **www.cde.ca.gov/ci/sc/ll/** pueden consultar la base de datos de literatura recomendada para matemáticas y ciencias *(Recommended Literature for Math & Science)*.

- Encuentre oportunidades para que su niño use números y destrezas de matemática, y para que mida y estime medidas, como cuando se planea un viaje.

- Anime a su niño a llevar a cabo experimentos y a participar en ferias de ciencias.

Estándares de contenido de ciencias

Estos estándares de contenido de ciencias son objetivos de aprendizaje que lograrás al final del segundo grado. Debajo de cada uno de los estándares aparece la unidad o el capítulo de este libro donde éste se enseña. En esa unidad y capítulo hay muchas oportunidades para dominar los estándares, ya sea llevando a cabo investigaciones, leyendo, escribiendo, hablando o dibujando redes de conceptos.

Ciencias físicas

El movimiento de objetos puede ser observado y medido. Bases para entender este concepto:

Unidad C: El movimiento y las fuerzas
Unidad D: Los imanes y el sonido

1.a. *Saber* que la posición de un objeto se puede describir dando su posición con respecto a otro objeto o con respecto al entorno.
Capítulo 5: Los objetos en movimiento

1.b. *Saber* que el movimiento de un objeto puede describirse dando el cambio de su posición conforme transcurre el tiempo.
Capítulo 5: Los objetos en movimiento

1.c. *Saber* que el movimiento de un objeto cambia cuando se le empuja o jala. La magnitud del cambio esta relacionada con la magnitud de la fuerza que lo empuja o jala.
Capítulo 6: Las fuerzas

1.d. *Conocer* instrumentos y máquinas utilizados para empujar y jalar (aplicar fuerzas sobre) objetos y hacer que estos se muevan.
Capítulo 6: Las fuerzas

1.e. *Saber* que, a menos que algo los detenga, los objetos cerca de la Tierra caen al suelo.
Capítulo 6: Las fuerzas

1.f. *Saber* que algunos objetos se pueden mover sin tocar usando imanes.
Capítulo 7: Los imanes

1.g. *Saber* que el sonido es producido por objetos que vibran y que se le puede describir según su tono y volumen.
Capítulo 8: Crear sonido

Departamento de bomberos del condado de Los Ángeles

Grupo 2

Ciencias naturales

Las plantas y los animales tienen ciclos de vida que se pueden predecir. Bases para entender este concepto:
Unidad A: Los ciclos de vida

2.a. *Saber* que las plantas y los animales producen brotes o crías de su mismo tipo. Estos brotes o crías se parecen entre sí y a sus progenitores.
Capítulo 1: Los ciclos de vida de las plantas
Capítulo 2: Los ciclos de vida de los animales

2.b. *Saber* que distintos tipos de animal como la mariposa, la rana y el ratón, tienen distintos ciclos de vida.
Capítulo 2: Los ciclos de vida de los animales

2.c. *Saber* que muchas de las características de un organismo son heredadas de los padres mientras que otras son causadas por el medio ambiente o éste influye en ellas.
Capítulo 1: Los ciclos de vida de las plantas
Capítulo 2: Los ciclos de vida de los animales

2.d. *Saber* que existen variaciones entre individuos de cierta especie dentro de una población.
Capítulo 1: Los ciclos de vida de las plantas
Capítulo 2: Los ciclos de vida de los animales

2.e. *Saber* que la luz, la gravedad, el contacto o la presión ambiental pueden influir en la germinación, el crecimiento y el desarrollo de las plantas.
Capítulo 1: Los ciclos de vida de las plantas

2.f. *Saber* que las flores y los frutos tienen que ver con la reproducción de las plantas.
Capítulo 1: Los ciclos de vida de las plantas

Azulejo de montaña

Grupo 3

Ciencias de la Tierra

La Tierra está hecha de materiales que tienen distintas propiedades y proporcionan recursos para las actividades humanas. Bases para entender este concepto:

Unidad B: Los recursos de la Tierra

3.a. *Poder* comparar las propiedades físicas de distintos tipos de rocas y saber que las rocas están compuestas de diferentes combinaciones de minerales.
Capítulo 3: Las rocas, los suelos y los fósiles
Capítulo 4: Usar los recursos

3.b. *Saber* que las partículas del suelo o sedimento se forman por la ruptura y erosión de las rocas.
Capítulo 3: Las rocas, los suelos y los fósiles

3.c. *Saber* que el suelo está compuesto en parte de fragmentos de rocas intemperizadas y en parte de materia orgánica. Los suelos tienen distinto color, textura, capacidad para retener agua, y habilidad para sostener el desarrollo de diversos tipos de plantas.
Capítulo 3: Las rocas, los suelos y los fósiles
Capítulo 4: Usar los recursos

3.d. *Saber* que los fósiles son evidencia de plantas y animales que vivieron hace mucho tiempo. Los científicos estudian fósiles para conocer la historia de la Tierra.
Capítulo 3: Las rocas, los suelos y los fósiles

3.e. *Saber* que las rocas, el agua, las plantas y el suelo proporcionan al ser humano recursos como alimentos, combustibles y materiales de construcción.
Capítulo 4: Usar los recursos

Grupo 4 — Investigación y experimentación

La ciencia progresa haciendo preguntas y realizando investigaciones. Para entender este concepto y estudiar el contenido de las otras tres áreas temáticas, los estudiantes elaborarán sus propias preguntas y llevarán a cabo sus propias investigaciones. Los estudiantes deberán:

Investigación dirigida e investigación guiada de cada lección

4.a. Hacer predicciones basándose en patrones observados, en contraste con adivinar al azar.
Investigación dirigida e investigación guiada

4.b. Medir la longitud, el peso, la temperatura y el volumen de líquidos usando instrumentos adecuados. Expresar los resultados en unidades del sistema métrico decimal.
Investigación dirigida e investigación guiada

4.c. Comparar y clasificar objetos cotidianos basados en dos o más propiedades físicas (por ejemplo: color, forma, textura, tamaño y peso).
Investigación dirigida e investigación guiada

4.d. Escribir o dibujar secuencias de pasos, eventos u observaciones.
Investigación dirigida e investigación guiada

4.e. Construir gráficas de barras usando ejes debidamente identificados.
Investigación dirigida e investigación guiada

4.f. Usar lentes de aumento o microscopios para efectuar observaciones y dibujar objetos pequeños o detalles de los objetos.
Investigación dirigida e investigación guiada

4.g. Seguir instrucciones verbales para conducir una investigación científica.
Investigación dirigida e investigación guiada, alternar con las investigaciones que aparecen en la edición del maestro.

La naturaleza de las ciencias

Las ciencias son una aventura.
Todo el mundo practica las ciencias.
Tú también puedes practicar las
ciencias. Probablemente ya lo hagas.

California

La gran idea

La ciencia progresa haciendo preguntas y realizando investigaciones.

Comienza con los estándares

Grupo de estándares 4. Investigación y experimentación

4. La ciencia progresa haciendo preguntas y realizando investigaciones. Para entender este concepto y estudiar el contenido de las otras tres áreas temáticas, los estudiantes elaborarán sus propias preguntas y llevarán a cabo sus propias investigaciones. Los estudiantes deberán:

4.a. Hacer predicciones basándose en patrones observados, en contraste con adivinar al azar.

4.b. Medir la longitud, el peso, la temperatura y el volumen de líquidos usando instrumentos adecuados. Expresar los resultados en unidades del sistema métrico decimal.

4.c. Comparar y clasificar objetos cotidianos basados en dos o más propiedades físicas (por ejemplo: color, forma, textura, tamaño y peso).

4.d. Escribir o dibujar secuencias de pasos, eventos u observaciones.

4.e. Construir gráficas de barras usando ejes debidamente identificados.

4.f. Usar lentes de aumento o microscopios para efectuar observaciones y dibujar objetos pequeños o detalles de los objetos.

4.g. Seguir instrucciones verbales para conducir una investigación científica.

La naturaleza de las ciencias

Tú puedes hacer lo que hacen los científicos S10

Tú puedes pensar como un científico S12

Tú puedes ser un inventor S18

Tú puedes tomar decisiones S22

Seguridad en ciencias S24

Tú puedes...

Hacer lo que hacen los científicos

Conoce a Fernando Caldeiro, el astronauta. Sus amigos le llaman Frank. Está entrenándose para ir al espacio. Cuando no está entrenando, prueba programas de computación que se usan para hacer funcionar el trasbordador espacial. Antes de que el Sr. Caldeiro se convirtiera en astronauta, probaba nuevos jets. También trabajaba en los cohetes del trasbordador espacial.

Frank Caldeiro está flotando en un jet que da la sensación de baja gravedad. Este jet es un instrumento que usan los científicos para aprender más sobre el espacio. El sobrenombre del jet es "el cometa del vómito". ¿Puedes adivinar por qué?

Muchos tipos de investigaciones

Los astronautas llevan a cabo muchas investigaciones en el espacio. Algunas veces observan la Tierra y toman fotografías. Otras veces realizan experimentos. Pueden probar cómo las plantas o los animales reaccionan a la baja gravedad. Comparten lo que descubren con otros científicos.

Los astronautas aprenden a pilotar el trasbordador espacial en máquinas llamadas simuladores. También aprenden a usar los instrumentos del trasbordador espacial para reunir información.

Tú puedes...
Pensar como un científico

Todos podemos practicar las ciencias. Para pensar como un científico tienes que:

- ▶ hacer muchas preguntas.
- ▶ encontrar respuestas a través de la investigación.
- ▶ trabajar en un equipo.
- ▶ comparar tus ideas con las de otros.

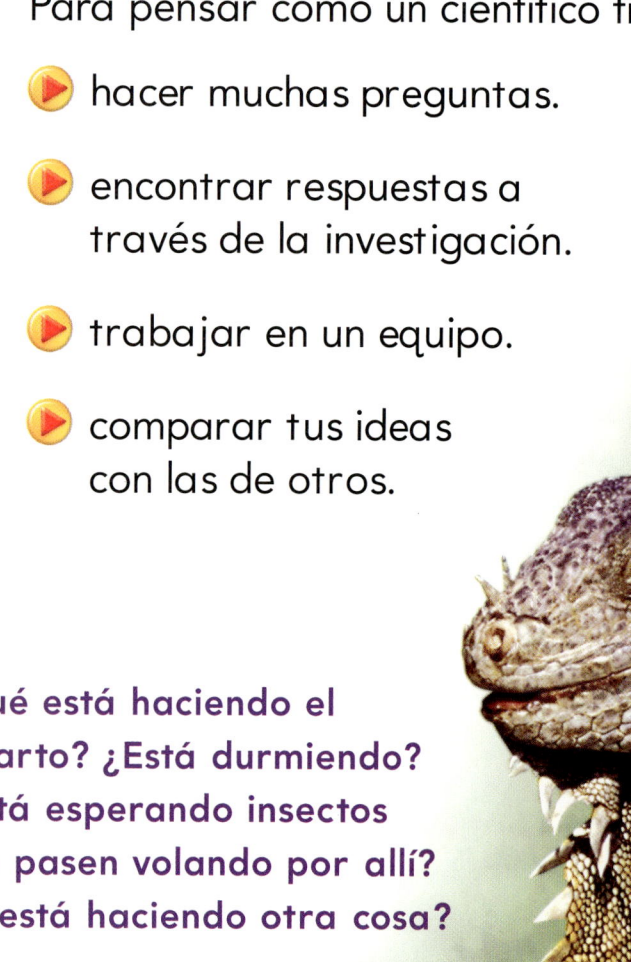

¿Qué está haciendo el lagarto? ¿Está durmiendo? ¿Está esperando insectos que pasen volando por allí? ¿O está haciendo otra cosa?

Usa el razonamiento crítico

Cuando conoces la diferencia entre lo que observas y lo que piensas sobre tu observación, empleas el razonamiento crítico. Un hecho es una observación que puede ser comprobada para asegurarnos de que es cierta. Una opinión es lo que piensas sobre los hechos. Cuando le preguntas a alguien "¿Cómo sabes eso?", estás preguntando por los hechos.

El lagarto está tendido bajo la lámpara de calor durante un rato. Luego obtiene comida. **Me pregunto si debe calentarse antes de que pueda moverse.**

Leí que la temperatura del cuerpo de un lagarto baja cuando el aire se enfría. El lagarto se calienta tendido al sol.

Tú puedes pensar como un científico

Investigación científica

Puedes usar la **investigación científica** para encontrar respuestas a tus preguntas sobre el mundo que te rodea. Supón que has visto grillos en el patio.

Observa Parece como si los grillos cantaran muy rápidamente algunas noches, pero lentamente otras.

Haz una pregunta Me pregunto: ¿Cambia la velocidad del canto del grillo con la temperatura?

Forma una idea Pienso que los grillos cantan más rápidamente cuando hace más calor.

Experimenta Necesitaré un cronómetro y un termómetro. Contaré cuántas veces canta un grillo en 2 minutos. Lo haré cuando la temperatura del aire sea más cálida y cuando la temperatura del aire sea más fresca.

ESTÁNDARES
4.d. Escribir o dibujar secuencias de pasos, eventos u observaciones.

Conclusión Conté más cantos cuando las temperaturas del aire estaban más cálidas. Este resultado apoya mi idea. Los grillos cantan más rápido cuando hace más calor.

La investigación científica incluye comunicar lo que aprendes. Puedes decir acerca de tu experimento con palabras, dibujos o haciendo gráficas de barras.

Tú puedes pensar como un científico

Proceso de investigación

Aquí tienes un proceso que siguen algunos científicos para responder a preguntas y hacer nuevos descubrimientos.

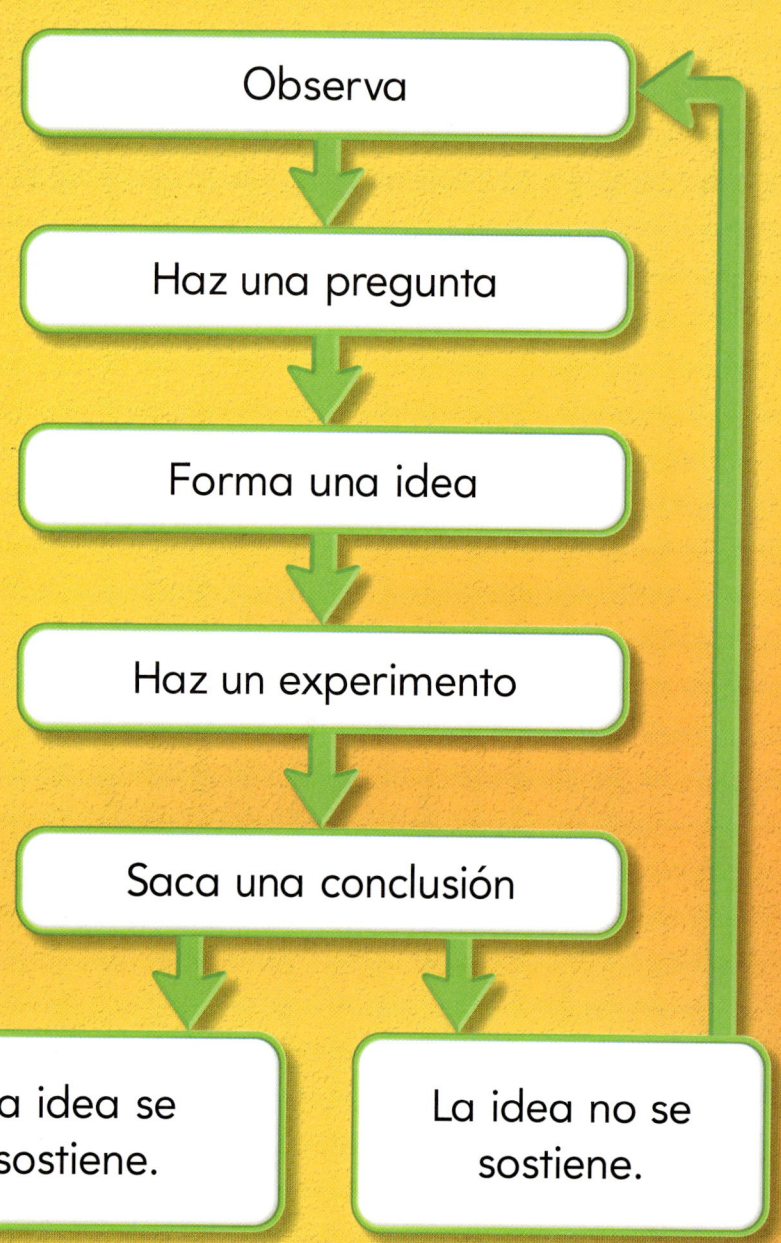

ESTÁNDARES

4.a. Hacer predicciones basándose en patrones observados, en contraste con adivinar al azar.
4.d. Escribir o dibujar secuencias de pasos, eventos u observaciones.

¡Inténtalo tú mismo!

Experimenta con pelotas saltarinas

Ambas pelotas se ven iguales. Sin embargo, una pelota rebota y la otra no.

1. ¿Qué preguntas tienes sobre las pelotas?
2. ¿Cómo descubrirás las respuestas?
3. Escribe un plan de experimento. Di qué crees que descubrirás.

Tú puedes...

Ser un inventor

Lloyd French ha disfrutado construyendo cosas y desarmándolas desde que estaba en sexto grado en Oakland, California.

El Sr. French inventa robots. Se usan como instrumentos para realizar observaciones en lugares a los que las personas no pueden ir fácilmente. Uno de sus robots puede viajar al fondo del océano. Otro robot, llamado *Cryobot*, derrite las gruesas capas de hielo, ya sea en la Antártica o en Marte. *Cryobot* toma fotografías mientras se mueve a través del hielo.

"Si quieres ser un científico o un ingeniero, es útil tener curiosidad por descubrir cosas".

¿Qué es la tecnología?

Los instrumentos que las personas fabrican y usan son todos **tecnología.** Un lápiz es tecnología. Un *cryobot* es tecnología. También lo es un robot que se mueve como un ser humano.

Los científicos usan la tecnología. Por ejemplo, un microscopio posibilita ver cosas que no pueden verse sólo con los ojos. Los instrumentos de medición se usan para hacer observaciones más exactas.

Muchas tecnologías hacen del mundo un lugar mejor donde vivir. Pero, a veces, resolver un problema causa otros. Por ejemplo, los aviones hacen que viajar sea más rápido pero son ruidosos y contaminan el aire.

Tú puedes ser un inventor

Una idea mejor

"Ojalá tuviera una manera mejor de ____". ¿Cómo completarías el espacio en blanco? Todos desean poder hacer algo más fácilmente. Los inventores tratan de que esos deseos se hagan realidad. Inventar o mejorar un invento requiere tiempo y paciencia.

Los niños se han deslizado en patinetes durante muchos años. Estos patinetes nuevos son más rápidos. Los neumáticos no se desinflarán. También son más fáciles de transportar de un lugar a otro.

Cómo ser un inventor

1. **Encuentra un problema.** Puede ser en la escuela, en casa o en tu comunidad.

2. **Piensa en una manera de resolver el problema.** Enumera diferentes maneras de resolver el problema. Decide cuál funcionará mejor.

3. **Haz una muestra y prueba tu invento.** Tu idea puede necesitar muchos materiales o ninguno. Cada vez que la pruebes, anota cómo funciona.

4. **Mejora tu invento.** Usa lo que has aprendido para mejorar tu diseño.

5. **Comparte tu invento.** Dibuja o escribe sobre tu invento. Di de qué manera hace más fácil o más divertida una actividad. Si no funcionó bien, di por qué.

Tomar decisiones

La basura plástica y los animales del océano

Es un día ventoso en la playa. Una bolsa de plástico vuela hasta perderse de vista. Puede llegar a flotar en el océano durante años.

La basura plástica puede hacer daño a los animales del océano. Algunas veces las tortugas marinas confunden las bolsas de plástico flotantes con medusas, su alimento preferido. El plástico bloquea el estómago y el alimento no puede entrar. Los pelícanos y los delfines se enredan en los hilos de pescar, en los aros de los paquetes de seis latas y en los materiales de empaque. Algunas veces se enredan tanto que no pueden moverse.

Decidir qué hacer

¿De qué manera pueden ser protegidos los animales del océano de la basura plástica?

Aquí se muestra cómo tomar tu decisión. Puedes usar los mismos pasos para ayudar a resolver problemas en tu hogar, tu escuela y tu comunidad.

Aprende → Aprende sobre el problema. Podrías hablar con un experto o leer un libro o explorar en un sitio web.

Enumera → Haz una lista de las acciones que podrías realizar. Añade acciones que otras personas podrían realizar.

Decide → Decide cuál acción es la mejor para ti, tu escuela o tu comunidad.

Comparte → Explica tu decisión a otras personas.

Seguridad en ciencias

Conoce las reglas de seguridad de tu salón de clases y cúmplelas. Lee y sigue los consejos de seguridad en tu libro de ciencias.

- ▶ Usa gafas protectoras cuando tu maestro te lo diga.

- ▶ Mantén limpia tu área de trabajo. Avísale inmediatamente a tu maestro sobre los derramamientos.

- ▶ Aprende cómo cuidar las plantas y los animales en tu salón de clases.

- ▶ Lávate las manos cuando hayas terminado.

¡Vamos!

Excursión por California

Parque Nacional Secuoya

Las gigantescas secuoyas necesitan miles de galones de agua al día para crecer.

Las flores de las prímulas silvestres Jeffrey crecen a orillas de los arroyos y en las praderas húmedas.

Las salamandras de California se alimentan de gusanos, caracoles y babosas.

CIENCIAS NATURALES
UNIDAD A

Los ciclos de vida

Lectura de ciencias 2

Capítulo 1
Los ciclos de vida de las plantas 4

Lectura independiente
- Ciclos de vida de las plantas
- Ynés Mexia, Coleccionista de plantas
- La vida de un frijol

Capítulo 2
Los ciclos de vida de los animales 42

Lectura independiente
- Los ciclos de vida animal
- ¿Se parecen?
- Rastreadores de animales

Leones marinos de California

¡La gran idea!

Grupo de estándares 2.
Ciencias naturales

Las plantas y los animales tienen ciclos de vida que se pueden predecir.

Comienza con un poema

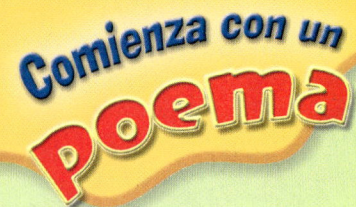

Oruga

por Mary Dawson

Oruga que te arrastras y avanzas
no eres un insecto tan bello.
Entre marrón y dorado
estás toda cubierta de vellos.

Dormirás por varios días
en tu cápsula sedosa.
Y luego partirás volando
como hermosa mariposa.

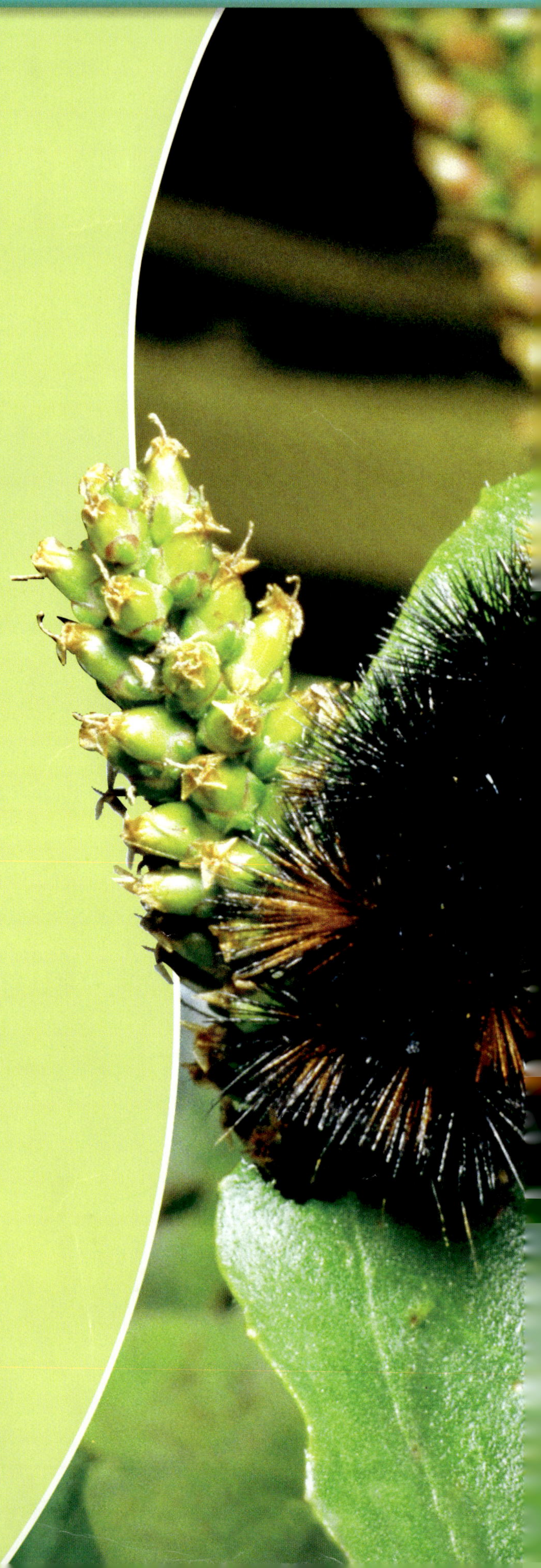

LECTURA DE CIENCIAS

Capítulo 1

Los ciclos de vida de las plantas

Nenúfares rosados

Presentación de la lección

LECCIÓN 1 Las semillas se forman en los frutos. ¿Por qué las semillas son importantes para las plantas?

LECCIÓN 2 Los granos de maíz son semillas de una planta de maíz. ¿Qué crecerá si siembras un grano de maíz?

LECCIÓN 3 No todas las margaritas se parecen. ¿En qué se diferencian las margaritas en un campo?

LECCIÓN 4 Esta planta está creciendo en dirección a la ventana. ¿Por qué crees que sucede esto?

Mi diario

Escribe o dibuja en tu diario para responder a las preguntas anteriores.

Vistazo al vocabulario

Vocabulario

flor pág. 10

fruto pág. 10

semilla pág. 10

ciclo de vida pág. 12

cono pág. 14

heredar pág. 20

medio ambiente pág. 27

población pág. 28

gravedad pág. 34

Glosario visual
Español-inglés pág. H18

Destreza de vocabulario

Usar sílabas

medio ambiente

Divide las palabras en sílabas. Di las sílabas en voz alta y da una palmada para cada sílaba.

flor
Una flor es la parte de la planta donde se forman el fruto y las semillas.

cono
Un cono es la parte donde se forman las semillas de una planta sin flores.

población
Una población es un grupo del mismo tipo de seres vivos que habitan un lugar.

medio ambiente
Un medio ambiente está formado por todos los seres vivos y las cosas sin vida que rodean a un ser vivo.

Comienza con los estándares

Grupo de estándares 2.
Ciencias naturales

2.a. *Saber* que las plantas y los animales producen brotes o crías de su mismo tipo. Estos brotes o crías se parecen entre sí y a sus progenitores.

2.c. *Saber* que muchas de las características de un organismo son heredadas de los padres mientras que otras son causadas por el medio ambiente o éste influye en ellas.

2.d. *Saber* que existen variaciones entre individuos de cierta especie dentro de una población.

2.e. *Saber* que la luz, la gravedad, el contacto o la presión ambiental pueden influir en la germinación, el crecimiento y el desarrollo de las plantas.

2.f. *Saber* que las flores y los frutos tienen que ver con la reproducción de las plantas.

Grupo de estándares 4.
Investigación y experimentación
comprendidos en este capítulo:
4.d., 4.e., 4.f., 4.g.

Lección 1

¿Cómo cambian las plantas durante sus ciclos de vida?

Desarrollar el contexto

Los frutos y las semillas se forman dentro de una flor. De las semillas crecen plantas nuevas.

Destreza de investigación

Observar Puedes ver objetos o detalles pequeños con una lupa.

Lo que necesitas

frutos

lupa

creyones

ESTÁNDARES

2.f. *Saber* que las flores y los frutos tienen que ver con la reproducción de las plantas.
4.f. Usar lentes de aumento o microscopios para efectuar observaciones y dibujar objetos pequeños o detalles de los objetos.

Investigación dirigida

Frutos y semillas

Pasos

1. **Observa** Mira el aspecto exterior de cada fruto. Haz un dibujo de lo que ves. **Medida de seguridad:** ¡No comas el fruto!

2. **Observa** Mira más de cerca el interior de cada fruto con una lupa. Haz un dibujo de lo que ves. **Medida de seguridad:** ¡Lávate las manos!

3. **Comunica** Comparte tus dibujos con los demás. Comenta sobre tus observaciones.

Piensa y comparte

1. **Compara** ¿En qué se parecen todos los frutos?

2. **Infiere** ¿Qué hallarías si cortaras por el medio otro fruto?

Investigación guiada

Experimenta Piensa en semillas que puedas abrir con los dedos. Ábrelas. **Observa** y anota lo que tienen en su interior. Compara el interior de otras semillas.

Aprender leyendo

Vocabulario

flor
fruto
semilla
ciclo de vida
cono

Destreza de lectura

Secuencia

Primero ↓
Luego ↓
Último

ESTÁNDARES

2.f. *Saber* que las flores y los frutos tienen que ver con la reproducción de las plantas.

Partes de las plantas

Una planta tiene muchas partes. Algunas partes le sirven para producir nuevas plantas. La **flor** es la parte de la planta donde se forman el fruto y las semillas. El **fruto** es la parte de la flor que está alrededor de la semilla. La **semilla** es la parte de la cual nace una nueva planta.

Guisante

Dentro de una semilla se encuentra una nueva planta y el alimento que necesita para crecer.

flor

fruto

semilla

Las plantas de guisantes y los almendros tienen flores. Ambos tipos de flores tienen semillas en su interior. Las flores se secan una vez que se forman el fruto y las semillas. Los frutos crecen más grandes. Si las semillas se siembran en el suelo, se pueden convertir en plantas nuevas.

Secuencia ¿Qué sucede una vez que se forman el fruto y las semillas?

flor

Árbol de almendras dulces

fruto

semilla

Laboratorio expreso

Tarjeta de actividad 1
Ordenar el ciclo de vida de una planta

Los ciclos de vida de las plantas

Todos los seres vivos crecen, cambian y finalmente mueren. La serie de cambios por los que pasa un ser vivo al crecer es su **ciclo de vida**.

Los distintos tipos de plantas tienen diferentes ciclos de vida. La mayoría de las plantas nacen de una semilla. La semilla brota cuando obtiene lo que necesita.

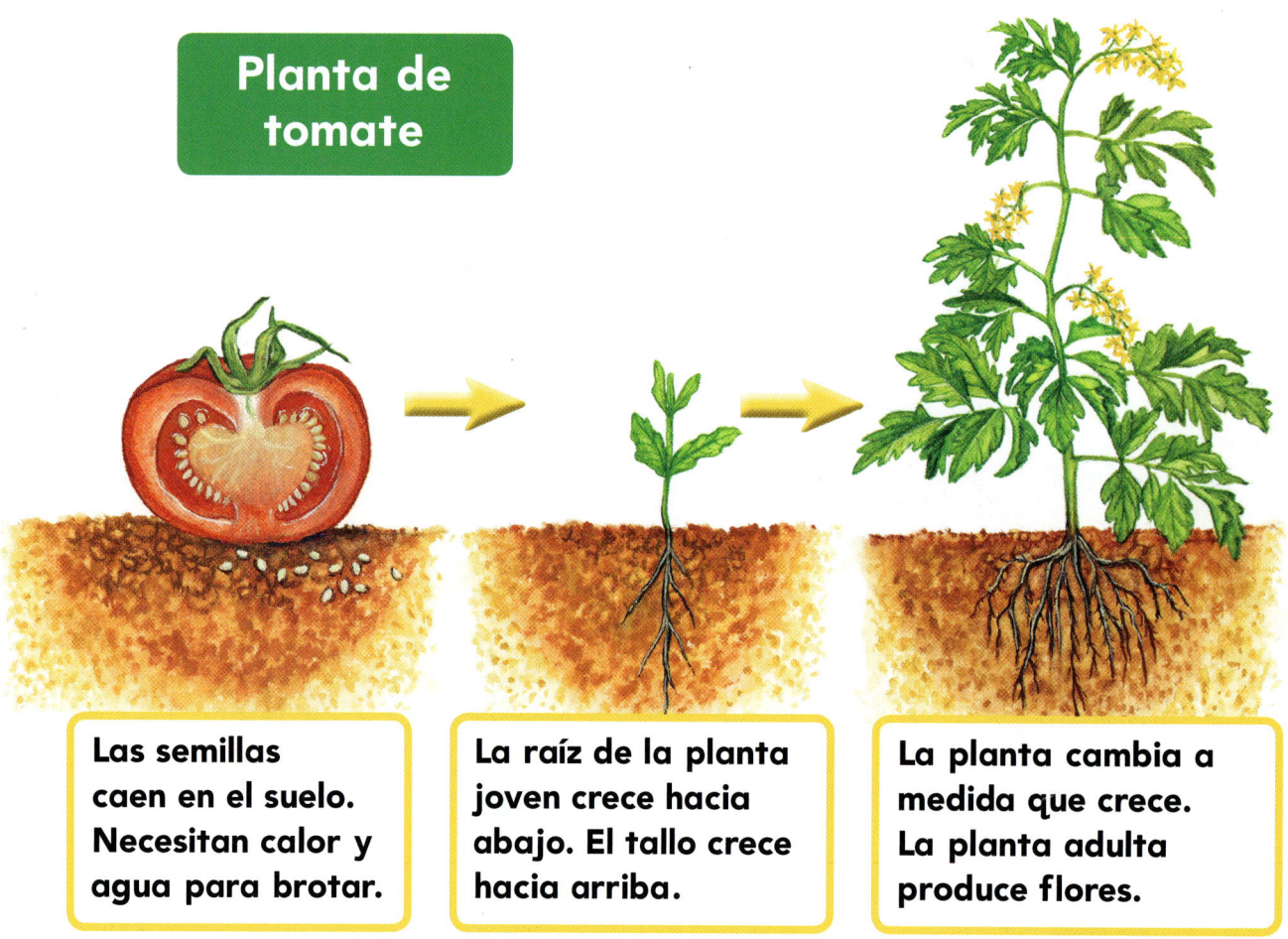

Planta de tomate

Las semillas caen en el suelo. Necesitan calor y agua para brotar.

La raíz de la planta joven crece hacia abajo. El tallo crece hacia arriba.

La planta cambia a medida que crece. La planta adulta produce flores.

Las plantas crecen y cambian. Producen más tallos y hojas. Crecen flores que crean nuevas semillas y frutos. De las semillas pueden crecer plantas nuevas. Estas plantas se parecerán a las plantas progenitoras de las que provienen. El ciclo de crecimiento y cambios vuelve a comenzar.

Secuencia ¿Cuándo comienza a crecer una semilla?

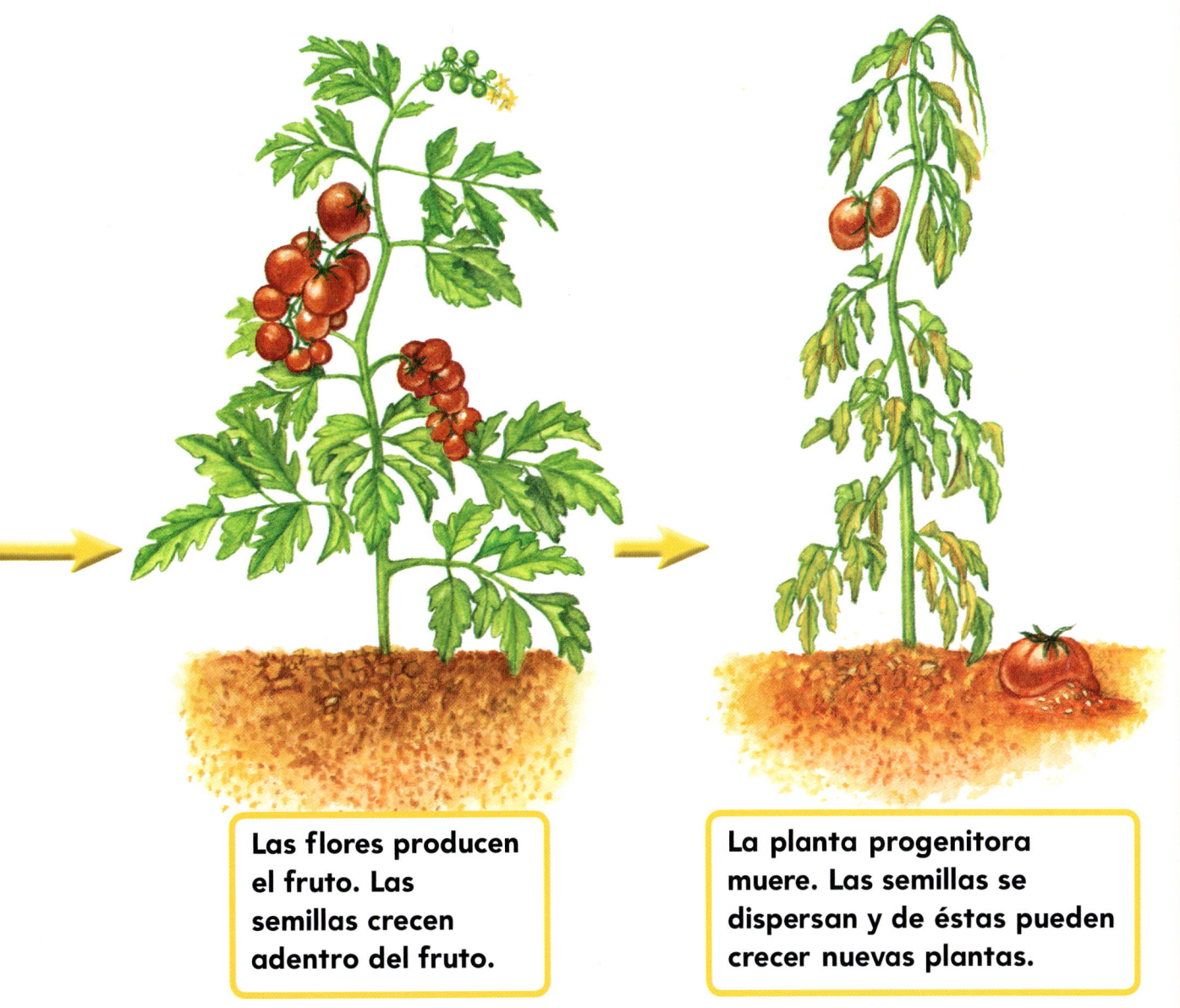

Las flores producen el fruto. Las semillas crecen adentro del fruto.

La planta progenitora muere. Las semillas se dispersan y de éstas pueden crecer nuevas plantas.

Pino

Las semillas de pino crecen en un cono.

De una semilla crece una planta joven que se llama brote.

El ciclo de vida de un pino

No todas las plantas tienen flores y frutos. Algunas plantas tienen conos. Un **cono** es la parte donde se forman las semillas de plantas sin flores. El cono protege a las semillas a medida que crecen.

Secuencia ¿De qué forma cambia un pino a medida que crece?

El brote crece y se convierte en un árbol.

El árbol crece y se forman los conos.

El ciclo de vida vuelve a comenzar con nuevas semillas.

Conclusión de la lección

① **Vocabulario** ¿Qué es una **semilla**?

② **Destreza de lectura** En el ciclo de vida de una planta, ¿qué fase se desarrolla luego de la semilla?

③ **Observar** ¿De qué modo una lupa te permite observar las semillas?

Tecnología Visita **www.eduplace.com/cascp** para leer más sobre los ciclos de vida de las plantas.

ESTÁNDARES 1–3: 2.f.

ESTÁNDARES 2.f. *Saber* que las flores y los frutos tienen que ver con la reproducción de las plantas.

¡Guácala! ¿Qué huele tan feo?

¡Esta flor gigante tiene olor a carne podrida! El olor fuerte de la flor del aro gigante atrae a los escarabajos carnívoros. Los escarabajos vuelan de flor en flor en busca de alimentos. Las flores tienen un polvo que se adhiere a las patas de los escarabajos. El polvo se desprende de las patas del escarabajo en la siguiente flor. Las flores usan este polvo para producir semillas.

¡Guácala! ¿Qué olor tan feo?

El aro gigante tiene una de las flores más grandes y malolientes del mundo.

ENLACE DE MATEMÁTICAS: Medida

La titan arum puede medir un metro de diámetro y hasta tres metros de altura.

¿Qué altura tiene?
→ 3 metros de altura
→ 1 metro con 80 cm de altura

Mi diario

Escribe en tu diario qué importancia tiene la flor de titan arum para el crecimiento de nuevas plantas.

Lección 2

¿Qué tipo de planta crece a partir de una semilla?

Desarrollar el contexto

La planta progenitora produce plantas nuevas del mismo tipo. Las características como la forma y el color pasan a las plantas nuevas.

Destreza de investigación

Comparar Di en qué forma se parecen o se diferencian los objetos y los sucesos.

ESTÁNDARES

2.c. *Saber* que muchas de las características de un organismo son heredadas de los padres mientras que otras son causadas por el medio ambiente o éste influye en ellas.
4.d. Escribir o dibujar secuencias de pasos, eventos u observaciones.

Lo que necesitas

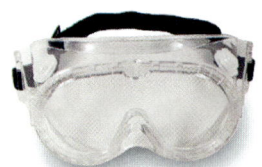
gafas protectoras

semillas

vaso y tierra

agua y regla

Investigación dirigida

Siembra semillas

Pasos

1. Escoge una semilla. Observa la ilustración del paquete. Siembra varias semillas en la tierra. Riégalas con agua cuando sea necesario. **Medida de seguridad:** ¡Usa gafas protectoras!

PASO 1

2. **Observa** Observa a medida que crece una planta. Dibújala todos los días. Usa una tabla como la que se muestra.

PASO 2

Crecimiento de la planta				
Fecha	Fecha	Fecha	Fecha	Fecha
Altura	Altura	Altura	Altura	Altura
Fecha	Fecha	Fecha	Fecha	Fecha
Altura	Altura	Altura	Altura	Altura

3. **Mide** Mide tu planta todos los días. Anota su altura junto a cada dibujo. **Medida de seguridad:** ¡Lávate las manos!

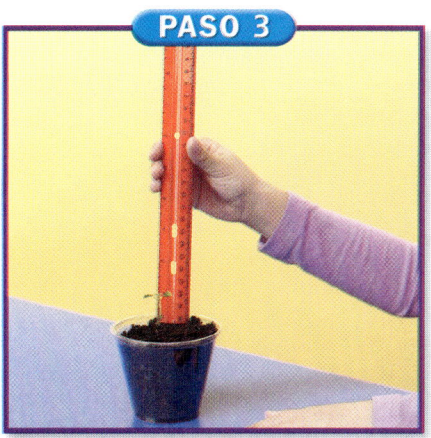
PASO 3

Piensa y comparte

1. **Compara** ¿En qué se parece tu planta a la ilustración que aparecía en el paquete de semillas? ¿En qué se diferencia?

2. **Infiere** ¿Por qué se parece tu planta a la ilustración que aparecía en el paquete de semillas?

Investigación guiada

Haz preguntas Piensa en qué se parecen o se diferencian las plantas. Haz una pregunta: ¿Qué pasaría si siembro una semilla de _____? **Predice** qué ocurriría.

Aprender leyendo

Vocabulario

heredar

Destreza de lectura

Sacar conclusiones

Hecho → Hecho → Conclusión

ESTÁNDARES

2.a. *Saber* que muchas de las características de un organismo son heredadas de los padres mientras que otras son causadas por el medio ambiente o éste influye en ellas.
2.c. *Saber* que muchas de las características de un organismo son heredadas de los padres mientras que otras son causadas por el medio ambiente o éste influye en ellas.

Las plantas y sus progenitores

De las semillas que provienen de la planta progenitora crecen plantas. Estas plantas nuevas heredan características. Todos los seres vivos pueden **heredar** o tener características de sus progenitores.

Las características que puede heredar una planta son: el color, la forma o el tamaño. Las plantas nuevas tendrán sus hojas de la misma forma que las plantas progenitoras. Producirán el mismo tipo de fruto. Es posible que las plantas nuevas sean del mismo color que las progenitoras. Además, pueden crecer hasta alcanzar el mismo tamaño.

Cuando las nuevas amapolas de California crecen, se parecen a sus progenitoras.

Cómo se parecen las plantas

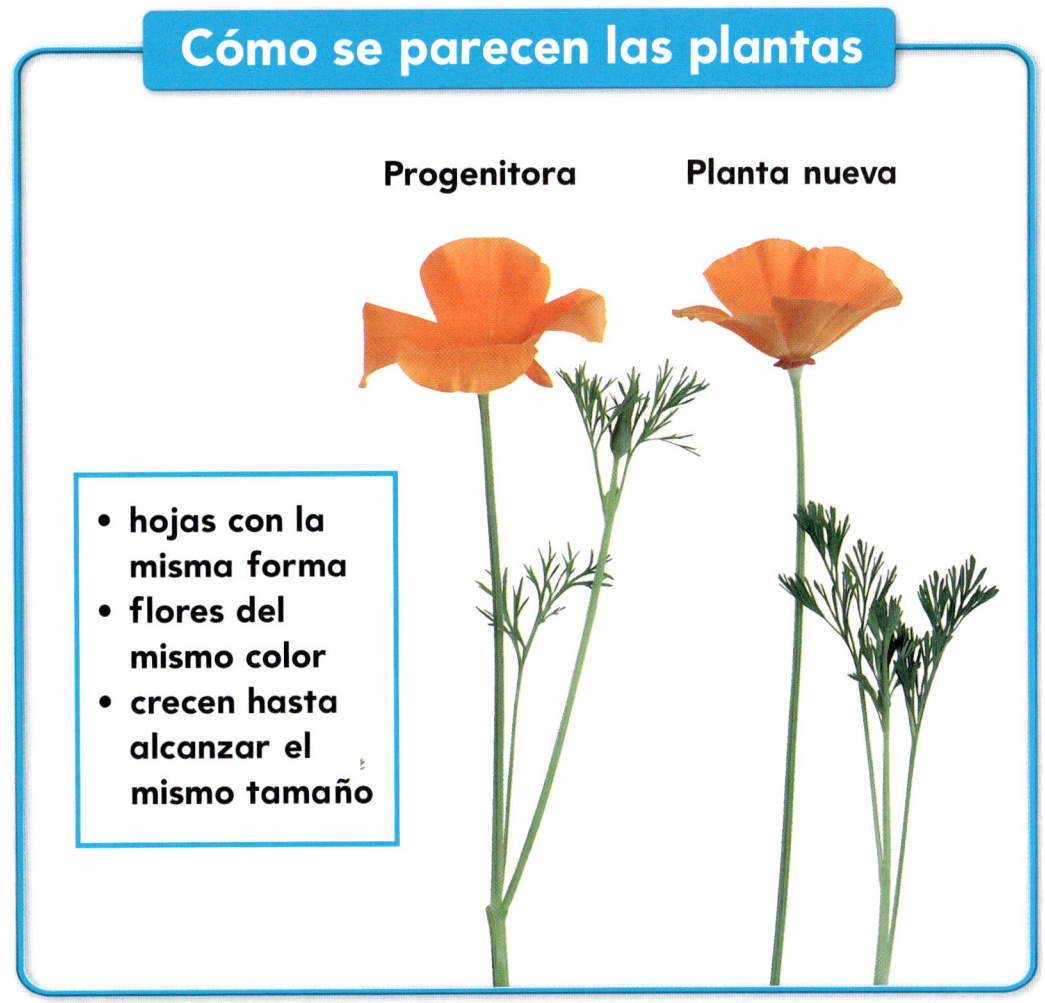

Progenitora   Planta nueva

- hojas con la misma forma
- flores del mismo color
- crecen hasta alcanzar el mismo tamaño

Sacar conclusiones ¿De qué forma se parecería un nuevo tulipán a su progenitora?

Laboratorio expreso

Tarjeta de actividad 2
Comparar plantas con sus progenitoras

Robles y bellotas

Las bellotas son los frutos del roble. Cuando las bellotas caen al suelo, las semillas que tienen adentro pueden producir plantas nuevas.

bellotas

Roble azul

Las plantas nuevas se parecen entre sí y a sus progenitoras. Todas son robles. Todas heredan las mismas hojas planas. Al igual que su progenitor, el roble nuevo podrá formar bellotas un día. Las semillas que tienen adentro las bellotas pueden producir robles nuevos.

robles nuevos

Sacar conclusiones ¿Qué tipo de plantas crecen siempre a partir de las bellotas?

Conclusión de la lección

1. **Vocabulario** ¿Qué **heredan** las plantas nuevas?

2. **Destreza de lectura** ¿Qué crecerá de las semillas de un arce?

3. **Comparar** ¿En qué se parece una planta nueva a su progenitora?

Tecnología Visita **www.eduplace.com/cascp** para leer más sobre las plantas.

ESTÁNDARES 1–3: 2.a., 2.c.

Lección 3

¿En qué se diferencian las plantas del mismo tipo?

Desarrollar el contexto

Las plantas del mismo tipo no son exactamente iguales. Tienen distintos tamaños y colores.

Destreza de investigación

Usar números Usa números para describir y comparar los objetos.

 ESTÁNDARES

2.d. *Saber* que existen variaciones entre individuos de cierta especie dentro de una población.
4.e. Construir gráficas de barras usando ejes debidamente identificados.

Lo que necesitas

4 vainas de guisantes

4 tarjetas

creyones y regla

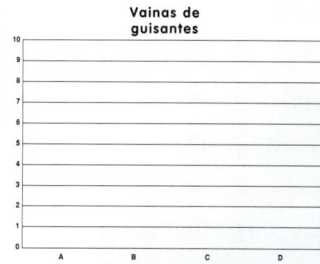

gráfica de barras

24 • Capítulo 1

Investigación dirigida

Compara vainas de guisantes

Pasos

1. **Mide** Coloca una vaina de guisante sobre cada tarjeta. Mide el largo de cada una en centímetros. Anota tus datos.

2. **Registra los datos** Abre la vaina A. Cuenta los guisantes. Anótalo en la tarjeta que corresponde. Repite esta actividad para cada vaina.

3. **Usa números** Completa la gráfica de barras. Haz rótulos. Usa los datos para hacer una gráfica de la cantidad de guisantes que tiene cada vaina.

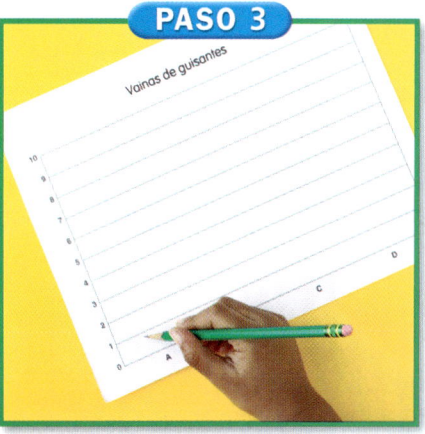

Piensa y comparte

1. **Usa números** ¿En qué se parecen los largos de las vainas? ¿En qué se parecen la cantidad de guisantes que tiene cada vaina?

2. **Predice** ¿Qué crees que hallarás si observas otras cuatro vainas de guisantes? Explica.

Investigación guiada

Experimenta Mide el largo de tres bananos o manzanas. Usa una balanza para **medir** la masa de cada fruta. ¿En qué se diferencian las frutas del mismo tipo?

Aprender leyendo

Vocabulario
medio ambiente
población

Destreza de lectura
Comparar y contrastar

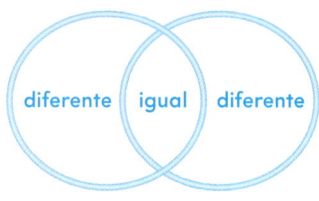

 ESTÁNDARES

2.d. *Saber* que existen variaciones entre individuos de cierta especie dentro de una población.
2.c. *Saber* que muchas de las características de un organismo son heredadas de los padres mientras que otras son causadas por el medio ambiente o éste influye en ellas.

Lo mismo, pero diferente

Aprendiste que las plantas nuevas heredan características de sus progenitoras. Con frecuencia las plantas nuevas se parecen a las plantas progenitoras y unas a otras.

Pero las plantas nuevas que nacen de las semillas que provienen de una misma planta no son precisamente iguales. <u>Es posible que las plantas nuevas sean diferentes porque pueden heredar distintas características.</u> Pueden ser diferentes en tamaño y hasta incluso pueden tener un color diferente.

De las semillas de una planta de frambuesas rojas pueden crecer plantas nuevas que producen frambuesas rojas o doradas.

¿Cuál sería la causa de que estas dos plantas nuevas sean diferentes?

Hay otras razones que explican por qué las plantas de una misma progenitora sean diferentes. El medio ambiente también puede afectar a las plantas.

El **medio ambiente** está formado por todos los seres vivos y las cosas sin vida que rodean a un ser vivo. Es posible que una planta nueva que no reciba la cantidad necesaria de luz del Sol, no crezca tan bien como las demás.

Comparar y contrastar ¿En qué se diferencian las plantas nuevas de una misma planta progenitora?

Laboratorio expreso

Tarjeta de actividad 3
Comparar el tamaño de las hojas

Diferencias dentro de un grupo más grande

Puedes observar diferencias entre las plantas que provienen de un mismo progenitor. Puedes observar aun más diferencias entre las plantas de una misma población. Una **población** es un grupo del mismo tipo de seres vivos que habitan un lugar.

Todas las petunias de un jardín forman una población. Las plantas pueden heredar características distintas. Pueden tener flores de diferentes formas y colores, pero todas son parte de la misma población. Todas son petunias.

una población de petunias

Cada narciso heredó características diferentes de sus progenitores.

Las plantas de una población también pueden ser diferentes porque las afecta su medio ambiente. Las plantas que tienen más espacio crecerán mejor que las que se encuentran apretujadas. Las plantas que reciben demasiada agua no crecerán bien.

Comparar y contrastar ¿En qué se parecen y se diferencian las plantas de una población?

¿De qué manera el medio ambiente afecta a estas plantas?

Conclusión de la lección

1. **Vocabulario** ¿Qué es una **población**?

2. **Destreza de lectura** ¿En qué se parecen y se diferencian las plantas que provienen de las mismas plantas progenitoras?

3. **Usar números** ¿Cómo puedes usar números para describir las diferencias entre dos plantas?

Tecnología Visita **www.eduplace.com/cascp** para leer más sobre las plantas.

ESTÁNDARES 1: 2.d., 2: 2.c., 3: 2.d.

Enfoque California

Tecnología

Uvas estupendas

En la década de 1870, William Thompson y su hijo George cosecharon las primeras uvas sin semillas del condado Yuba, en California. Las uvas sin semillas fueron del agrado de las personas. Desde ese momento, los agricultores han sembrado muchos tipos de uvas sin semillas.

Las plantas se escogen con características que son del agrado de las personas. Luego las semillas o trozos de tallo de estas plantas se usan para cultivar plantas nuevas. Éstas heredan características de sus progenitoras.

La mayoría de las pasas de California se producen con uvas sin semillas de tipo Thompson.

ESTÁNDARES **2.c.** *Saber* que muchas de las características de un organismo son heredadas de los padres mientras que otras son causadas por el medio ambiente o éste influye en ellas.
2.d. *Saber* que existen variaciones entre individuos de cierta especie dentro de una población.

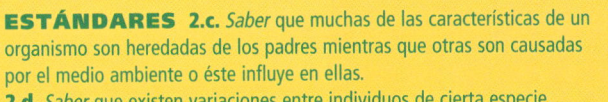
DE LECTURA

Todas las uvas sin semillas de California son descendencia de las uvas que cosechó Thompson en la década de 1870. Las uvas rojas sin semillas se formaron mediante la combinación de las uvas sin semilla tipo Thompson con algunas otras variedades de uvas.

Compartir ideas

1. **Escríbelo** ¿De qué forma los agricultores producen nuevas variedades de uvas?

2. **Coméntalo** Describe un nuevo tipo de fruta que te gustaría cultivar. ¿Qué características tendría?

Lección 4

¿Cómo reaccionan las plantas a su medio ambiente?

Desarrollar el contexto

El medio ambiente de una planta puede afectar la forma en que ésta crece.

Destreza de investigación

Registrar datos Puedes escribir o dibujar lo que ocurre primero, luego y último.

ESTÁNDARES

2.e. *Saber* que la luz, la gravedad, el contacto o la presión ambiental pueden influir en la germinación, el crecimiento y el desarrollo de las plantas.
4.g. Seguir instrucciones verbales para conducir una investigación científica.

Lo que necesitas

semillas

2 bolsas de plástico y papel absorbente

termómetro y agua

tabla

Investigación dirigida

Germinación de semillas

Pasos

1. Coloca una toalla de papel absorbente húmedo y cuatro semillas en cada bolsa. Coloca una bolsa en el refrigerador. Luego coloca la otra bolsa adentro de un armario oscuro.

PASO 1

2. **Mide** Mide la temperatura del aire junto a cada bolsa. Anota los datos en una tabla.

PASO 2

3. **Registra los datos** Observa las semillas. Anota tus observaciones en la tabla.

PASO 3

4. Repite los pasos 2 y 3 todos los días durante una semana.

Piensa y comparte

1. **Compara** ¿Qué semillas germinaron y crecieron más rápido?

2. **Predice** ¿Qué sucedería si colocaras adentro del armario las semillas que estaban en el refrigerador?

Investigación guiada

Experimenta Piensa en un plan para **comparar** la forma en que crecen las plantas que reciben distinta cantidad de luz. Cuéntale tu plan a un compañero. Pídele que siga tu plan.

33

Aprender leyendo

Vocabulario
gravedad

🎯 **Destreza de lectura**
Causa y efecto

 ESTANDAR

2.e. *Saber* que la luz, la gravedad, el contacto o la presión ambiental pueden influir en la germinación, el crecimiento y el desarrollo de las plantas.

Gravedad, luz y tacto

La gravedad, la luz y el tacto afectan las plantas. La **gravedad** es una fuerza que hace que los objetos caigan al suelo, a menos que algo los sostenga.

Las raíces de una planta crecen hacia abajo debido a la fuerza de gravedad. A medida que sus raíces crecen hacia abajo en el suelo, la planta obtiene el agua que necesita. Los tallos crecen hacia arriba, alejándose de la fuerza de gravedad.

¿De qué forma la gravedad afecta a este árbol?

La mimosa reacciona al toque de un lápiz.

Algunas plantas reaccionan al tacto. La mimosa pliega sus hojas cuando se tocan. De esta manera se protege del peligro. Cuando un insecto pasa sobre sus hojas, éstas se cierran. El insecto se aleja porque no puede comerlas.

Las plantas necesitan luz del Sol para producir su alimento. Así los tallos de las plantas crecen hacia la luz. Algunas personas giran sus plantas un poco cada día. Esto permite que el tallo crezca recto.

¿De qué forma la luz afecta a esta planta?

Causa y efecto ¿Cómo afecta la gravedad a las plantas?

Tarjeta de actividad 4
Comparar la temperatura

El clima afecta a las plantas

El clima puede afectar la manera en que crecen las plantas. Diversos factores como la temperatura del aire, el viento y la lluvia afectan el crecimiento de las plantas.

Los vientos fuertes y súbitos pueden hacer que se caigan árboles y se pierdan cosechas. Además, el viento puede arrancar algunas plantas del suelo. Con el tiempo, los vientos constantes pueden cambiar la forma de crecimiento de un árbol.

A este pino de las montañas de Sierra Nevada lo afectó el viento.

Las plantas se pueden lastimar o morir si la temperatura es demasiada cálida o fría. Cuando el tiempo es demasiado cálido, las plantas pueden dejar de crecer.

Una cantidad incorrecta de agua puede afectar la manera en que crecen las plantas. Si hay muy poca lluvia, las semillas no brotarán. Si llueve demasiado, las raíces se pueden pudrir.

Causa y efecto ¿Cómo afecta el clima la manera en que crecen las plantas?

La caída repentina de la temperatura lastimó esta planta.

Conclusión de la lección

1. **Vocabulario** ¿Qué es la **gravedad**?

2. **Destreza de lectura** ¿Cómo la luz afecta la manera en que crecen las plantas?

3. **Registrar datos** ¿Cómo puedes registrar datos sobre la manera en que la luz afecta a las plantas?

Tecnología Visita **www.eduplace.com/cascp** para leer más sobre el crecimiento de las plantas.

ESTÁNDARES 1–3: 2.e.

Matemáticas Compara las semillas

Cristina y Marcos tienen una calabaza cada uno. Abren las calabazas y cuentan las semillas que tiene cada una. La tabla muestra sus resultados.

Semillas de calabaza	
Niño	Cantidad de semillas
Cristina	85
Marcos	62

1. Compara la cantidad de semillas. Usa los símbolos < o >.

2. ¿Qué calabaza tiene más semillas? ¿Cuántas semillas más tiene?

Escritura Describe una planta

Escribe sobre un tipo de planta que conoces. Explica de qué forma cambia la planta a medida que crece. Comienza con una semilla. Haz dibujos que acompañen tu cuento. Luego compártelo con la clase.

Ocupaciones

Botánico

Un botánico es un científico que estudia las plantas. Algunos botánicos tratan de producir nuevos tipos de plantas. Otros buscan plantas nuevas en la naturaleza.

Algunos trabajan con los granjeros y buscan la manera de mantener alejados a los insectos dañinos. También hallan formas para sembrar más cosechas.

Lo que se necesita

- Al menos cuatro años de universidad
- Interés por las ciencias y las plantas

Capítulo 1 — Repaso y práctica

Resumen visual

La forma en que las plantas nuevas crecen y cambian depende de las plantas progenitoras y su medio ambiente.

Las semillas se forman en los frutos.

Las plantas heredan características.

Las plantas crecen y cambian.

Las plantas de una misma población pueden ser distintas.

El medio ambiente afecta a las plantas.

Mi diario

Revisa tus respuestas a las preguntas de la Presentación de la lección.

ESTÁNDARES 2.a., 2.c., 2.d., 2.e., 2.f.

Ideas principales

1. ¿Cuáles son las tres partes de una planta que permiten producir plantas nuevas? (pág. 10)

2. Escribe dos razones por las cuales las plantas nuevas que provienen de una misma progenitora puedan ser diferentes. (págs. 26 y 27)

3. Explica por qué las raíces de un arbusto crecen hacia abajo y sus tallos crecen hacia arriba. (págs. 34 y 35)

Vocabulario

Escoge la palabra correcta del recuadro.

4. Grupo del mismo tipo de seres vivos que habitan un lugar

5. Parte de la planta donde se forman el fruto y las semillas

6. Todos los seres vivos y las cosas sin vida que rodean a un ser vivo

7. Parte de la flor que está alrededor de la semilla

flor (pág. 10)

fruto (pág. 10)

medio ambiente (pág. 27)

población (pág. 28)

Usar destrezas de investigación

8. Describe el ciclo de vida de una planta.

9. **Razonamiento crítico** Un árbol nuevo y su progenitor tienen el mismo color de corteza. Explica por qué.

ESTÁNDARES 1: 2.f, 2: 2.c, 3: 2.e, 4: 2.d, 5: 2.f, 6: 2.c, 2.e, 7: 2.f, 8: 2.f, 4.d, 9: 2.a, 2.c

Capítulo 2

Los ciclos de vida de los animales

La mamá cisne y su bebé

Presentación de la lección

LECCIÓN 1
Estos pollitos se parecen. ¿En qué se parecen a sus padres?

LECCIÓN 2
Las orugas cambian a medida que crecen. ¿De qué forma cambian?

LECCIÓN 3
Este perro puede ir a buscar objetos. ¿Por qué algunos perros pueden hacer trucos?

LECCIÓN 4
Estos hámsteres se parecen en muchas formas. ¿En qué se diferencian?

Mi diario

Escribe o dibuja en tu diario para responder a las preguntas anteriores.

Vistazo al vocabulario

Vocabulario

reproducir pág. 48
cría pág. 48
adulto pág. 49
larva pág. 56
crisálida pág. 56
aprendida pág. 62
individuo pág. 69

Glosario visual
Español-inglés pág. H18

Destreza de vocabulario

Usar lo anterior
reproducir

El prefijo **re-** significa otra vez. **Producir** significa hacer algo. Entonces reproducir significa hacer algo otra vez.

larva
En el ciclo de vida de un insecto, una larva es la fase en la que es similar a un gusano.

crisálida
Una crisálida es la fase en la que un insecto cambia de forma.

aprendida
Características que no pasan de los padres a sus crías.

reproducir
Cuando los seres vivos crean más seres vivos del mismo tipo.

Comienza con los estándares

Grupo de estándares 2. Ciencias naturales

2.a. *Saber* que las plantas y los animales producen brotes o crías de su mismo tipo. Estos brotes o crías se parecen entre sí y a sus progenitores.

2.b. *Saber* que distintos tipos de animal como la mariposa, la rana y el ratón, tienen distintos ciclos de vida.

2.c. *Saber* que muchas de las características de un organismo son heredadas de los padres mientras que otras son causadas por el medio ambiente o éste influye en ellas.

2.d. *Saber* que existen variaciones entre individuos de cierta especie dentro de una población.

Grupo de estándares 4. Investigación y experimentación comprendidos en este capítulo: 4.a., 4.b., 4.d., 4.f.

Lección 1

¿Qué animales bebés se parecen a sus padres?

Desarrollar el contexto

Muchos animales bebés se parecen a sus padres. Los animales pasan por una serie de cambios a medida que crecen. Los cambios son diferentes según los distintos tipos de animales.

Destreza de investigación

Clasificar Organiza los seres vivos para mostrar en qué se parecen.

ESTÁNDARES

2.b. *Saber* que distintos tipos de animal como la mariposa, la rana y el ratón, tienen distintos ciclos de vida.
4.d. Escribir o dibujar secuencias de pasos, eventos u observaciones.

Lo que necesitas

tarjetas de animales

Investigación dirigida

Compara ciclos de vida

Pasos

1. **Observa** Observa las ilustraciones y nombra los animales.

2. **Clasifica** Piensa en qué se parecen y en qué se diferencian las ilustraciones de los animales. Clasifícalas y haz un grupo para cada tipo de animal.

3. Ordena cada grupo. Coloca primero al bebé y por último al animal adulto.

4. **Registra los datos** Escoge un grupo. Con las ilustraciones, escribe o dibuja el ciclo de vida de ese animal.

Piensa y comparte

1. **Compara** ¿En qué se parecen el animal bebé y el adulto de cada grupo?

2. ¿Cómo se convierten los bebés en adultos?

Investigación guiada

Haz preguntas Escribe tres preguntas acerca de cómo los animales crecen y cambian. Tus compañeros y tú pueden **trabajar juntos** para hallar las respuestas.

Aprender leyendo

Vocabulario

reproducir

cría

adulto

 Destreza de lectura

Comparar y contrastar

Comparar	Contrastar

ESTÁNDARES

2.a. *Saber* que las plantas y los animales producen brotes o crías de su mismo tipo. Estos brotes o crías se parecen entre sí y a sus progenitores.
2.b. *Saber* que distintos tipos de animal como la mariposa, la rana y el ratón, tienen distintos ciclos de vida.

Adultos y crías

Todos los seres vivos crecen, cambian y se reproducen. **Reproducir** es cuando los seres vivos crean más seres vivos del mismo tipo.

La **cría** está formada por seres vivos que provienen de otro ser vivo. Las crías de los mamíferos, aves, peces y reptiles se parecen mucho a sus padres. Las crías de otros animales se parecerán más a sus padres a medida que crezcan.

Los conejitos se parecen mucho a sus padres.

tortuga adulta y su bebé

Las crías de los animales crecen y cambian durante su vida. Una cría de pingüino se convertirá en un pingüino totalmente desarrollado. Un animal que se ha desarrollado totalmente es un **adulto**. Entonces tendrá casi el mismo tamaño y color que sus padres. La serie de cambios por los que pasa un ser vivo al crecer es su ciclo de vida.

Comparar y contrastar ¿En qué se parecen y en qué se diferencian los padres y sus crías?

pingüino adulto y su bebé

¿En qué se parecen esta ballena orca adulta y su bebé?

Laboratorio expreso

Tarjeta de actividad 5
Emparejar animales

El ciclo de vida de un pájaro

La madre pájaro pone huevos. Dentro de cada huevo crece un pajarito.

El pajarito sale del huevo. Uno de sus padres lo alimenta.

El ciclo de vida de un ratón

La madre ratón tiene bebés ratoncitos.

El cuerpo de la madre produce leche. Los ratoncitos toman la leche.

Los ciclos de vida conocidos

En los ciclos de vida de los animales, las fases son diferentes según los distintos tipos de animales. Un ratón es un mamífero y nace vivo. Un pájaro rompe el cascarón y sale de un huevo. Los pájaros y los ratones bebés se parecen mucho a sus padres.

Comparar y contrastar ¿En qué se parecen los ciclos de vida de un pájaro y un ratón?

 A medida que crece, le salen las plumas nuevas al pajarito.

 El pajarito crece hasta convertirse en adulto y entonces puede reproducirse.

 El pelaje le crece a los ratoncitos y se hacen más grandes.

 Una vez que un ratón crece por completo, puede reproducirse.

Conclusión de la lección

1. **Vocabulario** ¿Qué es una **cría**?

2. **Destreza de lectura** ¿En qué se diferencia el ciclo de vida de un pájaro del de un ratón?

3. **Clasificar** ¿De qué manera podrías organizar a los animales según su ciclo de vida?

Tecnología Visita **www.eduplace.com/cascp** para leer más sobre los ciclos de vida de los animales.

ESTÁNDARES 1: 2.a., 2–3: 2.b.

Lección 2

¿Qué animales bebés no se parecen a sus padres?

Desarrollar el contexto

Algunas crías no se parecen a sus padres. Las crías cambian de forma a medida que crecen.

Destreza de investigación

Usar datos Usa tus observaciones y anotaciones para aprender más sobre algo.

 ESTÁNDARES

2.b. *Saber* que distintos tipos de animal como la mariposa, la rana y el ratón, tienen distintos ciclos de vida.
4.f. Usar lentes de aumento o microscopios para efectuar observaciones y dibujar objetos pequeños o detalles de los objetos.

Lo que necesitas

estanque para branquiópodos

huevos de branquiópodos

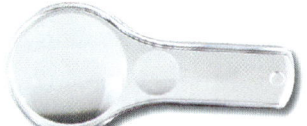

lupa

regla

Investigación dirigida

Fases de los branquiópodos

Pasos

PASO 1

1. Coloca con cuidado los huevos de los branquiópodos en un estanque con agua. **Medida de seguridad:** ¡Lávate las manos!

PASO 2

2. **Observa** Observa los branquiópodos con una lupa todos los días. Dibuja cómo cambian.

3. **Mide** Mide la longitud de un branquiópodo después de tres días. Vuelve a medirlo todos los días durante cinco días. Anota los datos de todos los días en la tabla.

PASO 3

Longitud de branquiópodos	
Día 1	cerca de _____ cm
Día 2	cerca de _____ cm
Día 3	cerca de _____ cm
Día 4	cerca de _____ cm
Día 5	cerca de _____ cm

Piensa y comparte

1. **Usa datos** ¿Cómo cambiaron los branquiópodos con el paso del tiempo?

2. **Infiere** ¿En qué se diferencia un bebé branquiópodo de sus padres?

Investigación guiada

Haz preguntas Mira la tabla de un compañero. **Compara** tus datos. Si tus datos son diferentes, pregunta por qué.

Aprender leyendo

Vocabulario

larva

crisálida

Destreza de lectura

Secuencia

Primero ↓ Luego ↓ Último

 ESTÁNDARES

2.b. *Saber* que distintos tipos de animal como la mariposa, la rana y el ratón, tienen distintos ciclos de vida.

El ciclo de vida de una rana

Algunas crías de animales tienen una apariencia distinta a la de sus padres. Estos animales cambian de forma a medida que se convierten en adultos.

La mayoría de los anfibios cambian de forma a medida que crecen. Al convertirse en adultos, los anfibios se parecerán a sus padres.

El ciclo de vida de una rana

Una rana pone sus huevos en el agua.

El renacuajo sale del huevo. Tiene branquias y una cola, pero no tiene patas.

Luego de varias semanas, el renacuajo desarrolla las patas posteriores y su piel se torna más gruesa.

La rana es un anfibio. Al salir de los huevos, las ranas tienen partes del cuerpo que les permiten sobrevivir en el agua.

Más tarde, las ranas desarrollan otras partes que les permitirán sobrevivir en la tierra y pierden las partes del cuerpo que les servían para sobrevivir en el agua. Al convertirse en adultos, las ranas se parecen a sus padres.

🎯 **Secuencia** ¿Qué sucede cuando se forman las partes del cuerpo que les permiten sobrevivir en la tierra?

La rana desarrolla los pulmones y pierde las branquias. Muy pronto desaparecerá su cola.

El renacuajo crece y se convierte en adulto. La rana adulta puede reproducirse.

Laboratorio expreso

Tarjeta de actividad 6
Medir cómo cambia la rana

El ciclo de vida de una mariposa

Una mariposa pone sus huevos sobre una planta.

La larva sale del huevo y se come la planta sobre la que se encuentra.

La crisálida no come. Se están formando las alas y patas.

El ciclo de vida de una mariposa

Las mariposas son insectos. La mayoría de los insectos cambian de forma a medida que crecen. La primera fase del ciclo de vida de la mayoría de los insectos es el huevo. La larva sale de un huevo. En el ciclo de vida de un insecto, una **larva** es la fase en la que es similar a un gusano. Tiene una apariencia muy distinta a la de sus padres.

La larva crece y cambia su piel muchas veces. Luego se convierte en crisálida. La **crisálida** es la fase en que un insecto cambia de forma.

El cambio ha terminado. La crisálida se ha convertido en una mariposa.

La mariposa vive durante varias semanas. Pone huevos y comienza un nuevo ciclo de vida.

Secuencia ¿Qué fase le sigue a la fase de larva?

Conclusión de la lección

1. **Vocabulario** ¿Qué es una **larva**?

2. **Destreza de lectura** ¿Qué sucede antes de que a un renacuajo le crezcan las patas?

3. **Usar datos** ¿Cómo te resulta útil la información que registraste acerca de los ciclos de vida?

   Tecnología Visita **www.eduplace.com/cascp** para leer más sobre estos animales.

ESTÁNDARES 1–3: 2.b.

Lección 3

¿De dónde obtienen los animales sus características?

Desarrollar el contexto

Los animales heredan muchas características de sus padres. Algunas características son aprendidas o pueden ser causadas por el medio ambiente.

Destreza de investigación

Predecir En lugar de adivinar, usa los patrones que observas para decir qué crees que sucederá.

Lo que necesitas

pez de colores

lápiz

alimento para peces

 ESTÁNDARES

2.c. *Saber* que muchas de las características de un organismo son heredadas de los padres mientras que otras son causadas por el medio ambiente o éste influye en ellas.
4.a. Hacer predicciones basándose en patrones observados, en contraste con adivinar al azar.

58 • Capítulo 2

Investigación dirigida

Entrena un pez de colores

Pasos

1. **Experimenta** Con un lápiz golpea suavemente uno de los extremos de tu pecera. Observa y anota qué hace el pez. Alimenta al pez en el otro extremo de la pecera.

2. **Registra los datos** Repite el paso 1 durante tres días. Observa y anota qué hace el pez.

3. **Predice** Al quinto día, predice qué hará el pez cuando golpees la pecera. Comprueba tu predicción, pero no alimentes al pez. Observa y anota el comportamiento del pez.

PASO 1

PASO 2

PASO 3

Piensa y comparte

1. **Infiere** ¿En qué forma la señal que usaste para alimentar al pez te sirvió para entrenarlo?

2. **Predice** ¿Qué pasaría si usaras esta señal con otro tipo de pez?

Investigación guiada

Experimenta Piensa en formas de entrenar a otros animales. Haz un plan. **Comunica** tu plan a tus compañeros.

Aprender leyendo

Vocabulario

aprendida

 Destreza de lectura

Sacar conclusiones

Hecho → Hecho → Conclusión

ESTÁNDARES

2.a. *Saber* que las plantas y los animales producen brotes o crías de su mismo tipo. Estos brotes o crías se parecen entre sí y a sus progenitores.
2.c. *Saber* que muchas de las características de un organismo son heredadas de los padres mientras que otras son causadas por el medio ambiente o éste influye en ellas.

Características heredadas

Las crías de los animales heredan características de sus padres, al igual que las plantas nuevas las heredan de sus progenitoras. Cuando se reproducen, los seres vivos crean más seres vivos del mismo tipo.

Cuando los perros se reproducen, siempre nacen cachorritos. Los gatos siempre tienen gatitos y no cachorritos.

Estos gatitos heredaron la forma del cuerpo de sus padres.

¿En qué se parecen estos niños a sus padres?

De seres humanos siempre nacen niños. Con frecuencia, los niños que provienen de los mismos padres se parecen. Todos son hijos de una misma familia, pero todos se diferencian entre sí. Es posible que tengan diferente color de ojos y cabello. La forma de su nariz puede no ser la misma.

Sacar conclusiones ¿Por qué dos hermanos pueden tener la misma forma de oreja?

Laboratorio expreso

Tarjeta de actividad 7
Observar un comportamiento aprendido

Características aprendidas

Algunas características son aprendidas. Los características **aprendidas** no pasan de los padres a su cría. Tú no naciste sabiendo leer. Leer es algo que se aprende.

Al igual que tú, los animales también aprenden cosas durante su vida. Estas características aprendidas no les pasarán a sus crías.

Este zorrillo aprendió dónde puede buscar comida.

Un perro ovejero cuida a las ovejas.

Algunos animales son entrenados para ayudar a las personas. Distintos animales son entrenados para hacer cosas diferentes.

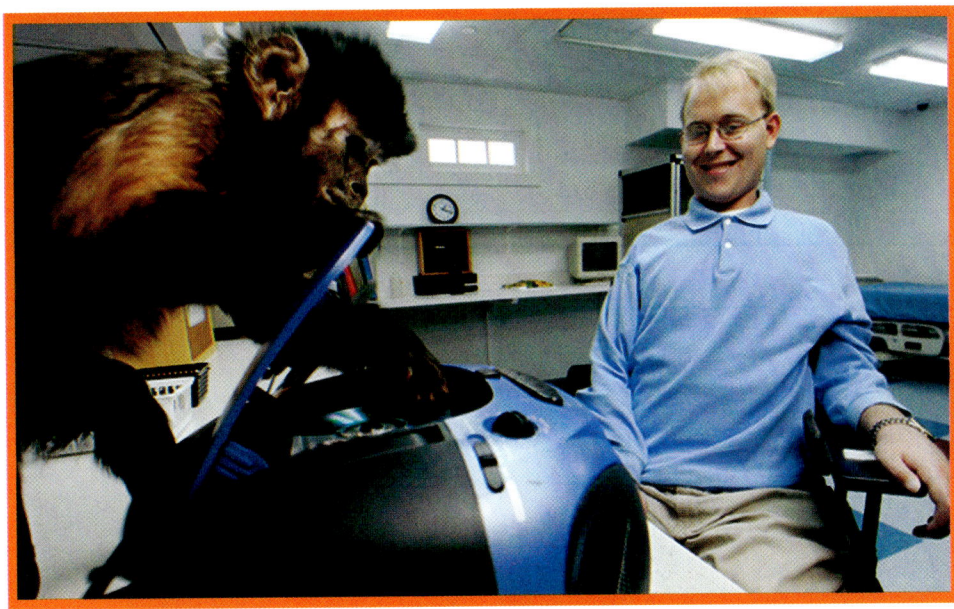

Este mono aprendió cómo usar un reproductor de discos compactos.

🎯 **Sacar conclusiones** ¿De dónde obtendría un perro sus características?

Conclusión de la lección

1. **Vocabulario** Nombra una característica que es **aprendida**.

2. 🎯 **Destreza de lectura** ¿Por qué los gatitos tendrían el mismo color que su madre?

3. **Predecir** ¿Qué tipo de cría tendrá una perra?

   💻 **Tecnología** Visita **www.eduplace.com/cascp** para leer más sobre características.

ESTÁNDARES 1–2: 2.c., 3: 2.a.

Ciencias EXTREMAs

ESTÁNDARES 2.c. *Saber* que muchas de las características de un organismo son heredadas de los padres mientras que otras son causadas por el medio ambiente o éste influye en ellas.

¡Mira estas gallinas!

¿Has visto alguna vez gallinas como éstas? ¡No tienen sombreros graciosos! Han sido criadas para tener ciertas características como plumas sedosas y rizadas.

Los criadores escogen a las gallinas adultas con los mejores colores y plumas para que se reproduzcan. Las crías que heredan esas características luego son elegidas para que se reproduzcan otra vez. Con el paso del tiempo, las características son habituales en ese grupo.

Esta raza de gallina polaca ha sido criada durante los últimos 500 años.

Esta gallina heredó las plumas de la cabeza de su padre y las plumas que cubren su cuerpo de su madre.

ENLACE DE LECTURA: Comparar y contrastar

El gallo polaco con cresta es conocido por las excepcionales plumas de su cabeza.

Mi diario

Dibuja tu propia gallina imaginaria. Escribe acerca de qué características heredó de su madre y de su padre.

Lección 4

¿En qué se diferencian animales del mismo tipo?

Desarrollar el contexto

Los seres vivos de un mismo tipo se parecen en muchas cosas. Pero cada uno de ellos es un poco diferente.

Destreza de investigación

Medir Usa instrumentos y unidades métricas para medir longitudes.

ESTÁNDARES

2.d. *Saber* que existen variaciones entre individuos de cierta especie dentro de una población.
4.b. Medir la longitud, el peso, la temperatura y el volumen de líquidos usando instrumentos adecuados. Expresar los resultados en unidades del sistema métrico decimal.

Lo que necesitas

regla

papel y lápiz

gráfica

Investigación dirigida

Mide palmos

Pasos

1 Mide Separa bien tus dedos y coloca tu mano sobre una hoja de papel. Traza una línea en el extremo de tu pulgar y de tu dedo meñique. Mide la distancia entre las dos marcas. Anota la medida de tu palmo.

2 Usa números Haz una investigación entre tus compañeros. Halla cuánto abarca el palmo de cada uno de los niños. Anota los datos en una tabla de conteo como la que se muestra.

3 Registra los datos Completa la gráfica de barras con los datos de la tabla de conteo. Añade rótulos.

PASO 1

PASO 2

Palmos	
Medidas	Cantidad de niños
13 centímetros	
14 centímetros	
15 centímetros	
16 centímetros	
17 centímetros	
18 centímetros	
19 centímetros	

PASO 3

Piensa y comparte

1. **Usa números** ¿Cuál fue la medida más grande y cuál fue la más pequeña?

2. **Compara** ¿En qué se parecen y en qué se diferencian las manos?

Investigación guiada

Experimenta Haz un plan para comparar el largo de los pies. **Usa números** para comparar las medidas de los pies y de las manos.

Aprender leyendo

Vocabulario

individuo

Destreza de lectura

Idea principal y detalles

- Idea principal
  - Detalle
  - Detalle

 ESTÁNDARES

2.d. *Saber* que existen variaciones entre individuos de cierta especie dentro de una población.
2.a. *Saber* que las plantas y los animales producen brotes o crías de su mismo tipo. Estos brotes o crías se parecen entre sí y a sus progenitores.

Las familias tienen diferencias

Las crías de una familia se parecen a sus padres y también entre sí. Pero los animales de una familia no son exactamente iguales. Cada animal hereda características un poco diferentes de sus padres. El color o tamaño de cada animal puede ser distinto. Hasta incluso se pueden comportar de manera diferente.

Estos perritos no son exactamente iguales a su madre.

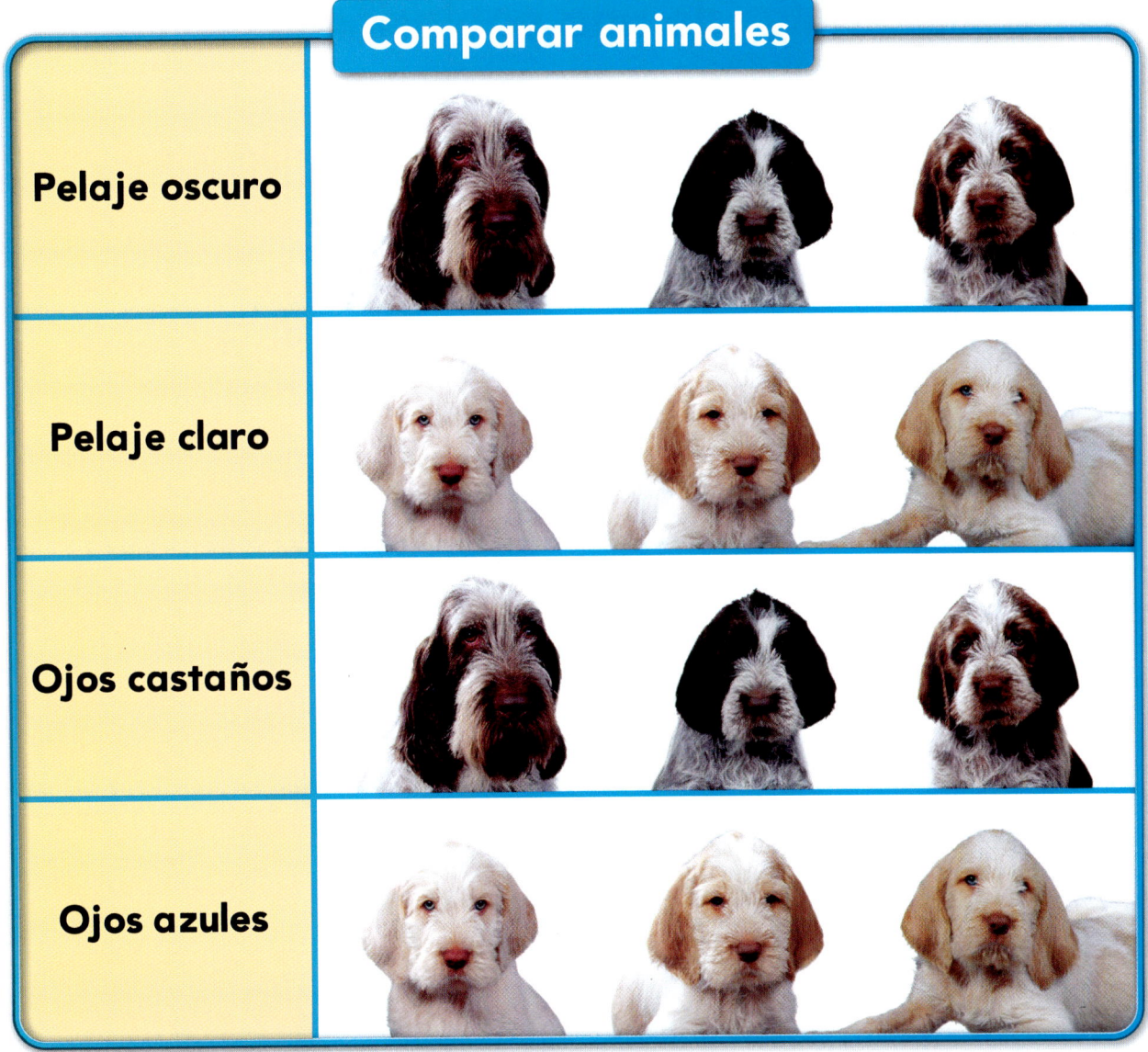

Un **individuo** es un ser vivo que pertenece a un grupo del mismo tipo de seres vivos. La tabla compara las características de los miembros de una familia de perros.

Idea principal ¿En qué se parecen los animales que forman una familia?

Laboratorio expreso

Tarjeta de actividad 8
Comparar dos individuos

Los animales de una población tienen diferencias

Al igual que los animales de una familia, los animales de una población no son exactamente iguales. Aprendiste que una población es un grupo del mismo tipo de seres vivos que habitan un lugar.

Al igual que los animales de una familia, los animales de una población son diferentes porque han heredado distintas características. Su tamaño y altura pueden ser diferentes. Pueden tener un color diferente. Mira los caballos que aparecen abajo. Cada uno tiene características diferentes, pero todos son caballos.

una población de caballos

Es posible que los animales que provienen de los mismos padres sean diferentes debido a otras razones. El medio ambiente puede afectar a los animales. Un animal puede consumir menos cantidad de alimento que otro. Un animal puede comer demasiado. Si un animal se enferma, es posible que crezca menos y no tenga el tamaño del resto de la población.

Idea principal ¿En qué se diferencian los animales de una misma población?

Estos caballos tienen una apariencia diferente, pero son parte de una misma población.

Conclusión de la lección

1. **Vocabulario** ¿Qué es un **individuo**?

2. **Destreza de lectura** Di dos formas en que se parecen los animales de una misma familia.

3. **Medir** Si comparas las medidas de los animales, ¿qué diferencias puedes ver?

Tecnología Visita **www.eduplace.com/cascp** para leer más de las diferencias entre los animales.

ESTÁNDARES 1: 2.d., 2: 2.a., 3: 2.d.

Enfoque: Tecnología

Ovillo de lana

¿Cómo podrías hacer un suéter que durara 100 años? Deberías usar una lana hecha con pelo o fibras de una alpaca.

Las fibras de alpaca son brillantes, suaves y finas. Estas cualidades permiten que sea más fácil su ovillado para convertirlas en lana. La lana de alpaca es más liviana y más fuerte que la lana que proviene de la oveja.

La mayoría de las alpacas viven en Suramérica. Algunas viven en los Estados Unidos.

ESTÁNDARES

2.d. *Saber* que existen variaciones entre individuos de cierta especie dentro de una población.

ENLACE DE LECTURA

La lana de alpaca está hecha con fibras de diferentes colores.

Las fibras de alpaca tienen más variedad de colores que las de otros animales. Hay más de 22 colores, ¡hasta rojo oscuro! Los criadores eligen a las alpacas por sus colores. Cuando estas alpacas se reproducen, la cría puede tener los colores que prefieren los criadores. Algunas crías pueden tener diferentes colores, por lo que es posible que la lana tenga más variedad de colores.

Compartir ideas

1. **Escríbelo** Haz una lista de las características que se prefieren en las fibras de alpaca.

2. **Coméntalo** ¿En qué forma le resulta útil a los criadores de alpaca conocer sobre las características heredadas?

ENLACES entre el hogar y la escuela

Matemáticas Ejercicio de división

La ilustración muestra los bebés que nacieron del hámster que tiene Juan. Juan le entregó 2 hámsteres a cada uno de sus 4 amigos. Haz un dibujo que muestre los grupos. ¿Cuántos hámsteres le quedaron a Juan?

Escritura Describe un ciclo de vida

Piensa en lo que sucede en cada fase del ciclo de vida de una rana. Escribe un cuento de aventura sobre la vida de una rana. Cuéntalo desde el punto de vista de la rana. Haz un dibujo que acompañe a tu cuento.

Gente en las ciencias

Dr. Ray Wack

Te presento al doctor Ray Wack. Es un veterinario, es decir, un doctor de animales. Trabaja en el zoológico de Sacramento y se ocupa de varias especies de animales.

Los animales del zoológico no son mascotas. Provienen de lugares de todo el mundo. El doctor Wack tiene la esperanza de que todos cuiden esos lugares agrestes donde viven los animales.

Este animal bebé nació en un zoológico. Un veterinario ayuda a cuidarlo.

Capítulo 2 — Repaso y práctica

Resumen visual

Los animales se parecen mucho a otros animales del mismo tipo. Pero en ciertas formas son diferentes.

Los animales bebés pueden:
- parecerse a sus padres. 
- no parecerse a sus padres. 
- heredar y aprender características. 
- ser diferentes de otros de su mismo tipo.

Revisa tus respuestas a las preguntas de la Presentación de la lección.

ESTÁNDARES 2.a, 2.b, 2.c, 2.d.

Ideas principales

1. ¿En qué se parecen y en qué se diferencian los ciclos de vida de un pájaro y de un ratón? (pág. 50)

2. ¿De dónde obtienen los animales sus características heredadas? (pág. 60)

3. ¿En qué se diferencian los animales del mismo tipo? (pág. 68)

Vocabulario

Escoge la palabra correcta del recuadro.

4. Ser vivo que pertenece a un grupo del mismo tipo de seres vivos

5. Seres vivos que provienen de otro ser vivo

6. Crear más seres vivos del mismo tipo

7. Fase en la que un insecto cambia de forma

| reproducir (pág. 48) |
| cría (pág. 48) |
| crisálida (pág. 56) |
| individuo (pág. 69) |

Usar destrezas de investigación

8. Busca una larva sobre la hoja de un árbol. ¿Cómo crees que cambiará con el paso del tiempo?

9. **Razonamiento crítico** Nombra una característica que hayas heredado. Nombra una que hayas aprendido.

ESTÁNDARES 1: 2.b., 2: 2.c., 3–4: 2.d., 5–6: 2.a., 7: 2.b., 8: 2.b., 4.a., 4.d., 9: 2.c.

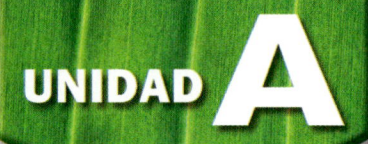

UNIDAD A — Repaso y práctica

Práctica para exámenes

Escoge la respuesta correcta.

1. ¿En qué parte de la planta se forman las semillas?

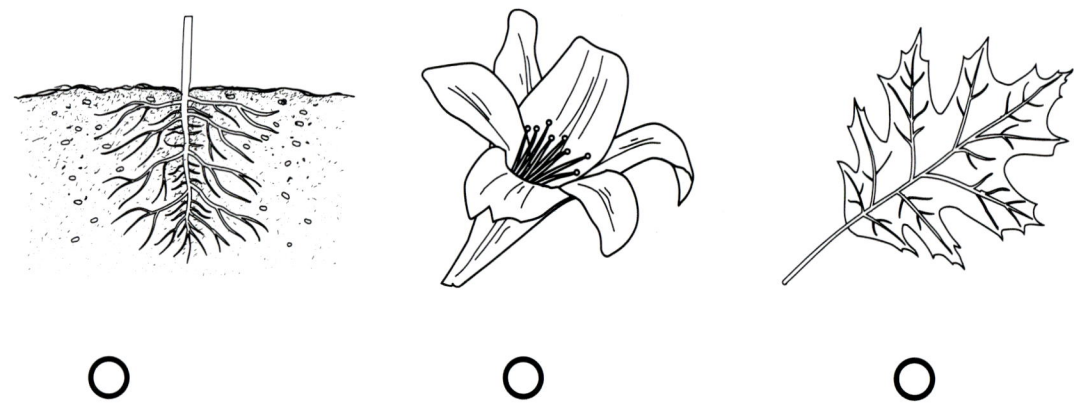

   ○   ○   ○

2. ¿Qué ocasionaría que una planta crezca y se desarrolle y otra muera?

   gravedad   fruto   medio ambiente

   ○   ○   ○

3. ¿Cuál es la fase que le sigue a esta etapa?

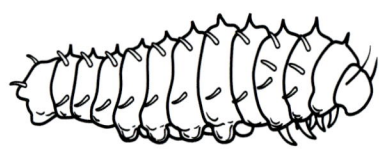

   huevo   adulto   crisálida

   ○   ○   ○

4. ¿A qué se parecen más los pajaritos?

huevos   ratoncitos   sus padres
○   ○   ○

5. Las raíces de una planta crecen hacia abajo debido a la fuerza de _____.

luz   gravedad   tierra
○   ○   ○

Repasar las ideas principales

Escribe la respuesta correcta.

6. Describe el ciclo de vida de una planta o un animal.

7. ¿En qué se diferencian los individuos de una población?

ESTÁNDARES 1: 2.f., 2: 2.c., 3: 2.b., 4: 2.a., 5: 2.e., 6: 2.b., 7: 2.d.

Conclusión

Tú puedes...

Descubrir más

¿Cómo los leones marinos madres encuentran a sus cachorros?

Para encontrar a sus cachorros, los leones marinos madres hacen un fuerte sonido de trompeta. El sonido de cada madre es diferente. Cuando el cachorro lo oye, responde con un sonido de balido. Así continúan hasta que se encuentran uno a otro. La madre lo reconoce por su olor.

 Simulaciones Busca en **www.eduplace.com/cascp** para aprender más sobre cómo los animales encuentran a sus bebés.

Cañón de Roca Roja

¡Vamos! Excursión por California

Durante miles de años la lluvia y el viento le dieron forma al Cañón de Roca Roja.

El cactus cola de castor crece mejor en las laderas secas, rocosas y desérticas bajo la brillante luz del Sol.

La lagartija chuckwalla duerme siete meses al año.

CIENCIAS **UNIDAD B** DE LA TIERRA

Los recursos de la Tierra

Lectura de ciencias 82

Capítulo 3
Las rocas, los suelos
y los fósiles 84

Lectura independiente
- Roca, suelos y fósiles
- Jack Horner, Cazador de dinosaurios
- El hogar de una lombriz

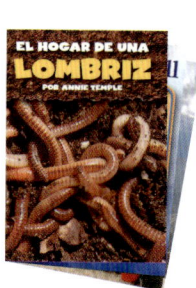

Capítulo 4
Usar los recursos 126

Lectura independiente
- Utilizar los recursos
- Debe ser arcilla
- Rocas famosas

Parque Nacional Cañón del Rey

¡La gran idea!

Grupo de estándares 3.
Ciencias de la Tierra

La Tierra está hecha de materiales que tienen distintas propiedades y proporcionan recursos para las actividades humanas.

Comienza con una Canción

Rocas, suelos y fósiles

Nuestra Tierra está llena de tesoros
como minerales y rocas.
Ricos suelos para crecer
y fósiles para conocer.
Los tesoros de nuestra Tierra.
Los tesoros de nuestra Tierra.

de *Canciones de ciencias*, pista 12

LECTURA DE CIENCIAS

Capítulo 3
Las rocas, los suelos y los fósiles

El Gran Cañón

Presentación de la lección

LECCIÓN 1 Las rocas tienen colores diferentes. ¿En qué otras formas se diferencian?

LECCIÓN 2 Hay rocas de muchos tamaños. ¿De dónde provienen las rocas pequeñas?

LECCIÓN 3 El suelo está compuesto de partes muy pequeñas. ¿Qué puedes hallar en el suelo?

LECCIÓN 4 El animal que formó este fósil existió hace mucho tiempo. ¿Qué podemos aprender de los fósiles?

Mi diario

Escribe o dibuja en tu diario para responder a las preguntas anteriores.

Vistazo al vocabulario

Vocabulario

roca pág. 90

mineral pág. 90

desgaste pág. 98

erosión pág. 100

gravedad pág. 100

suelo pág. 104

humus pág. 104

nutrientes pág. 104

fósil pág. 114

Glosario visual
Español-inglés pág. H18

Destreza de vocabulario

Usar sílabas

mineral

Divide la palabra en sílabas. Di las sílabas en voz alta y da una palmada por cada sílaba.

roca
Una roca es un sólido compuesto de uno o más minerales.

suelo
El suelo es el material suelto que cubre la superficie de la Tierra.

fósil
Un fósil es lo que queda de un ser vivo que existió hace mucho tiempo.

desgaste
El desgaste es el deterioro y ruptura de una roca.

Comienza con los estándares

Grupo de estándares 3. Ciencias de la Tierra.

3.a. *Poder* comparar las propiedades físicas de distintos tipos de rocas y saber que las rocas están compuestas de diferentes combinaciones de minerales.

3.b. *Saber* que las partículas del suelo o sedimento se forman por la ruptura y erosión de las rocas.

3.c. *Saber* que el suelo está compuesto en parte de fragmentos de rocas intemperizadas y en parte de materia orgánica. Los suelos tienen distinto color, textura, capacidad para retener agua, y habilidad para sostener el desarrollo de diversos tipos de plantas.

3.d. *Saber* que los fósiles son evidencia de plantas y animales que vivieron hace mucho tiempo. Los científicos estudian fósiles para conocer la historia de la Tierra.

Grupo de estándares 4. Investigación y experimentación comprendidos en este capítulo: 4.c., 4.f.

Lección 1

¿De qué están compuestas las rocas?

Desarrollar el contexto

Las rocas están compuestas de diferentes minerales. Distintas rocas y minerales tienen propiedades diferentes.

Destreza de investigación

Medir Usa instrumentos y unidades métricas para calcular el peso.

 ESTÁNDARES

3.a. *Poder* comparar las propiedades físicas de distintos tipos de rocas y saber que las rocas están compuestas de diferentes combinaciones de minerales.
4.C. Comparar y clasificar objetos cotidianos basados en dos o más propiedades físicas (por ejemplo: color, forma, textura, tamaño y peso).

Lo que necesitas

rocas y minerales

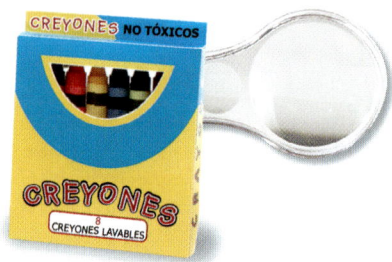

lupa y creyones

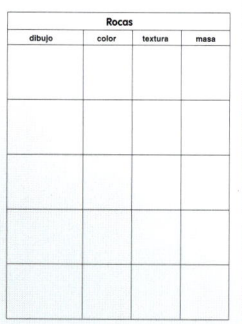

tabla de registro

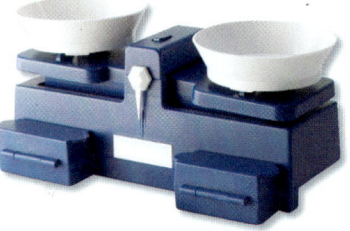

balanza

88 • Capítulo 3

Investigación dirigida

Compara rocas

Pasos

1. **Compara** Observa las rocas. Anota su color, textura y masa.

PASO 1

2. **Trabajen juntos** Observa los minerales. Luego observa más de cerca cada roca. Compara cada roca con los minerales. Comparte tus ideas acerca de lo que observas en cada roca.

PASO 2

3. **Clasifica** Organiza y agrupa las rocas que tienen dos aspectos parecidos. Anota tus grupos. Comenta la regla que usaste para clasificarlas.

PASO 3

Piensa y comparte

1. **Compara** ¿En qué se diferencian las rocas? ¿En qué se diferencian los minerales?

2. **Infiere** ¿Qué hallaste en las rocas? ¿En qué se parecen las rocas?

Investigación guiada

Experimenta Usa una balanza para **medir** la masa de cada una de las rocas. ¿Son las muestras más grandes siempre las más pesadas?

Aprender leyendo

Las rocas y los minerales

Vocabulario

roca

mineral

Destreza de lectura

Clasificar

Grupo	Grupo

ESTÁNDARES

3.a. *Poder* comparar las propiedades físicas de distintos tipos de rocas y saber que las rocas están compuestas de diferentes combinaciones de minerales.

El cañón de Roca Roja está formado por capas de arenisca.

Al observar la superficie de la Tierra, puedes ver agua y tierra. Parte de la tierra es roca y parte es suelo. La roca se encuentra debajo del agua y el suelo.

El planeta Tierra está formado en su mayor parte por materiales duros y sólidos que se llaman rocas. Una **roca** es un sólido compuesto de uno o más minerales. Un **mineral** es un sólido que se encuentra en la naturaleza y que nunca estuvo vivo. Los minerales se unen de distintas maneras para formar diferentes tipos de rocas.

La roca de Morro es parte de un antiguo volcán.

Las rocas y los minerales no se encuentran únicamente debajo del suelo y del agua. Las montañas que bordean la costa californiana están formadas por distintos tipos de rocas. Las rocas que se encuentran en los cañones del desierto están formadas por muchas rocas más pequeñas.

Clasificar ¿En qué se diferencia una roca de un mineral?

Laboratorio expreso

Tarjeta de actividad 9
Agrupar rocas

Las propiedades de los minerales

Hay muchos tipos de minerales. <u>Distintos minerales tienen propiedades diferentes.</u> Puedes identificar a los minerales según sus propiedades.

La dureza es una de las propiedades. Algunos minerales como los diamantes son muy duros. Otros como el talco son tan blandos que hasta puedes hacerles marcas con una uña.

turquesa

geoda de amatista

cinabrio

yeso

Otra propiedad es el lustre. El lustre significa cuán brillante es un objeto. Algunos minerales son brillantes. Otros son opacos.

Una tercera propiedad es el color. Algunos minerales coloridos se usan para fabricar joyas. Algunos minerales pueden tener distintos colores.

Clasificar ¿Qué propiedades se pueden usar para ordenar los minerales?

rubí

esmeralda

ópalo

cincita

93

Las propiedades de las rocas

Una roca está compuesta de uno o más minerales. El color de una roca depende de los minerales que contiene. Al igual que los minerales, las rocas pueden ser duras o blandas. El granito es una roca dura. Distintas rocas se sienten diferentes al tacto. La obsidiana tiene una textura suave. La arenisca es áspera y granulada al tacto.

Las partes que forman las rocas tienen distintos tamaños. El conglomerado está compuesto de grandes trozos de otras rocas. La piedra caliza está formada por fragmentos pequeños de mineral.

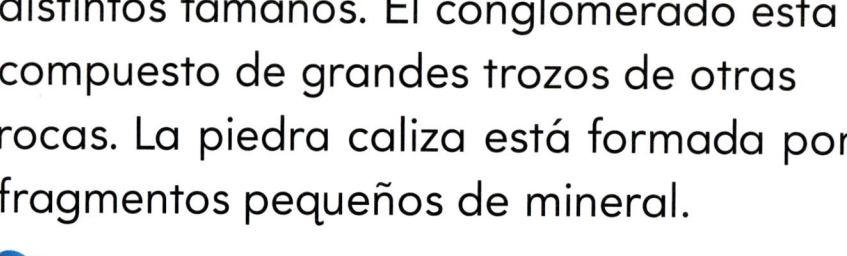

Clasificar ¿Cómo puedes ordenar las rocas?

arenisca

piedra caliza

obsidiana

conglomerado

Minerales en las rocas

El granito es una roca formada por los siguientes minerales: cuarzo, feldespato y mica.

El cuarzo puede ser transparente o grisáceo.

El feldespato se encuentra en muchos tipos de rocas.

La mica está formada por capas brillantes.

Conclusión de la lección

1. **Vocabulario** ¿Qué es una **roca**?

2. **Destreza de lectura** ¿Cómo sabes si dos rocas están compuestas de los mismos minerales?

3. **Medir** ¿De qué forma las medidas te sirven para comparar las rocas?

Tecnología Visita **www.eduplace.com/cascp** para leer más sobre rocas y minerales.

ESTÁNDARES 1–2: 3.a., 3: 4.b.

Lección 2

¿Cómo cambian las rocas?

Desarrollar el contexto

Las rocas pequeñas son fragmentos que se han formado de la ruptura de rocas más grandes. Además, el viento y el agua pueden desgastar las rocas grandes convirtiéndolas en rocas pequeñas.

Destreza de investigación

Inferir En lugar de adivinar, usa tus observaciones y conocimientos para decir lo que piensas.

 ESTÁNDARES

3.b. *Saber* que las partículas del suelo o sedimento se forman por la ruptura y erosión de las rocas.
4.f. Usar lentes de aumento o microscopios para efectuar observaciones y dibujar objetos pequeños o detalles de los objetos.

Lo que necesitas

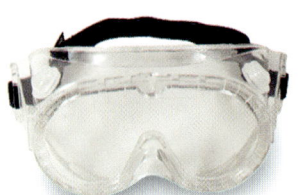
gafas protectoras

jarra con tapa y agua

rocas

lupa

Investigación dirigida

Rocas que cambian

Pasos

1. Coloca algunas rocas adentro de la jarra. Llena la jarra con agua hasta la mitad. Cierra muy bien la jarra con la tapa.
Medida de seguridad: ¡Usa gafas protectoras!

PASO 1

2. Pide a cada integrante de tu grupo que agite la jarra 50 veces.

PASO 2

3. **Observa** Coloca la jarra sobre una mesa. Déjala en reposo durante 5 minutos. Con una lupa observa los cambios que se producen adentro de la jarra.

PASO 3

Piensa y comparte

1. **Comunica** Escribe o dibuja los pasos que describen cómo cambiaron las rocas.

2. **Infiere** ¿De dónde provienen los fragmentos de rocas pequeñas?

Investigación guiada

Experimenta ¿De qué otra forma puedes obtener rocas pequeñas de las rocas grandes? Intenta una manera. **Observa** lo que sucede.

Aprender leyendo

Vocabulario

desgaste
erosión
gravedad

Destreza de lectura

Causa y efecto

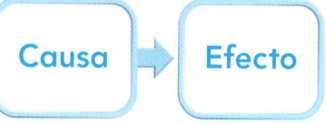

ESTÁNDARES

3.b. *Saber* que las partículas del suelo o sedimento se forman por la ruptura y erosión de las rocas.

Desgaste

El <u>**desgaste** es el deterioro y ruptura de una roca.</u> La roca se rompe en trozos cada vez más pequeños. Luego los trocitos pequeños de una roca se pueden convertir en parte del suelo.

El viento, el agua y las plantas pueden causar desgaste. El agua entra en las grietas de las rocas. El agua se congela y se derrite una y otra vez. Las grietas se hacen más grandes. Luego la roca se rompe en trozos pequeños.

Causa y efecto ¿Cuáles son las tres causas del desgaste?

El viento y el agua hicieron que se desgastaran partes de estas rocas.

Laboratorio expreso

Tarjeta de actividad 10
Observar cómo cambian las rocas

El agua recorrió estas rocas. Ahora sus bordes están redondeados.

El agua que se congela y se derrite una y otra vez hizo que se rompiera esta roca.

En las grietas de estas rocas crecieron raíces. Éstas partieron a la roca en varias partes.

99

Erosión

Otro cambio en la superficie de la Tierra es la erosión. La **erosión** es el desgaste y movimiento de roca y suelo de un lugar a otro. El agua, el viento y la gravedad pueden causar erosión. La **gravedad** es una fuerza que causa que los objetos se caigan al suelo.

La gravedad hace que el agua corra colina abajo. El agua de un río que corre colina abajo puede mover las rocas y el suelo. El agua congelada en forma de glaciar puede mover lentamente las rocas y el suelo colina abajo de una montaña.

Causa y efecto ¿Qué causa la erosión?

Las franjas oscuras son roca y suelo que el glaciar recogió al moverse.

Las olas del océano chocan contra la costa. Algo de tierra se desprende cuando las olas regresan al océano.

Las ráfagas fuertes de viento levantan el suelo arenoso y lo mueven a otros lugares.

Conclusión de la lección

1. **Vocabulario** ¿Qué es la **erosión**?

2. **Destreza de lectura** ¿Cómo pueden causar desgaste las plantas?

3. **Inferir** ¿Qué puedes inferir acerca de esta roca al observar su forma?

Tecnología Visita www.eduplace.com/cascp para leer más sobre el desgaste.

 ESTÁNDARES 1-3: 3.b.

Lección 3

¿De qué está compuesto el suelo?

Desarrollar el contexto

El suelo está compuesto de fragmentos pequeños de rocas y de materiales en descomposición. Los distintos tipos de suelos tienen diferentes propiedades. Las plantas crecen en el suelo.

Destreza de investigación

Comparar Para comparar objetos puedes considerar dos o más propiedades.

Lo que necesitas

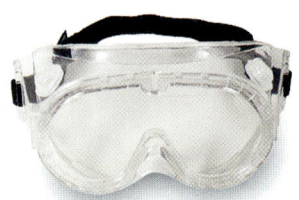

gafas protectoras

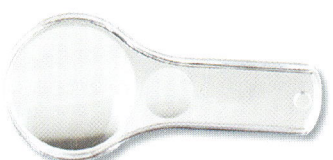

lupa

muestras de suelos

 ESTÁNDARES

3.c. *Saber* que el suelo está compuesto en parte de fragmentos de rocas intemperizadas y en parte de materia orgánica. Los suelos tienen distinto color, textura, capacidad para retener agua, y habilidad para sostener el desarrollo de diversos tipos de plantas.
4.c. Comparar y clasificar objetos cotidianos basados en dos o más propiedades físicas (por ejemplo: color, forma, textura, tamaño y peso).

Investigación dirigida

Compara suelos

Pasos

① **Observa** Toca cada muestra de suelo. Frota un poco entre tus dedos. **Medida de seguridad:** ¡Usa gafas protectoras!

PASO 1

② **Observa** Usa una lupa. Mira cada muestra de suelo. Fíjate en el color y los materiales que tiene cada suelo. **Medida de seguridad:** ¡Lávate las manos!

PASO 2

③ **Registra los datos** Dibuja cómo se ve cada muestra a través de la lupa.

PASO 3

④ **Clasifica** Agrupa las muestras de suelo. Los tipos de suelo de cada grupo deben tener dos aspectos parecidos.

Piensa y comparte

1. **Compara** ¿En qué se parecen y en qué se diferencian los suelos?

2. **Infiere** ¿Por qué crees que los suelos tienen distintos colores?

Investigación guiada

Experimenta Comenta con tus compañeros cómo pueden aprender más acerca del suelo del lugar donde viven. Prepara un plan. **Comunica** a los integrantes de tu grupo lo que van a hacer.

Aprender leyendo

Vocabulario

suelo

humus

nutrientes

Destreza de lectura

Comparar y contrastar

Diferente	Parecido	Diferente

ESTÁNDARES

3.c. *Saber* que el suelo está compuesto en parte de fragmentos de rocas intemperizadas y en parte de materia orgánica. Los suelos tienen distinto color, textura, capacidad para retener agua, y habilidad para sostener el desarrollo de diversos tipos de plantas.

Cómo se forma el suelo

El **suelo** es el material suelto que cubre la superficie de la Tierra. Contiene pequeños trocitos desgastados de roca, humus, aire y agua.

El **humus** está formado por trocitos pequeños de plantas y animales muertos que hay en suelo. El humus contiene nutrientes. Los **nutrientes** son materiales que les sirven a las plantas para crecer.

Cómo se forma el humus

Las partes muertas de las plantas caen a la tierra.

Plantas muertas y partes de animales se pudren para formar trocitos.

Estos trocitos se mezclan con las rocas desgastadas y forman el suelo.

El suelo se forma en capas. El humus se forma en la capa superior. La capa del medio tiene pequeños trocitos de roca desgastada. La capa inferior está formada por grandes rocas rotas. Con el tiempo, estas rocas se desgastan y se convierten en las rocas pequeñas y los minerales que forman parte del suelo.

Comparar y contrastar ¿En qué se diferencian las tres capas del suelo?

Capas del suelo

Capa superior
Esta capa es rica en humus. Aquí crecen las plantas.

Capa del medio
Esta capa tiene menos humus. Aquí se acumulan las rocas pequeñas.

Capa inferior
Las raíces de los árboles pueden llegar hasta esta capa que tiene rocas de mayor tamaño.

En qué se diferencian los suelos

Los distintos suelos tienen diferentes propiedades. Contienen diferentes cantidades de rocas desgastadas, humus, aire y agua.

Por lo general, los suelos que tienen gran cantidad de humus son de color oscuro. Otros tipos de suelos están formados principalmente por rocas desgastadas y minerales con hierro. Comúnmente, estos suelos son de color rojo. Algunos se sienten arenosos al tacto y otros son pegajosos. Algunos retienen una gran cantidad de agua. Otros retienen muy poca.

Comparar y contrastar ¿En qué se diferencian los suelos?

El suelo oscuro es bueno para cultivar muchas plantas.

Laboratorio expreso

Tarjeta de actividad 11
Comparar suelos

Tipos de suelos

Mantillo	Suelo arcilloso	Suelo arenoso
• tiene mucho humus • es de color oscuro • es el mejor para cultivar plantas	• está formado por pequeños trozos de arcilla • es pegajoso cuando se humedece • es de color marrón, rojo o amarillo	• tiene muchas rocas desgastadas • se siente arenoso al tacto • es de color canela o marrón claro

Los animales ayudan al suelo

Muchos animales viven en el suelo. Algunos animales cavan. Otros se mueven a través del suelo. Los animales aflojan el suelo al romperlo en trocitos más pequeños. El aire puede entrar al suelo a través de los trocitos más pequeños.

Cuando llueve, el agua puede penetrar en el suelo en lugar de correr sobre su superficie. Esto evita que el suelo se desprenda.

cochinilla

lombriz

Las lombrices comen trocitos de suelo a medida que avanzan por él. Las cochinillas comen restos de plantas en descomposición y las rompen en trocitos más pequeños.

Las tuzas hacen túneles largos en el suelo, mezclándolo a medida que cavan. Empujan el suelo de los túneles hacia la superficie. Esto permite que las raíces de las plantas absorban más fácilmente los nutrientes que necesitan.

Las tuzas escarban el suelo. Sus túneles permiten la entrada del aire y el agua en el suelo.

Comparar y contrastar ¿En qué forma los distintos animales ayudan al suelo?

Conclusión de la lección

1. **Vocabulario** ¿De dónde obtienen **nutrientes** las plantas?

2. **Destreza de lectura** Nombra tres formas en las que se diferencian los suelos.

3. **Comparar** ¿En qué se diferencia el mantillo del suelo arenoso?

Tecnología Visita www.eduplace.com/cascp para leer más sobre el suelo.

ESTÁNDARES 1–3: 3.c.

Ciencias EXTREMAS

ESTÁNDARES 3.c. *Saber que el suelo está compuesto en parte de fragmentos de rocas intemperizadas y en parte de materia orgánica. Los suelos tienen distinto color, textura, capacidad para retener agua, y habilidad para sostener el desarrollo de diversos tipos de plantas.*

El imponente ácaro

¿Es posible que sea un monstruo gigantesco de otro planeta? No. Es una fotografía tomada extremadamente cerca de un ácaro del suelo. La mayoría de los ácaros son más pequeños que el punto que aparece al final de esta oración.

Los ácaros del suelo ayudan a descomponer las plantas y los animales muertos para convertirlos en humus. Este proceso añade nutrientes al suelo y permite que las plantas crezcan.

¡Es probable que el suelo que esta niña tiene en sus manos tenga 50 mil ácaros!

ENLACE DE LECTURA: Comparar y contrastar

Esta imagen de un ácaro del suelo se obtuvo a través de un poderoso microscopio.

Mi diario

¿En qué forma los ácaros del suelo ayudan a mejorar el suelo? Escribe tus ideas en tu diario.

Lección 4

¿Qué pistas nos dan los fósiles?

Desarrollar el contexto

Los fósiles nos dan pistas sobre las plantas y animales que vivieron hace mucho tiempo. Los distintos fósiles nos dan pistas diferentes.

Destreza de investigación

Clasificar Puedes organizar un grupo de objetos según dos o más propiedades.

Lo que necesitas

fósiles

lupa

regla

ESTÁNDARES

3.d. *Saber* que los fósiles son evidencia de plantas y animales que vivieron hace mucho tiempo. Los científicos estudian fósiles para conocer la historia de la Tierra.

4.c. Comparar y clasificar objetos cotidianos basados en dos o más propiedades físicas (por ejemplo: color, forma, textura, tamaño y peso).

112 • Capítulo 3

Investigación dirigida

Compara fósiles

Pasos

1. **Observa** Mira cada fósil. Dibuja lo que ves. Luego obsérvalos otra vez con una lupa. Añade detalles a tus dibujos.

PASO 1

2. **Mide** Usa una regla. Mide el largo de cada fósil en centímetros. Añade este dato a tus dibujos.

PASO 2

3. **Clasifica** Organiza los fósiles en grupos. Los fósiles de cada grupo deben tener dos aspectos parecidos.

4. **Comunica** Comenta a qué seres vivos se parecen los fósiles.

PASO 3

Piensa y comparte

1. ¿Cómo puedes identificar qué fósiles eran de animales y qué fósiles eran de plantas?

2. **Infiere** ¿Qué aprendería un científico al comparar las hojas fósiles con las hojas de plantas actuales?

Investigación guiada

Haz preguntas Haz una lista de preguntas acerca de los fósiles que has observado. **Comunica** a tus compañeros de qué manera puedes responder a tus preguntas.

Aprender leyendo

Vocabulario
fósil

Destreza de lectura
Sacar conclusiones

Hecho → Hecho → Conclusión

ESTÁNDARES

3.d. *Saber* que los fósiles son evidencia de plantas y animales que vivieron hace mucho tiempo. Los científicos estudian fósiles para conocer la historia de la Tierra.

Cómo se forman los fósiles

Los científicos aprenden sobre los seres que vivieron en el pasado cuando estudian los fósiles. Un **fósil** es lo que queda de un ser vivo que existió hace mucho tiempo. Los fósiles se forman de distintas maneras.

Algunos fósiles son impresiones. Cuando un ser vivo presiona sobre el barro blando, deja una huella en el lodo. Con el tiempo el lodo se convierte en roca. La figura de un ser vivo marcada en una roca se llama impresión.

Cómo se forman los vaciados

1 Un ser vivo muere y es cubierto por lodo. El lodo se convierte en roca.

2 La parte dura del ser vivo se rompe en pedazos. La impresión queda en la roca.

Algunos fósiles son las partes duras de los animales como huesos o dientes. Después de morir, capas de lodo cubren a los animales y sus partes blandas se descomponen. Después de millones de años, las partes duras se convirtieron en roca. Éstos son los fósiles que encontramos y estudiamos hoy día.

fósil de hueso

🎯 **Sacar conclusiones** ¿Qué conclusión puedes sacar acerca de un fósil que ha sido descubierto en una roca?

impresión de una hoja

3

Se forma un vaciado cuando la impresión se llena de lodo o minerales.

impresión

vaciado

115

Aprender de los fósiles

<u>Los fósiles nos dan pistas sobre las plantas y animales que vivieron hace mucho tiempo.</u> Algunas de esas plantas y animales como los dinosaurios, ya no viven sobre la Tierra.

Los huesos fósiles brindan pistas sobre el tamaño de un animal. Las impresiones y los vaciados muestran qué aspecto tenían las plantas y los animales. Las huellas muestran cómo se movían los animales.

🎯 **Sacar conclusiones** ¿Qué te indica el hueso largo y grueso de la pata acerca de un animal?

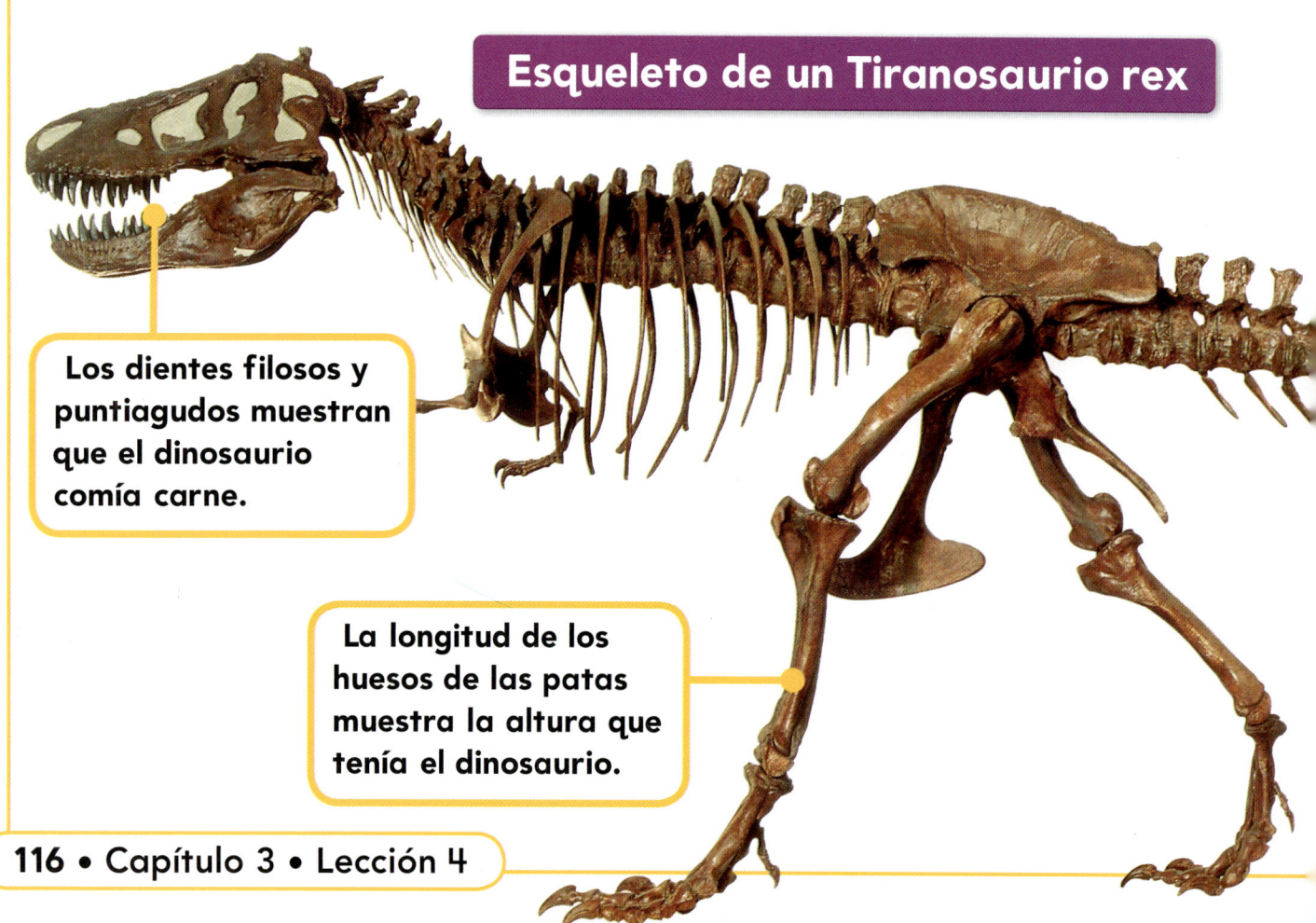

Esqueleto de un Tiranosaurio rex

Los dientes filosos y puntiagudos muestran que el dinosaurio comía carne.

La longitud de los huesos de las patas muestra la altura que tenía el dinosaurio.

¿Cómo podría saber un artista qué aspecto tenía un dinosaurio?

Las huellas brindan pistas sobre el peso y la velocidad del dinosaurio.

Laboratorio expreso

Tarjeta de actividad 12
Agrupar fósiles

Pistas sobre el pasado de la Tierra

Muchas plantas y animales que hoy existen se parecen a las que existían hace mucho tiempo. Las personas estudian los fósiles para aprender de qué forma cambiaron los seres vivos con el paso del tiempo. Los científicos observan los huesos de dinosaurios y los comparan con los huesos de animales actuales. Ésto ha permitido que algunos científicos llegaran a pensar que las aves están relacionadas con algunos dinosaurios.

En otra época los helechos formaban enormes bosques. En la actualidad casi todos los helechos crecen en el suelo de los bosques.

impresión de un fósil de helecho

Hace mucho tiempo

Hoy

Quizás esta tierra estuvo bajo el agua.

Los científicos también buscan pistas acerca de cómo era el medio ambiente hace mucho tiempo. Comparan los fósiles con seres vivos y así infieren cómo podría haber sido el medio ambiente.

🎯 **Sacar conclusiones** ¿Qué puedes aprender acerca de los fósiles de plantas al compararlos con las plantas actuales?

Conclusión de la lección

① **Vocabulario** ¿Qué es un **fósil**?

② 🎯 **Destreza de lectura** ¿Qué conclusión podría sacar un científico al observar este fósil de un diente?

③ **Clasificar** ¿Cómo puedes determinar si un fósil es de un animal que vivió en la selva o de uno que vivió en el desierto?

📱 **Tecnología** Visita www.eduplace.com/cascp para leer más sobre fósiles.

ESTÁNDARES 1–3: 3.d.

Enfoque California
Historia de las ciencias

Fósiles de tigres dientes de sable

En el rancho La Brea de Los Ángeles se han descubierto muchos fósiles de tigres dientes de sable. El rancho La Brea también recibe el nombre de *Tar Pits* (pozos de brea).

Al principio, los científicos pensaban que los tigres usaban sus enormes dientes para capturar y sostener a su presa. En ese caso los dientes se hubieran quebrado. Pero se descubrieron pocos dientes quebrados. En la actualidad, los científicos piensan que los tigres dientes de sable usaban sus enormes dientes para herir a su presa.

Este fósil hallado en el estado de California pertenece al cráneo de un tigre dientes de sable.

ESTÁNDARES 3.d. Saber que los fósiles son evidencia de plantas y animales que vivieron hace mucho tiempo. Los científicos estudian fósiles para conocer la historia de la Tierra.

ENLACE DE LECTURA

El pozo 91 de La Brea es el único lugar en el que todavía se buscan fósiles cada verano.

Compartir ideas

1. **Escríbelo** ¿Cómo cambiaron los conceptos acerca de los tigres dientes de sable con el tiempo?

2. **Coméntalo** ¿Por qué los científicos pueden cambiar sus ideas acerca de los animales del pasado?

121

ENLACES
entre el hogar y la escuela

Matemáticas Mide huellas de dinosaurio

Usa una regla. Mide en pulgadas la huella de un dinosaurio. Anota la medida. Predice si la medida en centímetros te dará una cifra mayor o menor. Mídela en centímetros para descubrirlo.

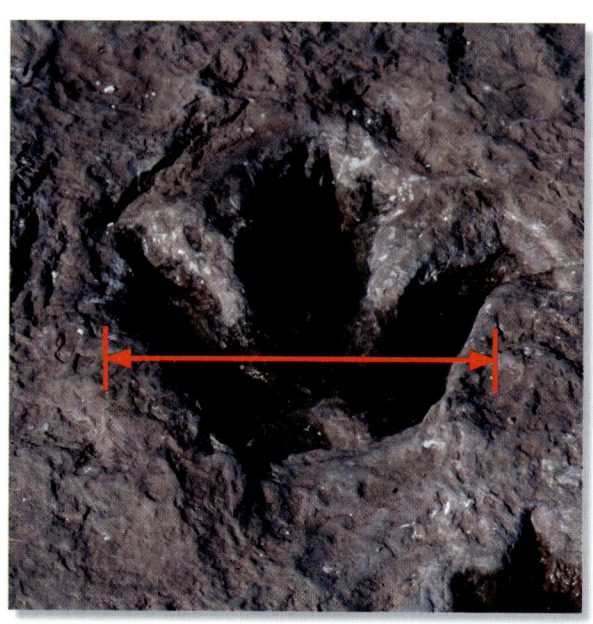

Escritura Describe cómo se forma un fósil

Imagina que puedes observar cómo un caracol se convierte en un fósil con el paso del tiempo. Escribe los pasos. Describe qué sucede en cada paso. Di qué aspecto tiene el fósil al ser hallado.

Ocupaciones

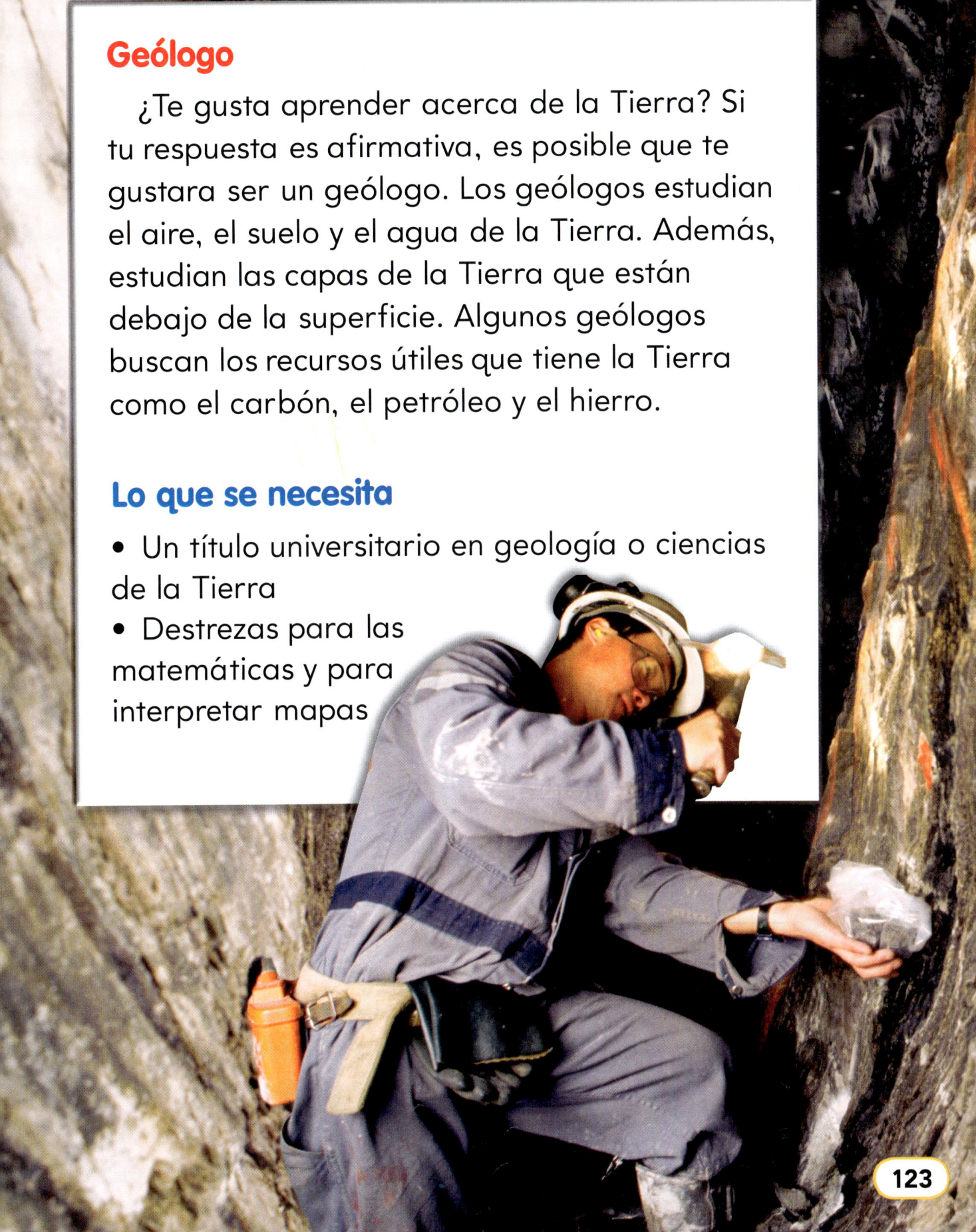

Geólogo

¿Te gusta aprender acerca de la Tierra? Si tu respuesta es afirmativa, es posible que te gustara ser un geólogo. Los geólogos estudian el aire, el suelo y el agua de la Tierra. Además, estudian las capas de la Tierra que están debajo de la superficie. Algunos geólogos buscan los recursos útiles que tiene la Tierra como el carbón, el petróleo y el hierro.

Lo que se necesita

- Un título universitario en geología o ciencias de la Tierra
- Destrezas para las matemáticas y para interpretar mapas

Capítulo 3 — Repaso y práctica

Resumen visual

En la Tierra se pueden hallar distintas rocas, minerales y suelos. Los científicos estudian los fósiles para aprender acerca de los seres vivos que existieron hace mucho tiempo.

Las rocas están compuestas de minerales.

Los suelos están formados por distintas cantidades de roca y humus.

Rocas, suelos y fósiles

El desgaste puede causar la ruptura de las rocas.

Los fósiles nos dan pistas sobre las plantas y animales que vivieron hace mucho tiempo.

Mi diario

Repasa tus respuestas a las preguntas de la Presentación de la lección.

ESTÁNDARES 3a., 3.b., 3.c., 3.d.

Ideas principales

1. ¿De qué están compuestas las rocas? (pág. 90)
2. ¿En qué se diferencia el suelo que tiene mucho humus de los otros suelos? (págs. 106 y 107)
3. ¿Qué aprenden los científicos de los fósiles? (pág. 116)

Vocabulario

Escoge la palabra correcta del recuadro.

4. Deterioro y ruptura de una roca
5. Materiales que les sirven a las plantas para crecer
6. El desgaste y movimiento de roca y suelo
7. Una fuerza que hace que los objetos caigan al suelo

desgaste (pág. 98)

erosión (pág. 100)

gravedad (pág. 100)

nutrientes (pág. 104)

Usar destrezas de investigación

8. ¿En qué formas puedes ordenar las rocas en grupos de modo que las rocas de cada grupo tengan dos aspectos parecidos?

9. **Razonamiento crítico** ¿De dónde crees que provienen los pequeños trocitos de rocas que hay en los senderos para caminatas?

ESTÁNDARES 1:3.a., 2:3.c., 3:3.d., 4:3.b., 5:3.c., 6-7:3 b., 8:4.c., 3.a., 9:3.b.

Capítulo 4
Usar los recursos

Cascada McCloud en el norte de California

Presentación de la lección

LECCIÓN 1

Esta pared está formada por rocas. ¿De qué otras maneras se pueden usar las rocas?

LECCIÓN 2
El agua es un recurso. ¿Cómo usan las personas el agua?

LECCIÓN 3

Las plantas crecen en el suelo. ¿De qué maneras se pueden usar las plantas y el suelo?

LECCIÓN 4
Reciclar te permite conservar los recursos. ¿De qué otras maneras pueden las personas conservar los recursos?

Mi diario
Escribe o dibuja en tu diario para responder a las preguntas anteriores.

Vistazo al vocabulario

Vocabulario

recurso natural pág. 132
combustible pág. 132
riego pág. 144
fértil pág. 148
conservar pág. 156
reciclar pág. 158

Glosario visual
Español-inglés pág. H18

Destreza de vocabulario

Usar ilustraciones

riego

Di en voz alta la palabra. Las pistas de la ilustración te permitirán entender el significado de la palabra.

recurso natural

Un recurso natural es el elemento que se encuentra en la naturaleza y que las personas usan o necesitan.

conservar

Para conservar, debes usar menos de algo para que dure más.

reciclar

Para reciclar, debes acumular materiales usados para hacer nuevos objetos.

riego

El riego es el método para llevar agua al suelo seco.

Comienza con los estándares

Grupo de estándares 3. Ciencias de la Tierra.

3.a. *Poder* comparar las propiedades físicas de distintos tipos de rocas y saber que las rocas están compuestas de diferentes combinaciones de minerales.

3.c. *Saber* que el suelo está compuesto en parte de fragmentos de rocas intemperizadas y en parte de materia orgánica. Los suelos tienen distinto color, textura, capacidad para retener agua, y habilidad para sostener el desarrollo de diversos tipos de plantas.

3.e. *Saber* que las rocas, el agua, las plantas, y el suelo proporcionan al ser humano recursos como alimentos, combustibles, y materiales de construcción.

Grupo de estándares 4. Investigación y experimentación comprendidos en este capítulo: 4.b., 4.e., 4.f.

Lección 1

¿Cómo usan las personas las rocas?

Desarrollar el contexto

Las rocas se pueden usar de muchas maneras. Se usan en edificios, estatuas, joyas y vidrios.

Destreza de investigación

Comunicar Comparte con tus compañeros lo que aprendes y observas.

Lo que necesitas

papel y creyones

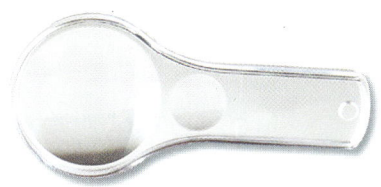

lupa

 ESTÁNDARES

3.e. *Saber* que las rocas, el agua, las plantas, y el suelo proporcionan al ser humano recursos como alimentos, combustibles, y materiales de construcción.

4.f. Usar lentes de aumento o microscopios para efectuar observaciones y dibujar objetos pequeños o detalles de los objetos.

Investigación dirigida

Busca rocas

Pasos

1. **Observa** Camina alrededor de la escuela. Camina por adentro y también por afuera. Busca objetos hechos de piedras. Dibuja tus observaciones.

2. **Observa** Con una lupa mira más de cerca los objetos hechos de rocas. Añade detalles a tus dibujos.

3. **Comunica** Compara tus dibujos con los de otro compañero. Comenta cómo usan las personas las rocas.

PASO 1

PASO 2

PASO 3

Piensa y comparte

1. **Compara** ¿En qué se diferencian los objetos hechos de roca?

2. **Infiere** ¿Por qué crees que las personas usan las rocas de distintas maneras?

Investigación guiada

Haz preguntas Haz una encuesta. Halla cuántos niños viven en casas hechas con rocas y cuántos sin rocas. **Usa los datos** para hacer una gráfica de barras.

Aprender leyendo

Vocabulario
recurso natural
combustible

Destreza de lectura
Idea principal y detalles

ESTÁNDARES

3.e. *Saber* que las rocas, el agua, las plantas, y el suelo proporcionan al ser humano recursos como alimentos, combustibles, y materiales de construcción.
3.a. *Poder* comparar las propiedades físicas de distintos tipos de rocas y saber que las rocas están compuestas de diferentes combinaciones de minerales.

Los mismos trocitos de roca que componen la arena de la playa de Carmel se usan para hacer materiales de construcción.

Recursos que se obtienen de las rocas

Un **recurso natural** es el elemento que se encuentra en la naturaleza y que las personas usan o necesitan. Las rocas, el agua y el suelo son algunos recursos naturales.

Las rocas se usan para hacer materiales de construcción y como combustible. El **combustible** es una materia que se puede quemar para obtener energía o calor. El carbón es una roca que se usa como combustible. Al quemarlo, se obtiene calor. La arena está compuesta de trocitos de roca desgastada. Ésta se puede mezclar con otros materiales para construir aceras y algunos edificios.

Idea principal ¿Para qué sirven las rocas?

Laboratorio expreso

Tarjeta de actividad 13
Identificar los usos de las rocas

Formas en que las personas usan las rocas

 piedra caliza		se usa para construir caminos, estatuas, edificios, cemento y vidrio
 granito		se usa para construir edificios y encimeras
 mármol		se usa para construir estatuas, muebles, edificios y tableros para mesas
 piedra		se usa para construir edificios y muros
 carbón		al quemarlo, se obtiene calor y electricidad

Usos de los minerales

Los minerales que se encuentran en las rocas se usan para hacer muchas cosas. El oro y el cobre se usan para hacer monedas, metales y joyas. El granate y el diamante también se usan para hacer joyas. El grafito es más blando que el granate y sirve para hacer lápices. Debido a que es tan blando, el talco se usa en forma de polvo.

Idea principal ¿Cuáles son algunas formas en que se usan los minerales de las rocas?

grafito

granate

oro

talco

El cuarzo se usa en las partes que hacen funcionar a un reloj. Además se usa en el vidrio de algunos relojes.

cuarzo

Conclusión de la lección

❶ **Vocabulario** ¿Qué es un **recurso natural**?

❷ **Destreza de lectura** ¿Cuáles son tres formas en que se usan las rocas y los minerales?

❸ **Comunicar** ¿Por qué las rocas y los minerales son importantes recursos naturales?

Tecnología Visita www.eduplace.com/cascp para leer más sobre las rocas y minerales hallados en California.

ESTÁNDARES 1:3.e., 2:3.a., 3.e., 3:3.e.

Enfoque California

Teatro del lector

Rocas maravillosas

Personajes
Narrador
Pablo: escultor
Susana: joyera
Arturo: constructor
Juan: constructor de carreteras
Carla: minera

ESTÁNDARES **3.e.** *Saber* que las rocas, el agua, las plantas, y el suelo proporcionan al ser humano recursos como alimentos, combustibles, y materiales de construcción.

ENLACE DE LECTURA

Narrador: Las personas usan las rocas de muchas maneras. Algunas ocupaciones dependen de las rocas.

Pablo: Soy escultor. Tallo piedras para hacer objetos de arte.

Carla: ¿Qué tipo de roca usas?

Pablo: Uso el mármol. El mármol es una piedra bonita, además de ser muy fuerte.

Arturo: Soy un constructor. ¡También uso las rocas que son duras y bonitas! Me gustan la piedra caliza y el granito.

Susana: ¿Para qué sirven?

Arturo: Corto y pulo las rocas para hacer paneles y losetas. Luego los uso para construir edificios.

Susana: Soy joyera. También corto y pulo rocas bonitas. Pero las uso para hacer joyas.

Juan: Soy un constructor de carreteras. Uso la roca molida como la piedra caliza para fabricar cemento que sirve para construir carreteras.

Carla: Qué interesante. Pero sin mí, ¡ustedes no tendrían trabajo!

Pablo, Susana, Arturo y Juan: ¿Por qué?

Carla: Soy minera. Extraigo rocas de la tierra. ¡Para que luego las usen personas como ustedes!

Pablo, Susana, Arturo y Juan: ¡Gracias Carla! ¡Eres increíble!

Compartir ideas

1. **Escríbelo** ¿Por qué crees que rocas diferentes se usan para hacer distintos trabajos?
2. **Coméntalo** ¿Cómo sería tu vida sin las rocas?

Lección 2

¿Cómo usan las personas el agua?

Desarrollar el contexto

Las personas usan el agua de muchas maneras. Usan el agua para beber, regar las plantas, lavar y divertirse.

Destreza de investigación

Registrar datos Puedes hacer y rotular una gráfica de barras para registrar datos.

Lo que necesitas

papel y lápiz

gráfica de barras

ESTÁNDARES

3.e. *Saber* que las rocas, el agua, las plantas, y el suelo proporcionan al ser humano recursos como alimentos, combustibles, y materiales de construcción.
4.e. Construir gráficas de barras usando ejes debidamente identificados.

Investigación dirigida

El uso del agua

Pasos

1. **Registra los datos** Lleva la cuenta de cuántas veces usas el agua durante un día en la escuela. Usa una tabla de conteo como la que se presenta en la ilustración.

PASO 1

Formas en que usé el agua	Marcas
beber	
lavar las manos	
tirar de la cadena	
lavar objetos	

2. **Usa números** Trabaja en grupo. Cuenta la cantidad de marcas para cada forma en que se usó el agua.

PASO 2

3. **Registra los datos** Con los totales del grupo haz una gráfica de barras sobre cómo tu grupo usa el agua.

PASO 3

Piensa y comparte

1. **Usa datos** ¿En qué formas tu grupo usó más el agua? ¿En qué formas la usó con menos frecuencia?

2. ¿Cómo cambiaría tu gráfica si reunieras los datos de toda tu clase?

Investigación guiada

Haz preguntas ¿Cómo cambiaría tu gráfica si reunieras los datos de _____? **Predice** en qué forma se usará más el agua.

141

Aprender leyendo

Vocabulario

riego

Destreza de lectura

Clasificar

Grupo	Grupo	Grupo

 ESTÁNDARES

3.e. *Saber* que las rocas, el agua, las plantas, y el suelo proporcionan al ser humano recursos como alimentos, combustibles, y materiales de construcción.

Las personas usan el agua

El agua es un recurso natural sin el cual sería imposible vivir. Todos los seres vivos necesitan agua para vivir y crecer. Sin agua, todos los seres vivos morirían.

<u>Tú usas el agua todos los días de distintas maneras.</u> El agua forma parte de la mayoría de las bebidas que consumes. El agua se usa para cocinar muchos de los alimentos que tú comes. Usas el agua cuando te bañas o te cepillas los dientes.

bañarse

beber

Además, el agua se usa para limpiar muchas cosas. Cada vez que ayudas a lavar los platos o la ropa estás usando el agua.

Las personas usan el agua para apagar incendios. Esta agua proviene de los lagos, ríos y océanos. El agua que usas para beber y para bañarte proviene de los lagos, los ríos y debajo de la tierra.

Clasificar ¿Cuáles son tres formas en que las personas usan el agua en sus hogares?

divertirse

lavarse las manos

apagar incendios

Laboratorio expreso

Tarjeta de actividad 14
Categorizar los usos del agua

Agua para la agricultura

Al igual que todos los seres vivos, las plantas necesitan agua para vivir y crecer. En algunos lugares las lluvias son frecuentes. Las plantas obtienen el agua que necesitan.

En otros lugares no llueve lo suficiente. Por lo que los agricultores deben hallar otra forma de regar sus cultivos. El **riego** es un método para llevar agua al suelo seco. Acequias y acueductos sirven para transportar el agua desde los arroyos, ríos y pozos hasta las granjas.

Muchos agricultores de California usan el riego para llevar el agua a sus cosechas.

Agua para la electricidad

El agua que pasa por una represa sirve para alimentar las máquinas que generan electricidad. La represa Hoover proporciona electricidad a parte de California, Nevada y Arizona. La represa produce electricidad suficiente para que más de un millón de personas la usen todos los días.

Clasificar ¿Cuáles son las dos formas de llevar el agua a las cosechas?

Represa Hoover

Conclusión de la lección

1. **Vocabulario** ¿Qué es el **riego**?

2. **Destreza de lectura** ¿De dónde proviene el agua que usan las personas?

3. **Registrar datos** ¿Cuáles son las dos formas en las que puedes registrar datos?

Tecnología Visita www.eduplace.com/cascp para leer más sobre cómo las personas usan el agua.

ESTÁNDARES 1–3: 3.e.

Lección 3

¿Cómo usan las personas el suelo y las plantas?

Desarrollar el contexto

Algunos suelos retienen más agua que otros. Distintos tipos de plantas crecen en diferentes tipos de suelos. Las plantas se pueden usar como alimento, combustible y materiales de construcción.

Destreza de investigación

Usar números Usa números para describir y comparar objetos o sucesos.

 ESTÁNDARES

3.c. *Saber* que el suelo está compuesto en parte de fragmentos de rocas intemperizadas y en parte de materia orgánica. Los suelos tienen distinto color, textura, capacidad para retener agua, y habilidad para sostener el desarrollo de diversos tipos de plantas.
4.e. Construir gráficas de barras usando ejes debidamente identificados.

Lo que necesitas

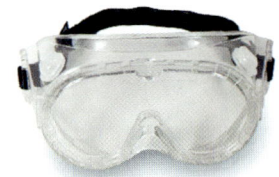

gafas protectoras

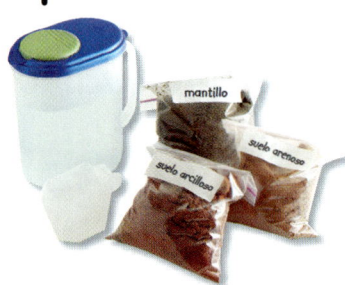

suelos, taza de medir y agua

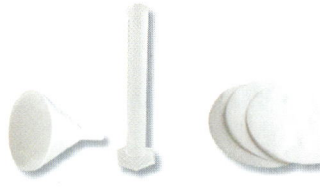

embudo, filtros y cilindro

gráfica de barras

Investigación dirigida

El agua en el suelo

Pasos

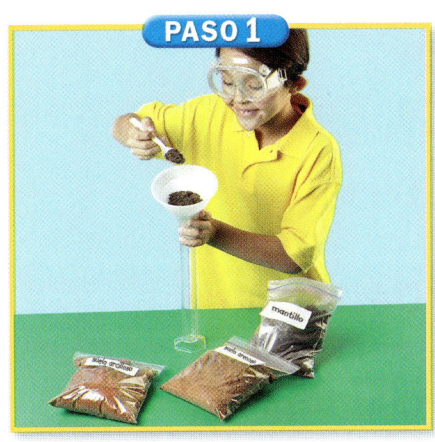
PASO 1

1. Coloca un filtro en el embudo. Coloca el embudo en un cilindro. Llena el filtro con mantillo hasta la mitad. **Medida de seguridad:** ¡Usa gafas protectoras!

2. **Mide** Vierte agua en una taza de medir hasta la marca que indica 100 mililitros. Viértela lentamente sobre el suelo. Espera un minuto.

PASO 2

3. **Usa números** Mide cuánta agua recogiste. Anota el dato en una gráfica.

4. Repite los pasos del 1 al 3 para los otros suelos. **Medida de seguridad:** ¡Lávate las manos!

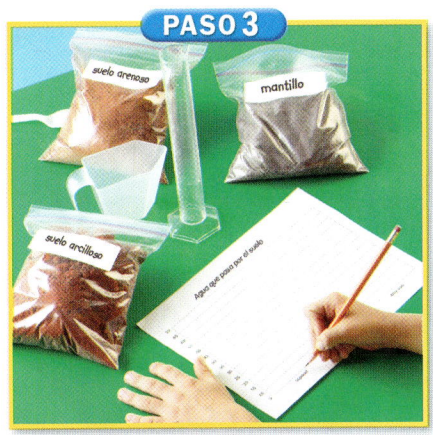
PASO 3

Piensa y comparte

1. **Usa números** Compara tus datos. ¿Qué suelo dejó pasar más cantidad de agua?

2. **Infiere** ¿Qué suelo usarías para sembrar una planta que no necesite mucha agua? Explica por qué.

Investigación guiada

Experimenta Siembra el mismo tipo de semilla en cada muestra de suelo. **Observa** las plantas durante una semana. Descubre qué suelo es el mejor para el crecimiento de esa planta.

Aprender leyendo

Vocabulario

fértil

Destreza de lectura

Clasificar

Grupo	Grupo

ESTÁNDARES

3.c. *Saber* que el suelo está compuesto en parte de fragmentos de rocas intemperizadas y en parte de materia orgánica. Los suelos tienen distinto color, textura, capacidad para retener agua, y habilidad para sostener el desarrollo de diversos tipos de plantas.
3.e. *Saber* que las rocas, el agua, las plantas, y el suelo proporcionan al ser humano recursos como alimentos, combustibles, y materiales de construcción.

Las plantas necesitan el suelo

Las plantas absorben del suelo el agua y los nutrientes que necesitan. El suelo que es **fértil** está lleno de los nutrientes que las plantas necesitan para crecer. El suelo fértil es rico en humus. El humus le brinda al suelo nutrientes importantes. Además, permite que éste retenga el agua.

Los suelos tienen distintas propiedades. El suelo arcilloso retiene mucha agua. Otros, como el suelo arenoso, retienen poca agua. El cactus tiene un tallo que almacena agua, por lo que crece muy bien en el suelo arenoso.

Clasificar ¿Cuáles son las dos cosas que las plantas en crecimiento necesitan del suelo?

Para crecer bien, las distintas plantas necesitan suelos con propiedades diferentes.

Plantas de California

Las uvas crecen bien en un suelo húmedo y fértil.

Las alcachofas se cultivan en suelos bien drenados.

Una planta de áloe crece mejor en el suelo arenoso del desierto.

Laboratorio expreso

Tarjeta de actividad 15
Clasificar el suelo

Los usos del suelo y los árboles

Al igual que las rocas y el agua, el suelo y los árboles son recursos naturales. Las personas usan el suelo y los árboles para muchas cosas.

Las personas usan el suelo para producir alimentos que necesitan para sí mismas y los animales. Algunos tipos de suelos sirven para fabricar materiales de construcción. Los ladrillos de adobe se hacen con el suelo arcilloso. Los ladrillos de adobe se pueden usar para el interior y el exterior de un edificio. El suelo arcilloso también se puede usar para hacer tejas para los techos.

Los techos y las paredes de esta vivienda están hechos de arcilla.

Objetos que provienen de los árboles

combustible

edificios

muebles

papel

Los árboles son plantas que se pueden usar de distintas maneras. La madera de los árboles se usa para construir casas y fabricar muebles. El papel y los lápices que usas todos los días están hechos de madera.

La madera también se puede quemar para producir calor. El calor se usa para calentar las casas y para cocinar los alimentos. Algunos árboles también producen frutos. Los frutos sirven como alimento para las personas y los animales.

Clasificar Nombra cuatro objetos que provienen de los árboles.

Los usos de las plantas

Los árboles no son las únicas plantas que usan las personas. Muchos objetos provienen de distintos tipos de plantas.

Algunos objetos que se hacen con las plantas son el cartón, la goma, el corcho, las ropas, los muebles y algunos medicamentos. El algodón es una planta que se usa para hacer ropa. El bambú es una planta que se usa para hacer salvamanteles, muebles y materiales para pisos.

Las gallinas comen las semillas de una planta de maíz.

Las plantas son una importante fuente de alimentos para las personas. Las hojas se pueden comer en ensaladas y las frutas se comen como meriendas. Además, las plantas se usan para hacer alimentos como los cereales.

Muchos animales comen plantas. Algunos tipos de carne que consumen las personas provienen de animales que comen plantas.

Clasificar ¿Para que se usa una planta de algodón?

Conclusión de la lección

1. **Vocabulario** ¿Qué es un suelo **fértil**?

2. **Destreza de lectura** ¿En qué forma se usan las plantas que sirven como combustible?

3. **Usar números** ¿Cómo puedes usar números para comparar el agua que retienen los suelos?

Tecnología Visita www.eduplace.com/cascp para leer más sobre las plantas y los suelos.

ESTÁNDARES 1: 3.c.; 2-3:3.e.

Lección 4

¿Cómo pueden las personas conservar recursos?

Desarrollar el contexto

Las personas pueden ayudar a conservar los recursos cuando no los malgastan, los usan en menor cantidad y los vuelven a usar siempre que les sea posible hacerlo.

Destreza de investigación

Usar modelos Puedes usar algo como si fuera un objeto real para aprender más sobre ese objeto real.

ESTÁNDARES

3.e. *Saber* que las rocas, el agua, las plantas, y el suelo proporcionan al ser humano recursos como alimentos, combustibles, y materiales de construcción.
4.b. Medir la longitud, el peso, la temperatura y el volumen de líquidos usando instrumentos adecuados. Expresar los resultados en unidades del sistema métrico decimal.

Lo que necesitas

embudo y filtros

cilindro y agua

bandeja

cronómetro

Investigación dirigida

El agua desperdiciada

Pasos

1. **Usa modelos** Coloca cuatro filtros en un embudo. Coloca el embudo en el extremo superior del cilindro. El embudo es un modelo de un grifo que gotea.

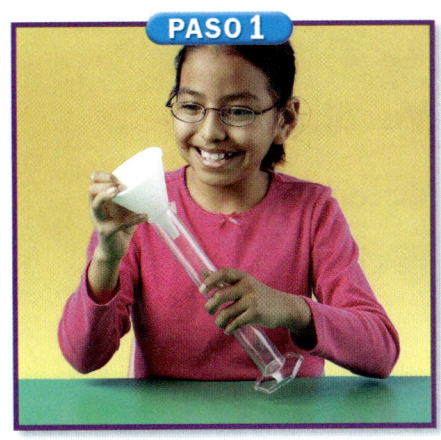
PASO 1

2. Coloca el cilindro sobre una bandeja. Vierte un poco de agua por el embudo. Espera un minuto.

PASO 2

3. **Mide** Retira el embudo. Mide la cantidad de agua que hay en el cilindro. Anota la medición.

PASO 3

Piensa y comparte

1. **Compara** Comparte los resultados con tus compañeros. ¿En qué se parecen y en qué se diferencian los resultados? Explica tu respuesta.

2. **Predice** ¿Cuánta agua desperdiciaría tu grifo que gotea en 5 minutos?

Investigación guiada

Experimenta Anota qué cantidad de papel usa tu clase durante un día. **Predice** cuánto papel usará tu clase durante una semana. Comprueba tu predicción.

Aprender leyendo

Vocabulario

conservar
reciclar

Destreza de lectura

Sacar conclusiones

Hecho → Hecho → Conclusión

 ESTÁNDARES

3.e. *Saber* que las rocas, el agua, las plantas, y el suelo proporcionan al ser humano recursos como alimentos, combustibles, y materiales de construcción.

Conservar los recursos

Las personas pueden conservar los recursos naturales de la Tierra. Para **conservar** debes usar menos de algo para que dure más. Algunos recursos como el gas y el petróleo no pueden remplazarse una vez que han sido utilizados. Por eso, siempre que les sea posible, las personas deben conservar esos recursos.

Las personas pueden conservar combustible al montar en una bicicleta en lugar de un automóvil. Pueden conservar el agua al arreglar los grifos que gotean.

Sacar conclusiones ¿Qué sucedería si las personas usaran demasiado petróleo?

Camina y monta tu bicicleta en lugar de usar un automóvil.

Laboratorio expreso

Tarjeta de actividad 16
Hacer un modelo de desperdicio de agua

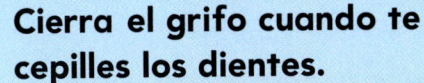

Conservar en casa

Cierra el grifo cuando te cepilles los dientes.

Apaga las luces cuando salgas de una habitación.

Lava tandas completas de ropa en la lavadora.

Reciclar

Reciclar también ayuda a conservar los recursos naturales. Al **reciclar** acumulas objetos cuyo material se puede usar otra vez para hacer nuevos objetos. Las personas reciclan los periódicos, los papeles, los plásticos y las latas. También reciclan el vidrio, la goma, las pilas y el cartón.

botellas de plástico **mochila**

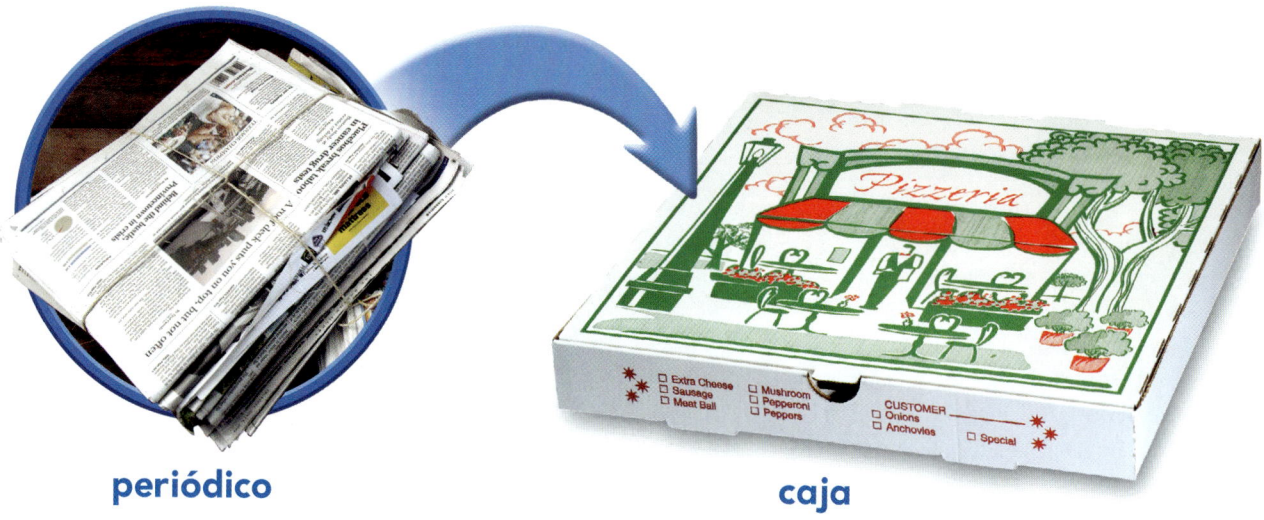

periódico **caja**

Al reciclar periódicos, ayudas a conservar los árboles. El vidrio se hace con arena. Y la arena está formada por roca molida. Por lo que al reciclar el vidrio, ayudas a conservar las rocas y los minerales.

Reciclar la goma, el papel y el cartón permite conservar las plantas. Reciclar también permite conservar el combustible y el agua. Se necesita menos combustible para hacer objetos de materiales reciclados que para hacer objetos que provienen de los recursos naturales.

vidrios

abalorios

Sacar conclusiones ¿Qué recurso natural ayudas a conservar cuando reciclas periódicos?

Conclusión de la lección

1. **Vocabulario** ¿Cómo **reciclan** las personas?

2. **Destreza de lectura** ¿Cómo ayudas a conservar los recursos cuando tomas una ducha corta?

3. **Usar modelos** ¿Cómo el modelo de un grifo que gotea te enseña a conservar los recursos?

Tecnología Visita **www.eduplace.com/cascp** para leer más sobre la conservación.

ESTÁNDARES 1–3: 3.e.

ESTÁNDARES 3.e. *Saber* que las rocas, el agua, las plantas, y el suelo proporcionan al ser humano recursos como alimentos, combustibles, y materiales de construcción.

Pájaro de basura

¿Puedes creer que esta enorme escultura está hecha con basura?

El artista descubrió una manera divertida de reutilizar los objetos que desechan las personas. La mayoría de la basura es arrojada, quemada o enterrada. En la actualidad, las personas tratan de hallar formas de reutilizar la basura para poder conservar los recursos naturales.

ENLACE DE MATEMÁTICAS: Medida

En 1960 la familia estadounidense promedio arrojaba casi 4½ kilogramos de basura por día. En el año 2000 las familias desechaban el doble de esa cantidad.

Mi diario

¿De qué manera puedes conservar los recursos naturales al reutilizar la basura? Escribe o dibuja tus ideas en tu diario.

ENLACES entre el hogar y la escuela

Matemáticas Lee una tabla

Durante una semana la clase de la Srta. Sánchez acumuló objetos para reciclar. La tabla muestra la cantidad de objetos que acumularon.

Tipos de objetos	Cantidad de objetos recolectados
botellas de plástico	25
latas	17
cajas de cartón	9

1. ¿Cuántas más botellas que latas acumuló la clase?

2. ¿Qué enunciado númerico se puede usar para hallar cuántas cajas y latas acumuló la clase durante una semana?

   17 + 9 = ☐   17 − 9 = ☐

Escritura Escribe una carta de agradecimiento

Descubre quién es la persona que se encarga de recolectar objetos en tu centro de reciclado local. Escribe una carta de agradecimiento a la persona que ayuda a conservar los recursos naturales.

6 de octubre de 2007

Estimado Señor Ward:

Le agradezco por ayudarnos a reciclar el papel. Me anima saber que estamos conservando los árboles.

Su amiga,
María

Gente en las ciencias

Dr. Randy Dahlgren

¿Por qué algunos suelos son distintos a otros? ¿De qué manera las plantas cambian el suelo a medida que crecen? El doctor Randy Dahlgren puede responder a estas preguntas. El doctor Dahlgren es un científico especialista en suelos. Estudia los suelos y las plantas en la Universidad de California en Davis.

Por lo general, los suelos que se encuentran cerca de las fábricas, autopistas y minas resultan dañados o contaminados. Por lo que es posible que las personas le pidan al doctor Dahlgren que les muestre cómo mejorarlos. Además, trabaja con los agricultores para mostrarles cómo usar el suelo de manera instruida.

Capítulo 4 — Repaso y práctica

Resumen visual

Las personas dependen de los recursos naturales. Por eso es importante conservarlos.

Recurso natural	Formas en que las personas lo usan	
rocas	edificio	combustible
agua	beber	electricidad
suelos	edificio	cultivo de plantas
plantas	edificio	alimento

Repasa tus respuestas a las preguntas de la Presentación de la lección.

ESTÁNDARES 3.c, 3.e.

Ideas principales

1. Explica de qué manera las rocas nos proporcionan combustible. (pág. 132)
2. ¿Cuáles son cinco formas en las que podemos usar el agua? (págs. 142 y 143)
3. ¿Qué hace fértil a un suelo? (pág. 148)

Vocabulario

Escoge la palabra correcta del recuadro.

4. Usar menos de algo para que dure más
5. Método para llevar agua al suelo seco
6. Elemento que se encuentra en la naturaleza y que las personas usan o necesitan
7. Acumular objetos cuyo material se puede usar otra vez para hacer nuevos objetos

recurso natural (pág. 132)

riego (pág. 144)

conservar (pág. 156)

reciclar (pág. 158)

Usar destrezas de investigación

8. Observa un objeto hecho de roca o suelo con una lupa. Dibuja tus observaciones.
9. **Razonamiento crítico** Tu planta de interior necesita menos agua. ¿En qué tipo de suelo deberías plantarla? Explica por qué.

ESTÁNDARES 1-2: 3.e.; 3:3.c.; 4-7: 3.e.; 8:3.a., 4.f.; 9: 3.c.

UNIDAD B — Repaso y práctica

Práctica para exámenes

Escoge la respuesta correcta.

1. ¿Cuál de estos objetos es un recurso natural?

  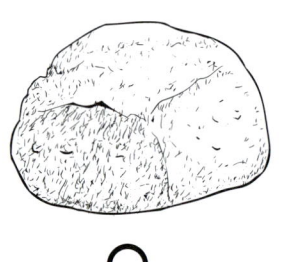

    ○   ○   ○

2. Cuando el viento y el agua rompen las rocas grandes en rocas pequeñas se llama _____.

   erosión   desgaste   gravedad
    ○   ○   ○

3. ¿Qué objeto es más probable que haya formado este fósil?

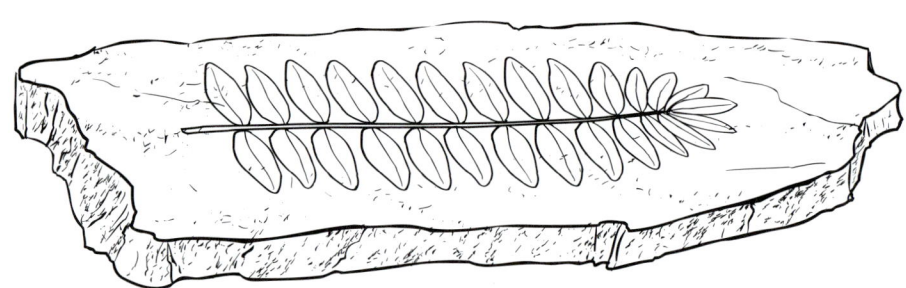

   un animal   una huella   una planta
    ○   ○   ○

4. Los suelos fértiles son ricos en _____.

   aire 　　　　humus　　　　arena
   ○　　　　　　○　　　　　　○

5. ¿De qué están compuestas las rocas?

   plantas　　　　humus　　　　minerales
   ○　　　　　　○　　　　　　○

Repasar las ideas principales

Escribe la respuesta correcta.

6. ¿En qué se parecen y en qué se diferencian las rocas?

7. Nombra tres recursos naturales y una forma en que puedes usar cada uno.

ESTÁNDARES 1: 3.e., 2: 3.b., 3: 3.d., 4: 3.c., 5–6: 3.a., 7: 3.e.

Conclusión

Tú puedes...

Descubrir más

¿En qué ocasiones puedes ver a través de una roca?

Puedes ver a través de las rocas cuando han sido convertidas en vidrio. Primero se mezcla arena, piedra caliza y ceniza de soda. Luego se derriten en un horno caliente. Finalmente, cuando la mezcla se enfría, se forman los objetos de vidrio.

 Simulaciones Busca en **www.eduplace.com/cascp** para resolver más adivinanzas sobre las rocas.

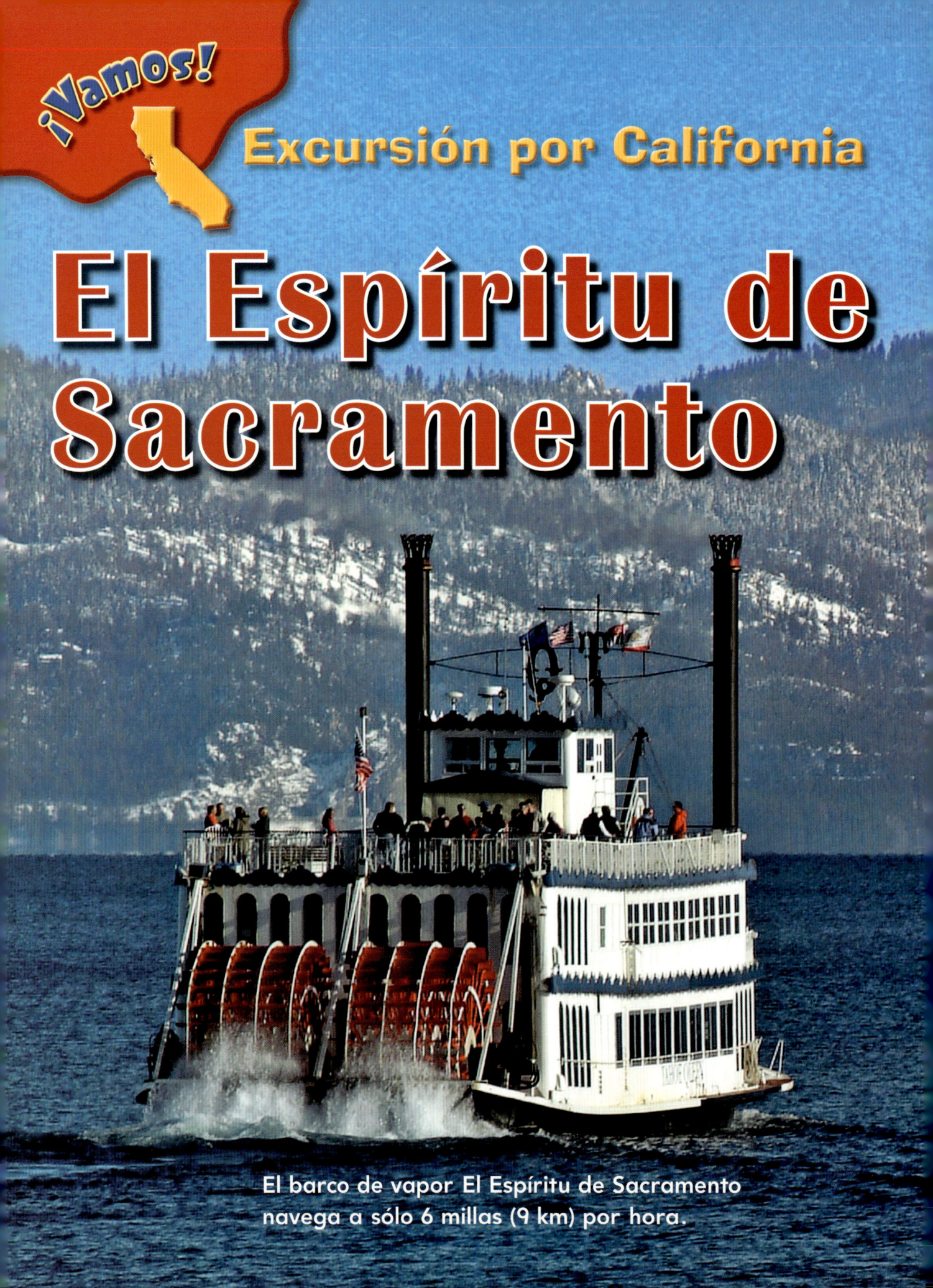

¡Vamos!

Excursión por California

El Espíritu de Sacramento

El barco de vapor El Espíritu de Sacramento navega a sólo 6 millas (9 km) por hora.

La fuerza de la rueda de palas que empuja el agua hace que se mueva el barco hacia adelante.

Los remos permiten que este niño mueva su kayak sobre el agua.

CIENCIAS FÍSICAS
UNIDAD C

El movimiento y las fuerzas

Lectura de ciencias 170

Capítulo 5
Los objetos en movimiento... 172

Lectura independiente
- Objetos en movimiento
- A las escondidas
- Vamos a las carreras

Capítulo 6
Las fuerzas 198

Lectura independiente
- Fuerzas
- Día de mudanza
- Empujar o halar

Movimiento en el parque

¡La gran idea!

Grupo de estándares 1.
Ciencias físicas

El movimiento de objetos puede ser observado y medido.

Comienza con un poema

LA PALA MECÁNICA

por Rowena Bennett

La excavadora
se parece a un animal
muy grande y pesado.
Que resopla y ruge
como los dinosaurios
que vivieron en el pasado.

Se agacha sobre sus patas,
recoge tierra, ¡hasta plantas!,
con mandíbulas potentes
y afiladísimos dientes.
Su cuello erguido levanta.
¡Hasta parece que canta!
Se vuelve hacia el otro lado,
ya el suelo está despejado.

LECTURA DE CIENCIAS

Capítulo 5

Los objetos en movimiento

El tranvía de San Francisco

Presentación de la lección

LECCIÓN 1

El balón está cerca del carrito de juguete. ¿Qué otras palabras que indiquen posición puedes usar para describir la ubicación del balón?

LECCIÓN 2

Estos niños correrán en una carrera. Mientras corren, ¿cómo puedes saber quién correrá más rápido?

Mi diario

Escribe o dibuja en tu diario para responder a las preguntas anteriores.

Vistazo al vocabulario

Vocabulario

posición pág. 178
distancia pág. 180
movimiento pág. 186
velocidad pág. 190

Glosario visual

Español-inglés pág. H18

Destreza de vocabulario

Usar palabras

posición

La posición del balón indica que está debajo de la mesa.

Las pistas que te brinda la oración anterior te permitirán entender el significado de la palabra **posición**.

posición

Posición es un lugar o ubicación.

distancia

Distancia es el espacio que hay entre dos personas, lugares o cosas.

velocidad

Velocidad es la distancia a la que se mueve un objeto en un tiempo determinado.

movimiento

Un objeto en movimiento cambia su posición o se mueve de un lugar a otro.

Comienza con los estándares

Grupo de estándares 1. Ciencias físicas

1.a. *Saber* que la posición de un objeto se puede describir dando su posición con respecto a otro objeto o con respecto al entorno.

1.b. *Saber* que el movimiento de un objeto puede describirse dando el cambio de su posición conforme transcurre el tiempo.

Grupo de estándares 4. Investigación y experimentación comprendidos en este capítulo: 4.b., 4.e.

Lección 1

¿Cómo puedes describir la posición de un objeto?

Desarrollar el contexto

La distancia y la posición se pueden usar para mostrar la ubicación de un objeto con respecto a otro.

Destreza de investigación

Medir Usa instrumentos y unidades métricas para medir la longitud.

 ESTÁNDARES

1.a. *Saber* que la posición de un objeto se puede describir dando su posición con respecto a otro objeto o con respecto al entorno.
4.b. Medir la longitud, el peso, la temperatura y el volumen de líquidos usando instrumentos adecuados. Expresar los resultados en unidades del sistema métrico decimal.

Lo que necesitas

libro

objetos del salón de clases

metro

tabla de registro

Investigación dirigida

Localiza un objeto

Pasos

1. Coloca un libro sobre una mesa o sobre el piso. Ten cuidado de no mover el libro.

2. Coloca tres objetos alrededor del libro.

3. **Mide** Con un metro mide a qué distancia se encuentran los objetos del libro. Anótala en una tabla.

4. **Registra los datos** Escribe la posición de cada objeto con respecto al libro.

Piensa y comparte

1. **Compara** ¿Cómo cambió la posición de los objetos?

2. **Clasifica** ¿Qué objeto estaba más lejos del libro?

PASO 1

PASO 2

PASO 3

Investigación guiada

Experimenta Coloca el libro en una nueva posición. Deja el resto de los objetos en la posición que están. **Mide** a qué distancia se encuentran los objetos. Anota tus medidas.

177

Aprender leyendo

Vocabulario
posición
distancia

Destreza de lectura
Sacar conclusiones

ESTÁNDARES

1.a. *Saber* que la posición de un objeto se puede describir dando su posición con respecto a otro objeto o con respecto al entorno.

Describir una posición

Una forma de describir un objeto es dando su posición. La **posición** es un lugar o ubicación. Para describir la posición de un objeto, puedes comparar la ubicación de ese objeto con la de otro objeto. Puedes describir los objetos que se encuentran en esta habitación comparando sus posiciones.

Sacar conlusiones ¿Por qué se puede usar más de una palabra que indica posición para describir a un objeto?

sobre el escritorio

a la izquierda de la alcancía

debajo de la alcancía y sobre los libros

178 • Capítulo 5 • Lección 1

Medir distancias

Puedes localizar un objeto midiendo su distancia con respecto a otro objeto. La **distancia** es el espacio que hay entre dos personas, lugares o cosas. Puedes medir distancias con una regla o un metro.

Juntas, las palabras que indican distancia y posición describen la ubicación de un objeto. Por ejemplo, la pelota roja se encuentra a unos 10 centímetros a la izquierda del hoyo 2.

🎯 **Sacar conlusiones** Para saber cómo ubicar un objeto, ¿por qué resulta útil conocer su posición y distancia con respecto a otro objeto?

¿Cómo puedes describir la ubicación de la pelota amarilla?

La pelota verde está a unos 5 centímetros a la derecha del hoyo 2.

Conclusión de la lección

1. **Vocabulario** ¿Qué es la **distancia**?

2. **Destreza de lectura** ¿En qué forma te sirven las palabras que indican posición para saber la ubicación de un objeto?

3. **Medir** ¿De qué forma un metro te sirve para hallar la ubicación de un objeto?

Tecnología Visita www.eduplace.com/cascp para leer más sobre las posiciones de los objetos.

ESTÁNDARES 1-2: 1.a., 3:1.a., 4.b.

Enfoque: Historia de las ciencias

Instrumentos de medición de ayer y de hoy

Las personas han usado mediciones durante miles de años. Al principio, usaban objetos cotidianos o partes de sus cuerpos como instrumentos de medición. Luego vieron la necesidad de contar con unidades métricas estándares.

Hace unos 200 años, Francia comenzó a usar el sistema métrico. En la actualidad, la mayoría de los países usan el sistema métrico decimal.

Hace más de 1,000 años, una yarda tenía la longitud de un cinturón de un hombre. Pero los cinturones tenían distintas longitudes.

Hace unos 900 años, el rey Enrique I de Inglaterra reglamentó que una yarda era la distancia que había entre su nariz y su dedo pulgar.

ESTÁNDARES 1.a. *Saber* que la posición de un objeto se puede describir dando su posición con respecto a otro objeto o con respecto al entorno.

ENLACE DE MATEMÁTICAS

Los niños miden la distancia con un metro.

En la actualidad, todos los metros se fabrican en base a esta barra de metal que Francia le envió a los Estados Unidos.

Compartir ideas

1. **Escríbelo** ¿Cómo se resolvió el problema de tener distintas unidades métricas?

2. **Coméntalo** ¿Por qué es importante que los distintos países usen el mismo tipo de medida?

Lección 2

¿Cómo puedes describir el movimiento de un objeto?

Desarrollar el contexto

El movimiento y la posición de un objeto pueden cambiar conforme transcurre el tiempo. Un objeto que viaja más lejos que otro en un tiempo determinado se mueve más rápido.

Destreza de investigación

Trabajar juntos Puedes trabajar en grupo para compartir ideas y seguir pensando por ti mismo sobre lo que observas.

Lo que necesitas

juguetes de cuerda

cinta adhesiva y cronómetro

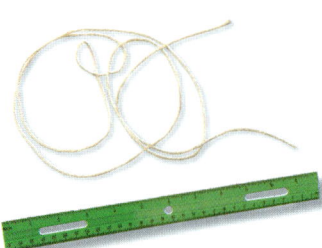
cordel y regla

gráfica de barras

ESTÁNDARES

1.b. *Saber* que el movimiento de un objeto puede describirse dando el cambio de su posición conforme transcurre el tiempo.
4.e. Construir gráficas de barras usando ejes debidamente identificados.

Investigación dirigida

Objetos en movimiento

Pasos

1. **Trabajen juntos** Coloquen un trozo de cinta adhesiva sobre el piso. Denle cuerda a un juguete. Colóquenlo sobre la cinta adhesiva. Activen el cronómetro.

2. **Midan** Cada cinco segundos marquen la posición del juguete con la cinta adhesiva. Deténganse a los 20 segundos.

3. **Registren los datos** Usen el cordel para marcar el recorrido del juguete. Midan la longitud del cordel. Anoten los resultados en una gráfica de barras.

4. Repitan los pasos del 1 al 3 con otros dos juguetes.

PASO 1

PASO 2

PASO 3

Piensa y comparte

1. **Trabajen juntos** Comenta con un compañero. ¿Qué observaste acerca del movimiento y la posición?

2. **Saquen conclusiones** ¿Qué conclusiones pueden sacar acerca del juguete que llegó más lejos?

Investigación guiada

Experimenten Repitan la actividad. ¿Obtuvieron los mismos resultados?

Comuniquen sus observaciones a los demás compañeros.

185

Aprender leyendo

Vocabulario

movimiento
velocidad

Destreza de lectura

Comparar y contrastar

Comparar	Contrastar

ESTÁNDARES

1.b. *Saber* que el movimiento de un objeto puede describirse dando el cambio de su posición conforme transcurre el tiempo.
1.a. *Saber* que la posición de un objeto se puede describir dando su posición con respecto a otro objeto o con respecto al entorno.

El movimiento de un objeto

El movimiento de los objetos puede ser observado. Un objeto que está en **movimiento** cambia de posición o se mueve de un lugar a otro. Un objeto se puede mover en línea recta, hacia atrás y hacia adelante, hacia arriba y hacia abajo, hasta incluso en círculo.

Para saber si un objeto está en movimiento, puedes comparar su posición con respecto a otros objetos de su entorno que no están en movimiento. Si el entorno cambia, entonces puedes saber que el objeto se encuentra en movimiento.

moverse en círculo

¿En qué se diferencia el entorno en estas fotografías?

Los edificios y árboles que se encuentran junto a una calle no se mueven. Observa estas fotografías. Puedes saber que el tranvía se ha movido porque ha cambiado su posición en la calle. El entorno de la segunda fotografía es distinto del entorno de la primera.

Comparar y contrastar Describe la posición del tranvía en las dos fotografías.

Laboratorio expreso

Tarjeta de actividad 18
Observar el movimiento de una pelota

Medir el movimiento

El movimiento de los objetos puede ser medido de distintas maneras. Puedes medir la distancia que viaja una persona o un objeto. Por ejemplo, un nadador puede recorrer una distancia de 50 metros, 100 metros o más.

Además, puedes medir el tiempo que te lleva ir a una distancia determinada. En las carreras de natación se usan cronómetros para hallar el tiempo que le lleva a cada nadador ir a una distancia determinada.

Lleva más tiempo ir a una distancia mayor.

Tiempos más rápidos en natación	
Distancia	Tiempo
50 metros	alrededor de 22 segundos
100 metros	alrededor de 48 segundos
200 metros	alrededor de 1 minuto 44 segundos
400 metros	alrededor de 3 minutos 40 segundos

En las carreras de natación, los nadadores comienzan al mismo tiempo. Nadan la misma distancia.

Observa la fotografía. El nadador de la derecha terminó en primer lugar. Nadó la distancia determinada en menos tiempo que el otro nadador. Para terminar en primer lugar, el nadador se movió más rápido.

Comparar y contrastar ¿En qué se diferencian un nadador rápido y un nadador lento?

Velocidad

El movimiento puede describirse en términos de velocidad. La **velocidad** es la distancia a la que se mueve un objeto en un tiempo determinado. La velocidad te indica cuán rápido o lento se mueve un objeto. Distintos objetos se mueven a velocidades diferentes.

Comparar las velocidades

Distintos objetos se mueven a velocidades diferentes.

caracol

bicicleta

conejo

automóvil

El guepardo es el animal que se mueve más rápido en la tierra. Algunos guepardos pueden correr casi tan rápido como un automóvil.

Comparar y contrastar ¿Cómo compararías las velocidades de un caracol y un conejo?

Conclusión de la lección

1. **Vocabulario** ¿Qué te indica cuán rápido o lento se mueve un objeto?

2. **Destreza de lectura** ¿En qué forma comparar un objeto con su entorno te permite saber si se ha movido?

3. **Trabajar juntos** ¿Por qué te resulta útil trabajar en equipo cuando mides el movimiento de los objetos?

Tecnología Visita **www.eduplace.com/cascp** para leer más sobre el movimiento.

ESTÁNDARES 1:1.b., 2:1.a., 3:1.b.

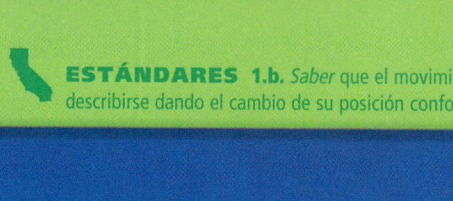

ESTÁNDARES 1.b. *Saber* que el movimiento de un objeto puede describirse dando el cambio de su posición conforme transcurre el tiempo.

¡Rápido, más rápido, el más rápido!

¿Te gustaría viajar en un automóvil que se mueve más rápido que muchos aviones jet?

¡Te presento al *Thrust SSC*, el automóvil más rápido del mundo!

El *Thrust SSC* utiliza dos motores jet para alcanzar su potencia. Estableció un récord mundial al alcanzar la velocidad máxima de 1,227 kilómetros por hora.

ENLACE DE MATEMÁTICAS: Medida

¡El *Thrust SSC* puede recorrer una distancia que equivale a tres campos de fútbol americano en menos de un segundo!

El récord mundial se estableció sobre un lago seco de sal en el desierto de Roca Negra en Nevada.

Mi diario

En tu diario usa números o dibujos para mostrar cuántos campos de fútbol puede recorrer el *Thrust* en cinco segundos.

Matemáticas Mide distancias

Con el metro mide la distancia desde la puerta hasta los distintos objetos del salón de clase. Anota tus datos en una tabla.

Distancias en el salón de clases	
Objeto	Distancia hasta la puerta

1. ¿Qué objeto se encuentra más cerca de la puerta?

2. ¿Qué objeto se encuentra más lejos de la puerta?

Escritura Describe una carrera

Escribe o dibuja un cuento acerca de una carrera. Describe el ambiente, los personajes y el evento. Cuenta quién gana y por qué.

Ocupaciones

El dibujante de animación

El dibujante de animación es la persona que se encarga de darle vida a los personajes de los dibujos animados. Los dibujantes de animación deben entender muy bien todo lo que se relaciona con la posición y el movimiento.

El dibujante de animación hace dibujos o modelos. Cada modelo se diferencia un poco del anterior. Al filmar los dibujos o modelos uno después de otro parece que están en movimiento.

Lo que se necesita

- Tener talento para el arte y el diseño
- Buenas destrezas de matemáticas

Capítulo 5 — Repaso y práctica

Resumen visual

Un objeto puede describirse según su posición y movimiento.

Puedes comparar la posición de un objeto con respecto a la de otro objeto.

Puedes medir la distancia que hay entre un objeto y otro.

Describir los objetos

Puedes saber si un objeto está en movimiento comparándolo con otro objeto que no está en movimiento.

Puedes observar el cambio de posición de un objeto conforme transcurre el tiempo.

Mi diario

Repasa tus respuestas a las preguntas de la Presentación de la lección.

ESTÁNDARES 1.a., 1.b.

Ideas principales

1. ¿En qué forma la distancia te permite saber cómo localizar un objeto? (pág. 180)
2. ¿Cómo puedes saber cuándo está en movimiento un objeto? (pág. 186)
3. ¿Cuáles son las formas de medir el movimiento? (pág. 188)

Vocabulario

Escoge la palabra correcta del recuadro.

4. La distancia a la que se mueve un objeto en un tiempo determinado
5. Un lugar o ubicación
6. El cambio de posición de un lugar a otro
7. El espacio que hay entre dos personas, lugares o cosas

> posición (pág. 178)
>
> distancia (pág. 180)
>
> movimiento (pág. 186)
>
> velocidad (pág. 190)

Usar destrezas de investigación

8. Haz una gráfica de las distancias que se movieron tres objetos. ¿Qué rótulos usarás?
9. **Razonamiento crítico** Tú sabes a qué distancia se encuentra un objeto con respecto a otro objeto. Pero aún así no puedes hallarlo. Explica por qué.

ESTÁNDARES 1: 1.a., 2–4: 1.b., 5: 1.a., 6: 1.b., 7: 1.a., 8: 4.e., 9: 1.a.

Capítulo 6

Las fuerzas

Jugar al fútbol

Presentación de la lección

LECCIÓN 1 Las personas usan carros pequeños para transportar objetos. ¿Cómo hacen que se muevan?

LECCIÓN 2 La jugadora de balonmano puede cambiar la dirección de un balón. ¿Cómo puede hacerlo?

LECCIÓN 3 Este mallete puede empujar la pelota. ¿Qué otros instrumentos pueden hacer más fácil el trabajo?

LECCIÓN 4 Las hojas caen de los árboles. ¿Qué hace que las hojas se caigan al suelo?

Mi diario

Escribe o dibuja en tu diario para responder a las preguntas anteriores.

Vistazo al vocabulario

Vocabulario

fuerza pág. 204

energía pág. 206

fricción pág. 208

dirección pág. 212

polea pág. 223

gravedad pág. 230

peso pág. 232

Glosario visual

Español-inglés pág. H18

Destreza de vocabulario

Descubrir todos los significados

dirección

Una palabra puede tener más de un significado. Tú sabes que una **dirección** es una instrucción. La palabra **dirección** significa además el recorrido que sigue un objeto.

200 • Capítulo 6

fuerza
Una fuerza es un movimiento que empuja o jala.

fricción
La fricción es una fuerza que hace que un objeto pierda velocidad cuando roza contra otro.

polea
Una polea es una rueda con un canal por el que se mueve una cuerda o cadena.

gravedad

La gravedad es una fuerza que hace que los objetos caigan al suelo, a menos que algo los sostenga.

Comienza con los estándares

Grupo de estándares 1. Ciencias físicas

1.c. *Saber* que el movimiento de un objeto cambia cuando se le empuja o jala. La magnitud del cambio está relacionada con la magnitud de la fuerza que lo empuja o jala.

1.d. *Conocer* instrumentos y máquinas utilizados para empujar y jalar (aplicar fuerzas sobre) objetos y hacer que éstos se muevan.

1.e. *Saber* que, a menos que algo los detenga, los objetos cerca de la Tierra caen al suelo.

Grupo de estándares 4. Investigación y experimentación comprendidos en este capítulo: 4.a., 4.b., 4.d., 4.g.

Lección 1

¿Qué hacen las fuerzas?

Desarrollar el contexto

Para mover un objeto se debe empujar o jalar. La magnitud de la fuerza afecta el movimiento del objeto.

Destreza de investigación

Medir Usa instrumentos y unidades métricas para medir la longitud.

 ESTÁNDARES

1.c. *Saber* que el movimiento de un objeto cambia cuando se le empuja o jala. La magnitud del cambio está relacionada con la magnitud de la fuerza que lo empuja o jala.
4.b. Medir la longitud, el peso, la temperatura y el volumen de líquidos usando instrumentos adecuados. Expresar los resultados en unidades del sistema métrico decimal.

Lo que necesitas

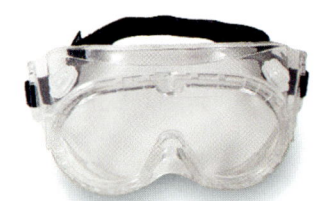
gafas protectoras

silla

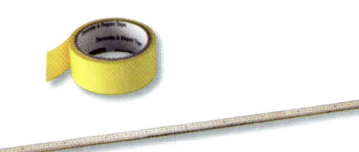
cinta adhesiva y metro

carretón y elástico

Investigación dirigida

Cambia de movimiento

Pasos

PASO 1

1. **Mide** Haz una línea con la cinta adhesiva sobre el piso. Añade dos líneas más a 15 y 30 centímetros de la primera. Coloca la pata de una silla sobre la primera línea. Coloca un elástico alrededor de la pata de la silla y estíralo. **Medida de seguridad:** ¡Usa gafas protectoras!

PASO 2

2. **Observa** Coloca un carretón contra el elástico. Jálalo hacia atrás hasta la segunda línea y luego suéltalo. Marca dónde se detuvo con la cinta adhesiva. Mide y anota la distancia que recorrió el carretón.

PASO 3

3. **Mide** Repite el paso 2, pero esta vez jala el carretón hacia atrás hasta la tercera línea.

Piensa y comparte

1. **Compara** ¿Cuándo llegó más lejos el carretón?
2. **Infiere** ¿Qué hizo que el carretón llegara más lejos?

Investigación guiada

Experimenta Pega un objeto con la cinta adhesiva sobre el carretón. Repite la actividad. **Compara** tus resultados.

Aprender leyendo

Vocabulario

fuerza

energía

fricción

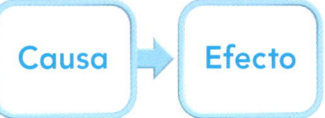
Destreza de lectura

Causa y efecto

Causa → Efecto

ESTÁNDARES

1.c. *Saber* que el movimiento de un objeto cambia cuando se le empuja o jala. La magnitud del cambio está relacionada con la magnitud de la fuerza que lo empuja o jala.

Empujar o jalar

Cada vez que un objeto se mueve de una posición a otra hay movimiento. Los objetos que no se mueven están quietos. Permanecerán quietos a menos que una fuerza los haga moverse. La **fuerza** es un movimiento que empuja o jala. Una fuerza puede cambiar la posición de un objeto.

El gato de la ilustración que aparece a continuación usa su fuerza para mover el ovillo de lana. Al principio el ovillo de lana no se mueve. Luego el gato lo pone en movimiento.

¿Cómo hizo el gato para que se moviera el ovillo?

El ovillo de lana está quieto.

El ovillo de lana está en movimiento.

Una fuerza puede cambiar el movimiento de un objeto. Empujar un objeto hace que se aleje de ti. Jalar un objeto hace que se acerque más hacia ti. La silla de la ilustración está siendo jalada. La estantería para libros está siendo empujada.

Causa y efecto ¿Qué tipo de fuerza hace que un objeto se acerque más hacia ti?

Estos niños usan sus fuerzas para mover los muebles de esta habitación.

empujar

jalar

La magnitud de una fuerza

Distintas magnitudes de fuerzas se necesitan para mover objetos de tamaños diferentes. Para mover objetos pesados se necesita usar mucha fuerza. Para mover un objeto liviano se necesita usar menos fuerza.

Al empujar o jalar un objeto estás dándole energía a ese objeto. La **energía** es la capacidad de causar cambios. La cantidad de energía depende de la magnitud de la fuerza.

empujón grande

empujón pequeño

¿Con qué patada llegará más lejos el balón?

Un objeto recibe más energía cuando se aplica más fuerza. Si pateas un balón con mucha fuerza, el balón se moverá más rápido y llegará muy lejos. Si pateas el mismo balón con menos fuerza, el balón se moverá más lento y cubrirá una distancia más corta.

Causa y efecto ¿Qué sucede cuando pateas un balón con poca fuerza?

Laboratorio expreso

Tarjeta de actividad 19
Medir el movimiento

Fricción

La **fricción** es una fuerza que hace que un objeto pierda velocidad cuando roza contra otro. La fricción es una forma de jalar. Hay más fricción cuando un objeto roza contra una superficie áspera que cuando roza contra una superficie lisa.

La fricción entre los frenos y la rueda detiene la bicicleta.

Causa y efecto ¿Qué tipo de superficie produce más fricción?

liso	áspero	más áspero

← menos fricción — más fricción →

Este tobogán tiene una superficie lisa. Hay menos fricción cuando un paño suave se mueve por la superficie lisa del tobogán. Una menor fricción permite un deslizamiento más rápido.

Conclusión de la lección

1. **Vocabulario** ¿Qué es una **fuerza**?

2. **Destreza de lectura** ¿Qué sucede cuando una bicicleta pasa de una superficie lisa a una superficie áspera?

3. **Medir** ¿En qué forma las medidas te permiten hallar qué tipo de fuerza hace que un objeto se mueva más lejos?

Tecnología Visita **www.eduplace.com/cascp** para leer más sobre las fuerzas.

ESTÁNDARES 1-3: 1.c.

¿Cómo puedes cambiar la dirección de un objeto?

Desarrollar el contexto

Para cambiar la dirección del movimiento de un objeto se debe empujar o jalar. También se necesita una fuerza para cambiar la velocidad de un objeto.

Destreza de investigación

Predecir En lugar de adivinar, puedes usar patrones que hayas observado para decir lo que crees que sucederá.

Lo que necesitas

pelota

cinta adhesiva

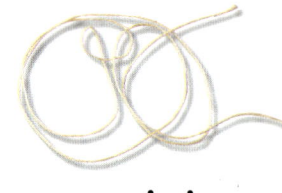

cordel

 ESTÁNDARES

1.c. *Saber* que el movimiento de un objeto cambia cuando se le empuja o jala. La magnitud del cambio está relacionada con la magnitud de la fuerza que lo empuja o jala.
4.a. Hacer predicciones basándose en patrones observados, en contraste con adivinar al azar.

Investigación dirigida

Cambia de dirección

Pasos

PASO 1

1. Siéntate en el piso frente a un compañero. Coloca sobre el piso una línea de largada con la cinta adhesiva.

PASO 2

2. **Observa** Haz rodar la pelota en el piso hacia tu compañero. Pide a tu compañero que la empuje cuando esté cerca. Coloca cinta adhesiva en el lugar en que cambia de dirección la pelota.

PASO 3

3. Coloca cinta adhesiva dónde se detiene la pelota. Luego usa un cordel para mostrar cómo se movió la pelota.

4. Cambia los papeles y repite los pasos del 1 al 3.

Piensa y comparte

1. **Infiere** ¿Por qué cambió de dirección la pelota?

2. **Predice** ¿En qué dirección se moverá la pelota la próxima vez que la empujes?

Investigación guiada

Experimenta Mueve otro objeto. **Predice** cómo cambiará de dirección cuando lo empujes. Dibuja o escribe cada paso que hiciste para hacer que se moviera el objeto.

Aprender leyendo

Vocabulario

dirección

Destreza de lectura

Secuencia

Primero ↓ Luego ↓ Último

 ESTÁNDARES

1.c. *Saber* que el movimiento de un objeto cambia cuando se le empuja o jala. La magnitud del cambio está relacionada con la magnitud de la fuerza que lo empuja o jala.

Cambiar de dirección

Una fuerza puede cambiar la dirección de un movimiento. La **dirección** es el recorrido que sigue un objeto. Cuando haces rebotar un balón, lo empujas lejos de tu mano. El balón sigue en movimiento hasta que golpea el suelo. Luego al rebotar, cambia de dirección.

Secuencia Explica cómo un balón cambia de dirección luego de rebotar.

El balón rueda hacia la persona que lo pateará. Su patada es un empuje. El empuje hace que el balón cambie de dirección.

Laboratorio expreso

Tarjeta de actividad 20
Cambiar la dirección de un objeto

212

El balón pateado se movió en dirección a este jugador. Al atrapar el balón lo empujas. La acción de atraparlo detiene su movimiento.

Este jugador empuja el balón cuando lo hace rodar. Su empujón inicia un movimiento en dirección al jugador que lo pateará.

Cambiar de velocidad

Una fuerza puede cambiar la velocidad de un objeto. Aplicar una gran fuerza le da más energía al objeto. Cuando andas en un patinete, lo empujas con uno de tus pies. Eres tú quien cambia la velocidad del patinete. Un empujón más fuerte hará que el patinete se mueva más rápido. La fricción jala haciendo que las ruedas del patinete rocen contra el pavimento, y éste pierda velocidad.

Secuencia ¿Qué sucede una vez que empujaste con uno de los pies tu patinete?

¿Qué puede hacer el niño para cambiar su velocidad?

Los frenos sirven para hacer que un objeto en movimiento se mueva más lento. El patinador empuja el freno contra el suelo. El freno produce fricción al rozar contra el suelo. La fricción jala lentamente al patinador hasta que se detiene.

Conclusión de la lección

1. **Vocabulario** ¿Qué es la **dirección**?

2. **Destreza de lectura** ¿Cómo puedes hacer que tu patinete se mueva más rápido y luego pierda velocidad?

3. **Predecir** El niño patea el balón contra una pared. ¿Qué sucederá cuando el balón golpee la pared?

Tecnología Visita **www.eduplace.com/cascp** para leer más sobre el movimiento.

ESTÁNDARES 1-2:1.c, 3:1.c, 4.a.

Enfoque California

Teatro del lector

Movimiento en la pista de carreras de California

Los automóviles de carrera se mueven muy rápido. Escuchemos y aprendamos sobre el movimiento en la pista de California.

Personajes
Cronista
Piloto 1
Piloto 2
Piloto 3
Comisario de pista

Cronista: ¡Buenos días, fanáticos de las carreras! Me encuentro en la pista de carreras de California conversando con algunos pilotos antes de la carrera de hoy. En primer lugar, les pediré a los pilotos que me cuenten cómo es la pista.

Piloto 1: La pista tiene dos millas de largo.

ESTÁNDARES 1.c. *Saber que el movimiento de un objeto cambia cuando se le empuja o jala. La magnitud del cambio está relacionada con la magnitud de la fuerza que lo empuja o jala.*

ENLACE DE LECTURA

Cronista: ¿A qué velocidad crees que puedas correr?

Piloto 1: Puedo correr a más de 180 millas por hora en la parte recta del circuito.

Cronista: ¡Increíble, qué rápido! ¿Cómo lo logras?

Piloto 2: Los neumáticos empujan contra la pista y el automóvil comienza a moverse hacia adelante.

Piloto 3: ¡Así es! Por supuesto, tener un motor grande ayuda mucho.

Cronista: ¿Hace un motor grande que el automóvil corra más rápido?

Piloto 2: Sí. Un motor grande hace que las ruedas traseras empujen contra la pista con más fuerza.

Piloto 3: Y cuanto mayor es el empuje, más rápido es el movimiento.

Cronista: ¿Qué longitud tiene la carrera?

Comisario: Es una carrera de 500 millas. La carrera comienza cuando yo agito la bandera verde. Los automóviles dan 250 vueltas completas a la pista.

Cronista: ¡Ya estoy mareado! ¿Cuánto tiempo les tomará?

Piloto 1: Eso depende. Si hay algún problema en la pista debemos avanzar más lento.

Cronista: ¿Qué tipo de problema?

Piloto 2: En ocasiones el piloto no jala el volante lo suficiente como para hacer girar su automóvil. Sigue moviéndose en línea recta. Entonces podría chocar contra otro automóvil.

Piloto 3: Cuando dos automóviles chocan entre sí se produce una gran fuerza. Esa fuerza puede hacer que los automóviles giren y cambien de dirección.

Comisario: En ese momento aparezco yo y agito la bandera amarilla. Todos los automóviles deben moverse más lento hasta que la pista esté limpia. Luego agito la bandera verde para que los automóviles puedan aumentar su velocidad otra vez.

Cronista: ¿Quién crees que ganará la carrera?

Piloto 3: Espero ser yo el más veloz. El corredor más rápido será el ganador. El piloto más veloz será el corredor que termine las 250 vueltas antes que todos los demás.

Comisario: Cuando veas aparecer la bandera a cuadros. Entonces sabrás que la carrera ha terminado.

Compartir ideas

1. **Escríbelo** ¿Cómo cambian las fuerzas y los movimientos cuando viajas en automóvil?

2. **Coméntalo** ¿En qué se parece correr una carrera de automóviles e ir de paseo en bicicleta?

Lección 3

¿Para qué sirven los instrumentos y las máquinas?

Desarrollar el contexto

Los instrumentos y las máquinas pueden usarse para mover los objetos.

Destreza de investigación

Hacer preguntas Puedes aprender más cosas sobre el mundo que te rodea cuando haces preguntas sobre lo que observas.

 ESTÁNDARES

1.d. *Conocer* instrumentos y máquinas utilizados para empujar y jalar (aplicar fuerzas sobre) objetos y hacer que éstos se muevan.
4.d. Escribir o dibujar secuencias de pasos, eventos u observaciones.

Lo que necesitas

vaso con asa

rocas

carrete y lápiz

cordel y cinta adhesiva

Investigación dirigida

Instrumentos que jalan y empujan

Pasos

1. Coloca un vaso sobre el piso. Llénalo con rocas. Ata un cordel al asa. Haz que el vaso se mueva hacia arriba.

PASO 1

2. **Trabajen juntos** Hagan una polea. Coloquen un lápiz adentro del carrete. Peguen con la cinta adhesiva uno de los extremos del lápiz al borde de una mesa. Estiren el cordel del vaso para que pase sobre el carrete.

PASO 2

3. Usa la polea para mover el vaso.

4. **Registra los datos** Haz dibujos para mostrar cómo moviste el vaso cada vez.

PASO 3

Piensa y comparte

1. **Infiere** ¿Qué tipo de fuerza usaste para mover el vaso lleno de rocas?

2. **Compara** ¿En qué forma la polea cambió la fuerza?

Investigación guiada

Haz preguntas ¿Qué otros instrumentos te permiten mover objetos? Pregunta a una persona que tenga conocimientos sobre instrumentos. **Comunica** la información a tus compañeros.

221

Aprender leyendo

Vocabulario

polea

Destreza de lectura

Idea principal y detalles

ESTÁNDARES

1.d. *Conocer* instrumentos y máquinas utilizados para empujar y jalar (aplicar fuerzas sobre) objetos y hacer que éstos se muevan.

Instrumentos y máquinas

Algunos trabajos pueden hacerse utilizando sólo tus manos. Las personas usan instrumentos y máquinas para otros tipos de trabajos. <u>Los instrumentos y las máquinas hacen más fáciles los trabajos cuando se cambia la fuerza de una manera determinada.</u>

Algunos instrumentos hacen que sea más fácil empujar. El martillo empuja el clavo a través de la madera. La fuerza del martillo mueve el clavo. Se necesita menos fuerza para mover el clavo usando el martillo que para moverlo sin él.

El martillo hace que sea más grande la fuerza del brazo de una persona.

En ocasiones es más fácil empujar un objeto hacia abajo que jalarlo hacia arriba o levantarlo. Una **polea** es una rueda con un canal por el que se mueve una cuerda o cadena. Si jalas de la cuerda hacia abajo por uno de sus extremos, se eleva el objeto colocado en el otro extremo.

Idea principal ¿En qué formas puede cambiar la fuerza de una máquina?

La polea cambia la dirección de una fuerza pero no su magnitud.

El hombre jala la cuerda hacia abajo. ¿En qué dirección se mueve el comedero para pájaros?

Laboratorio expreso

Tarjeta de actividad 21
Construir una máquina

223

Aplicar fuerzas

La mayoría de los instrumentos y máquinas permite que las personas puedan trabajar de una manera más rápida y más fácil. Algunos instrumentos y máquinas permiten a las personas aplicar fuerzas sobre los objetos que no podrían hacerlo por sí mismos. Si un objeto es demasiado pesado para moverlo, puede usarse una máquina. Algunas máquinas tienen motores que permiten aplicar una fuerza.

🎯 **Idea principal** ¿Por qué las personas tienen que usar las máquinas para hacer algunos trabajos?

▲ La llave inglesa empuja la tuerca y hace que ésta gire. Este instrumento sirve para controlar cómo se está moviendo la tuerca.

El motor de un automóvil usa una fuerza para hacer girar las ruedas. Las ruedas hacen que el automóvil se mueva. ▼

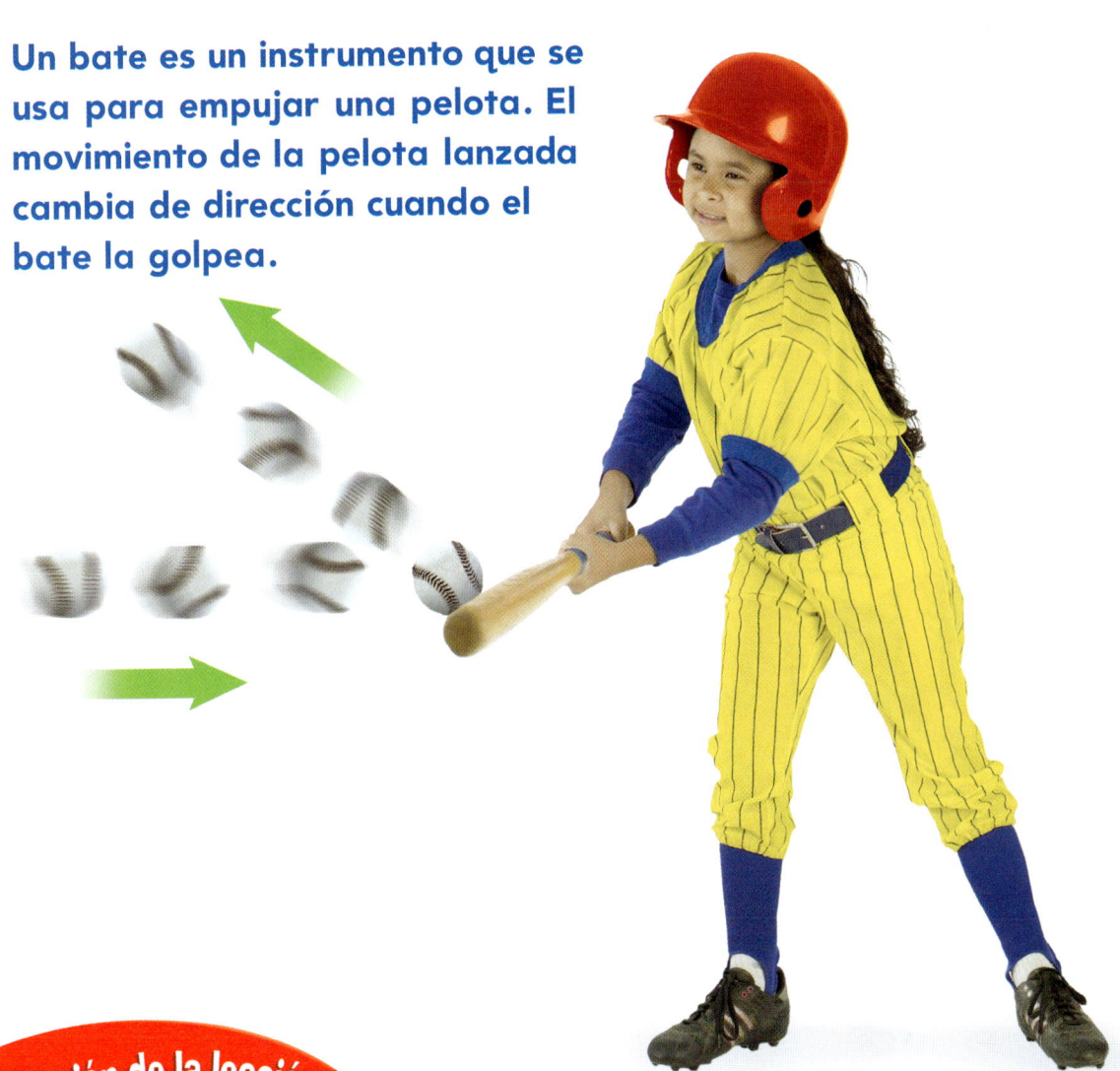

Un bate es un instrumento que se usa para empujar una pelota. El movimiento de la pelota lanzada cambia de dirección cuando el bate la golpea.

Conclusión de la lección

① **Vocabulario** ¿Cómo funciona una **polea**?

② **Destreza de lectura** ¿Para qué sirven los instrumentos y las máquinas?

③ **Hacer preguntas** ¿En qué forma hacer preguntas te permite hallar cómo funcionan los instrumentos y las máquinas?

Tecnología Visita www.eduplace.com/cascp para leer más sobre los instrumentos y las máquinas.

ESTÁNDARES 1-3: 1.d.

ESTÁNDARES **1.d.** *Conocer* instrumentos y máquinas utilizados para empujar y jalar (aplicar fuerzas sobre) objetos y hacer que éstos se muevan.

LA MEGA MÁQUINA

¡Te presento a la máquina excavadora más poderosa jamás fabricada!

Mide 95 metros de alto y 215 metros de largo. ¡Es más alta que la Estatua de la Libertad y más larga que dos campos de fútbol americano! La rueda de paletas es más alta que un edificio de cuatro pisos. Cada paleta recoge 15 toneladas de tierra. ¡Esto equivale al peso de tres elefantes!

ENLACE DE MATEMÁTICAS: Medida

La mega excavadora podría llenar más de 2,000 enormes camiones de carga en un día.

Mi diario

En tu diario usa números o dibujos para mostrar cuántos elefantes se podrían cargar en diez mega paletas.

Lección 4

¿Qué hace que las cosas se caigan?

Desarrollar el contexto

La fuerza de gravedad hace que los objetos caigan al suelo, a menos que algo los detenga.

Destreza de investigación

Experimentar Cuando experimentas, escoges los objetos que necesitarás y haces un plan de los pasos que vas a seguir.

ESTÁNDARES

1.e. *Saber* que, a menos que algo los detenga, los objetos cerca de la Tierra caen al suelo.
4.g. Seguir instrucciones verbales para conducir una investigación científica.

Lo que necesitas

huevo en una bolsa de plástico

periódico

cinta adhesiva

228 • Capítulo 6

Investigación dirigida

Objetos que caen

Pasos

1. **Trabajen juntos** Diseñen una almohadilla de aterrizaje para evitar que el huevo se rompa al caer. Para hacerla, utilicen únicamente cinta adhesiva y hojas de un periódico.

PASO 1

2. **Trabajen juntos** Construyan la almohadilla de aterrizaje que ha diseñado su grupo. Compartan el diseño que hizo su grupo con los demás compañeros de la clase.

PASO 2

3. **Experimenta** Sostén el huevo por encima de la almohadilla de aterrizaje. Éste deberá estar a la altura de tu cintura. Déjalo caer. Observa los resultados. Compártelos con tus compañeros.

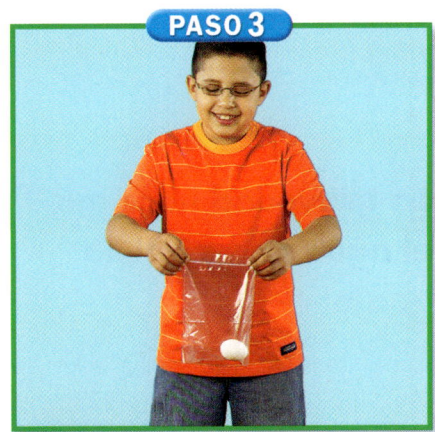
PASO 3

Piensa y comparte

1. **Infiere** ¿Qué hizo que se cayera el huevo?

2. ¿Qué puedes inferir acerca de las almohadillas de aterrizaje que no permitieron que se rompieran los huevos?

Investigación guiada

Experimenta Haz un plan para dejar caer el huevo desde otras alturas. **Registra** los pasos de tu plan. Léelos en voz alta. Pide a tus compañeros que los sigan.

Aprender leyendo

Vocabulario

gravedad

peso

Destreza de lectura

Sacar conclusiones

Hecho → Hecho → Conclusión

 ESTÁNDARES

1.e. *Saber* que, a menos que algo los detenga, los objetos cerca de la Tierra caen al suelo.

La gravedad hace que el agua corra colina abajo.

Laboratorio expreso

Tarjeta de actividad 22
Experimentar con la gravedad

Gravedad

Si dejas caer una pelota, la gravedad hará que caiga al suelo. La **gravedad** es una fuerza que hace que los objetos caigan al suelo, a menos que algo los detenga. La Tierra jala a la pelota y la pelota jala a la Tierra. La pelota es mucho más fácil de mover que la Tierra, por lo que la pelota se cae. La gravedad hace que los objetos cerca de la Tierra se caigan al suelo.

Cascada Vernal del Parque Nacional de Yosemite

La gravedad jala al vaso y al jugo adentro de él. La mesa sostiene el vaso en posición vertical y evita que se caiga. Cuando se empuja el vaso fuera de la mesa, el vaso y el jugo caen hacia la Tierra.

Sacar conclusiones Si arrojas una pelota hacia arriba en el aire, luego ésta caerá. ¿Por qué sucede esto?

¿Qué balde es más pesado? ¿Cómo puedes saberlo?

Gravedad y peso

El **peso** es la medida de la fuerza de gravedad sobre un objeto. La fuerza de gravedad es más fuerte sobre los objetos que tienen mayor masa.

La masa es una medida de la cantidad de materia que tiene un objeto. Una roca grande tiene mucha masa. La fuerza de gravedad sobre la roca es más fuerte porque es más pesada. Una pluma tiene una masa pequeña. La fuerza de gravedad es menos fuerte. Una pluma pesa menos que una roca.

Una roca es más pesada que una pluma.

El elefante de juguete tiene mayor masa que el guepardo de juguete. El elefante de juguete pesa más porque la gravedad lo jala con más fuerza.

🎯 **Sacar conclusiones** ¿Cómo puedes saber cuando un objeto es más pesado que otro?

Conclusión de la lección

① **Vocabulario** ¿Qué hace que los objetos se caigan al suelo?

② 🎯 **Destreza de lectura** ¿Por qué la fuerza de gravedad es más fuerte sobre un perro grande que sobre un perro pequeño?

③ **Experimentar** ¿Qué experimento harías para comparar la fuerza de gravedad de dos objetos?

🖥️ **Tecnología** Visita **www.eduplace.com/cascp** para leer más sobre el peso y la gravedad.

ESTÁNDARES 1-3:1.e.

ENLACES entre el hogar y la escuela

Matemáticas Haz una tabla

Usa una balanza para hallar la masa de cinco objetos diferentes. Anota los datos en una tabla.

Objeto	Masa

1. ¿Qué objeto tuvo la mayor masa?
2. ¿Qué objeto jalará más la gravedad?

Escritura Describir un objeto

Escribe acerca de un objeto en movimiento. Describe cómo se mueve. Haz un dibujo del objeto en movimiento.

Gente en las ciencias

Dra. Ellen Ochoa

La doctora Ellen Ochoa trabaja para la NASA. Ellen se siente orgullosa de haber sido la primera mujer astronauta de origen hispano. Ha viajado al espacio en cuatro ocasiones.

La doctora Ochoa recuerda que pasó su infancia en La Mesa, California. En la actualidad, le agrada conversar con los niños en las escuelas. Su mensaje es que deben esforzarse para alcanzar sus metas.

En el espacio no hay gravedad. La doctora Ochoa tiene que usar correas en los pies para no flotar.

Capítulo 6 — Repaso y práctica

Resumen visual

Las fuerzas hacen que los objetos se muevan y cambien de dirección. Además, las fuerzas hacen que los objetos se muevan más rápido o más lento. Los instrumentos y las máquinas pueden cambiar una fuerza.

Mi diario

Repasa tus respuestas a las preguntas de la Presentación de la lección.

ESTÁNDARES 1.c., 1.d., 1.e.

Ideas principales

1. ¿Cómo puedes cambiar la posición de un objeto? **(pág. 204)**

2. ¿Cómo puede un empujón grande cambiar el movimiento de un objeto? **(pág. 214)**

3. ¿En qué forma los instrumentos y las máquinas nos resultan útiles? **(pág. 222)**

Vocabulario

Escoge la palabra correcta del recuadro.

4. Fuerza que hace que un objeto pierda velocidad cuando roza contra otro

5. Rueda con un canal por el que se mueve una cuerda o cadena

6. Recorrido que sigue un objeto

7. La capacidad de causar cambios

| **energía** (pág. 206) |
| **fricción** (pág. 208) |
| **dirección** (pág. 212) |
| **polea** (pág. 223) |

Usar destrezas de investigación

8. ¿Qué instrumentos usarías para medir la distancia que recorre un objeto?

9. **Razonamiento crítico** ¿Cómo afecta la gravedad de la Tierra a los objetos que no están sostenidos?

ESTÁNDARES 1-2: 1.c., 3: 1.d., 4: 1.c., 5: 1.d., 6-7: 1.c., 8: 4.b., 9: 1.e.

UNIDAD C — Repaso y práctica

Práctica para exámenes

Escoge la respuesta correcta.

1. ¿Cuál de los siguientes dibujos muestra que el creyón está a la derecha del papel?

○   ○   ○

2. Sabes que un objeto se está moviendo porque éste cambia su _____.

   movimiento   posición   forma
   ○   ○   ○

3. Puedes cambiar el recorrido de un objeto que está en movimiento dándole un _____.

   empujón   velocidad   masa
   ○   ○   ○

4. Un objeto que hace que sea más fácil empujar y jalar es una _____.

   máquina   pelota   fuerza
   ○   ○   ○

5. Empujar o jalar puede cambiar la _____ de una pelota en movimiento.

forma   gravedad   dirección
  ○   ○   ○

6. La gravedad de la Tierra causa que los objetos caigan _____.

hacia arriba   hacia un lado   hacia abajo
     ○   ○   ○

Repasar las ideas principales

Escribe la respuesta correcta.

7. Tu lápiz rueda fuera de tu pupitre. Explica qué sucederá y por qué.

8. ¿Cuál de los automóviles es el más veloz? ¿Cómo lo sabes?

Conclusión

Tú puedes...

Descubrir más

¿Cuál es la mayor velocidad a la que puede correr un ser humano?

En las Olimpíadas de 1996, un hombre corrió 200 metros en 19.32 segundos. Es decir, unos 37 kilómetros por hora. Pero comparado con un guepardo, los seres humanos somos lentos. Un guepardo puede correr tres veces más rápido que un ser humano, ¡a casi 112 kilómetros por hora!

Simulaciones Busca en www.eduplace.com/cascp para ver animales y objetos que se mueven más rápido y más lento.

CIENCIAS FÍSICAS
UNIDAD D

Los imanes y el sonido

Conexión con California

Visita www.eduplace.com/cascp para aprender más acerca de los imanes y el sonido en California.

Con frecuencia, los violines de los mariachis tocan la melodía o tonada de la canción.

Cada una de las seis cuerdas de un guitarrón toca un sonido diferente.

CIENCIAS FÍSICAS
UNIDAD D

Los imanes y el sonido

Lectura de ciencias 242

Capítulo 7
Los imanes 244

Lectura independiente
- Imanes
- La hora magnética
- Juegos magnéticos

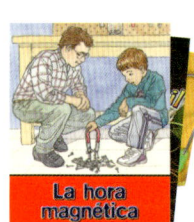

Capítulo 8
Crear sonido 272

Lectura independiente
- Producir el sonido
- ¿Qué es una chifla?
- ¿Cómo suena?

Limaduras de hierro en un imán de herradura

¡La gran idea!

**Grupo de estándares 1.
Ciencias físicas**

El movimiento de objetos puede ser observado y medido.

Imanes

Los imanes repulsan y rechazan;
Ellos atraen y repelen.
Ellos atraen objetos de hierro,
Y lo hacen tan bien.

Pero mi abrigo y mi botella de agua
son objetos que los imanes no atraen.
No hay atracción ni repulsión,
así lo digo yo.

de Canciones de ciencias, pista 25

LECTURA DE CIENCIAS

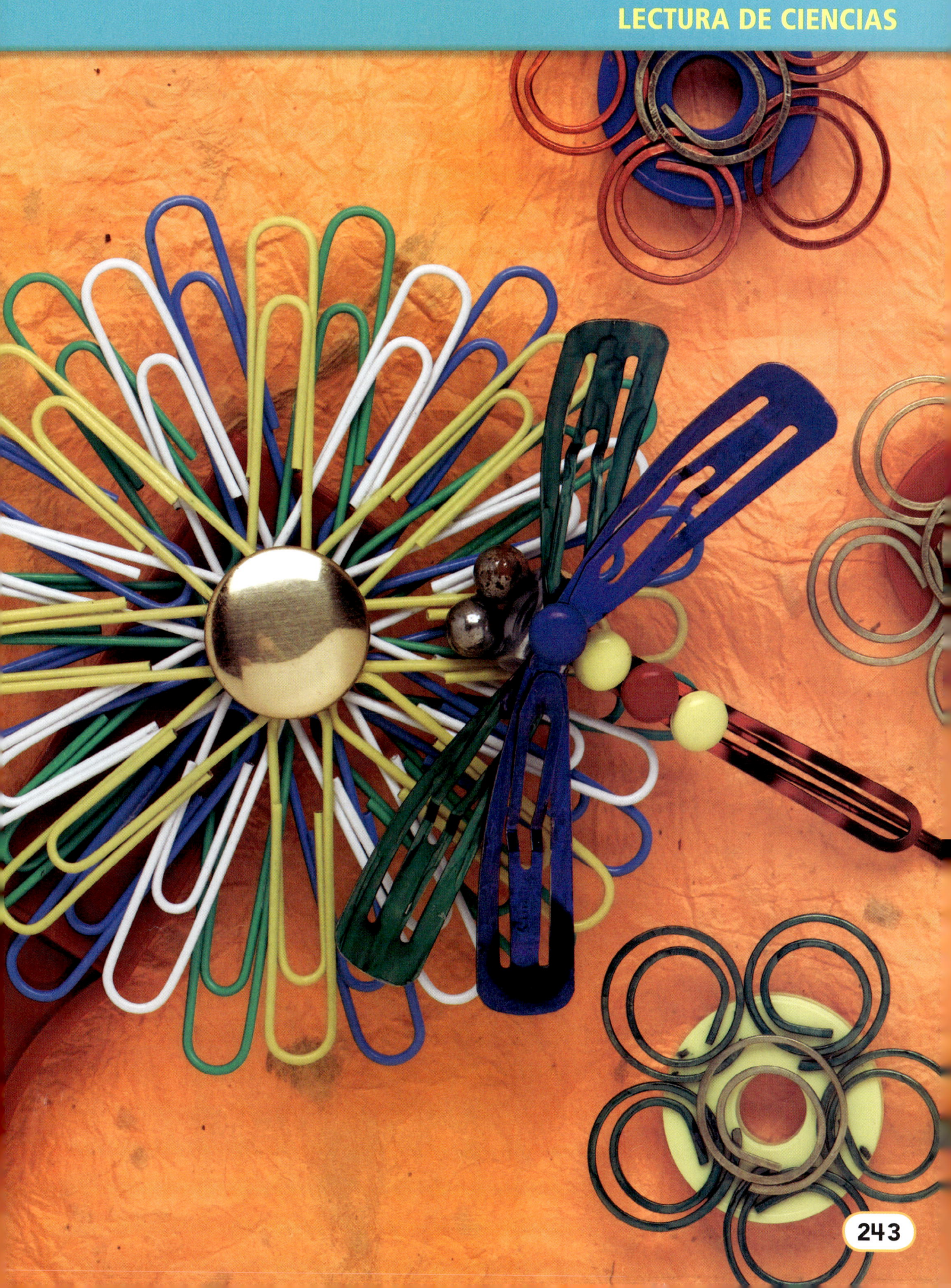

Capítulo 7
Los imanes

Imanes para el refrigerador

Presentación de la lección

LECCIÓN 1

Los imanes jalan hacia sí mismos a los sujetapapeles y otros objetos. ¿Por qué sucede eso?

LECCIÓN 2

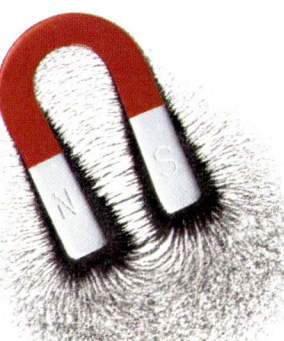

Las limaduras forman un patrón alrededor del imán. ¿Dónde es mayor la fuerza del imán?

LECCIÓN 3

Los objetos se pueden mover sin tocar usando imanes. ¿Cómo crees que sucede eso?

Mi diario

Escribe o dibuja en tu diario para responder a las preguntas anteriores.

Vistazo al vocabulario

Vocabulario

imán pág. 250

atraer pág. 250

magnético pág. 250

polos pág. 252

repeler pág. 253

campo magnético pág. 258

fuerza magnética pág. 262

Glosario visual
Español-inglés pág. H18

Destreza de vocabulario

Usar opuestos

atraer
repeler

Estas palabras tienen significados opuestos. **Atraer** significa jalar hacia sí mismo. ¿Qué crees que significa **repeler**?

atraer

Atraer es cuando los objetos jalan hacia sí mismos a otros objetos.

polos

Los polos son los lugares de un imán donde su fuerza es mayor.

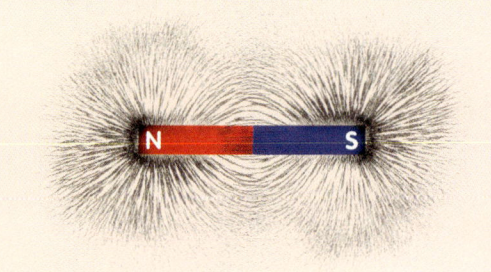

campo magnético

El espacio alrededor de un imán donde actúa la fuerza magnética del imán es su campo magnético.

magnético

Si un objeto es atraído por un imán, el objeto es magnético.

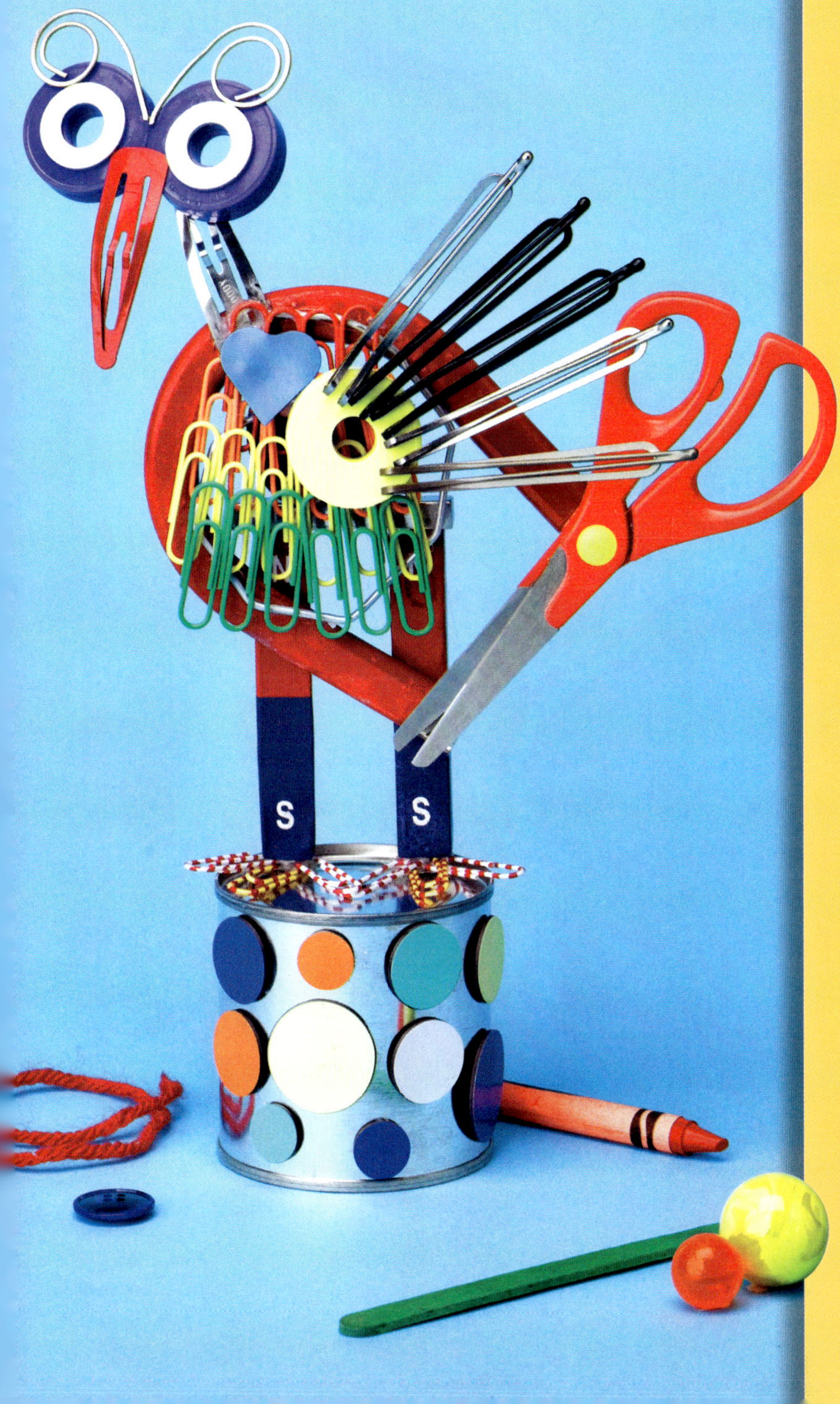

Comienza con los estándares

Grupo de estándares 1.
Ciencias físicas

1.f. *Saber* que algunos objetos se pueden mover sin tocar usando imanes.

Grupo de estándares 4.
Investigación y experimentación
comprendidos en este capítulo:
4.a., 4.d.

¿Qué son los imanes?

Desarrollar el contexto

Los imanes pueden jalar hacia sí mismos o rechazar a otros objetos. Los imanes atraen objetos hechos de hierro y acero.

Destreza de investigación

Observar Usa tus sentidos y tus instrumentos para descubrir algo.

Lo que necesitas

2 imanes de barra

ESTÁNDARES

1.f. *Saber* que algunos objetos se pueden mover sin tocar usando imanes.
4.d. Escribir o dibujar secuencias de pasos, eventos u observaciones.

Investigación dirigida

Prueba imanes

Pasos

1. **Observa** Sostén los dos imanes uno junto al otro y acerca sus extremos. Observa lo que sucede.

2. **Registra los datos** Escribe o dibuja tus observaciones en una tabla como la que aparece en la ilustración.

3. **Experimenta** Gira uno de los imanes. Sostenlo cerca del otro imán. Observa. Escribe o dibuja lo que sucedió a continuación.

4. Gira el otro imán y obsérvalo. Escribe o dibuja lo que sucedió a continuación.

PASO 1

PASO 2

Probar imanes	
Posición de los imanes	¿Qué sucedió?
1.	
2.	
3.	

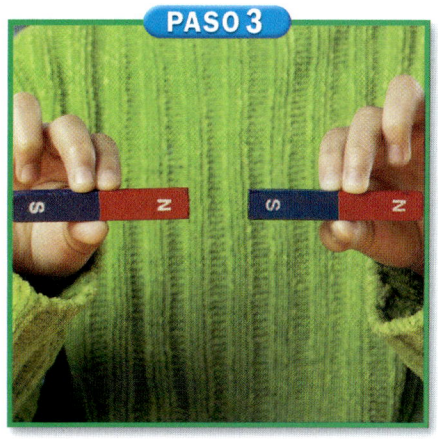
PASO 3

Piensa y comparte

1. **Compara** ¿Cuándo fue mayor la fuerza de jalar o rechazar de los imanes?

2. **Infiere** ¿Cómo actúa cada imán sobre el otro?

Investigación guiada

Experimenta ¿Qué sucedería si hicieras la actividad con imanes de herradura? **Predice** lo que sucederá. Luego inténtalo y comparte tus resultados con los demás.

Aprender leyendo

Vocabulario

imán
atraer
magnético
polos
repeler

Destreza de lectura

Causa y efecto

Causa → Efecto

 ESTÁNDARES

1.f. *Saber* que algunos objetos se pueden mover sin tocar usando imanes.

¿Qué materiales atraen los imanes?

Los imanes

Un **imán** es un objeto que atrae a otros objetos de hierro y acero. **Atraer** es cuando los objectos jalan hacia sí mismos a otros objetos. Los imanes tienen distintas formas y distintos tamaños. Además tienen muchos usos. Si un objeto es atraído por un imán se trata de un objeto **magnético**. La mayor parte de los objetos magnéticos contienen un metal llamado hierro.

Algunos objetos no son atraídos por los imanes. Si un objeto no es atraído por un imán se trata de un objeto no magnético. Los objetos hechos de vidrio, madera, plástico o papel son objetos no magnéticos. Los objetos de metal que no contienen hierro ni acero son objetos no magnéticos.

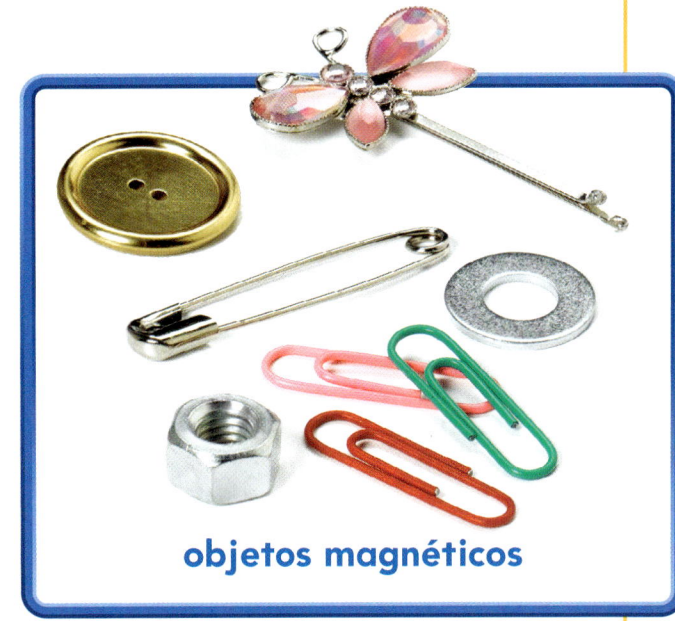
objetos magnéticos

objetos no magnéticos

Causa y efecto ¿Por qué algunos objetos son atraídos por un imán?

Laboratorio expreso

Tarjeta de actividad 23
Observar imanes

251

Los imanes actúan unos sobre otros

Todos los imanes tienen fuerzas que actúan sobre otros imanes. La fuerza que se desarrolla entre dos imanes puede ser de repulsión o atracción. Los **polos** son lugares de un imán donde su fuerza es mayor. Todos los imanes tienen dos polos. Los imanes pueden repeler o atraer un objeto sin tocarlo.

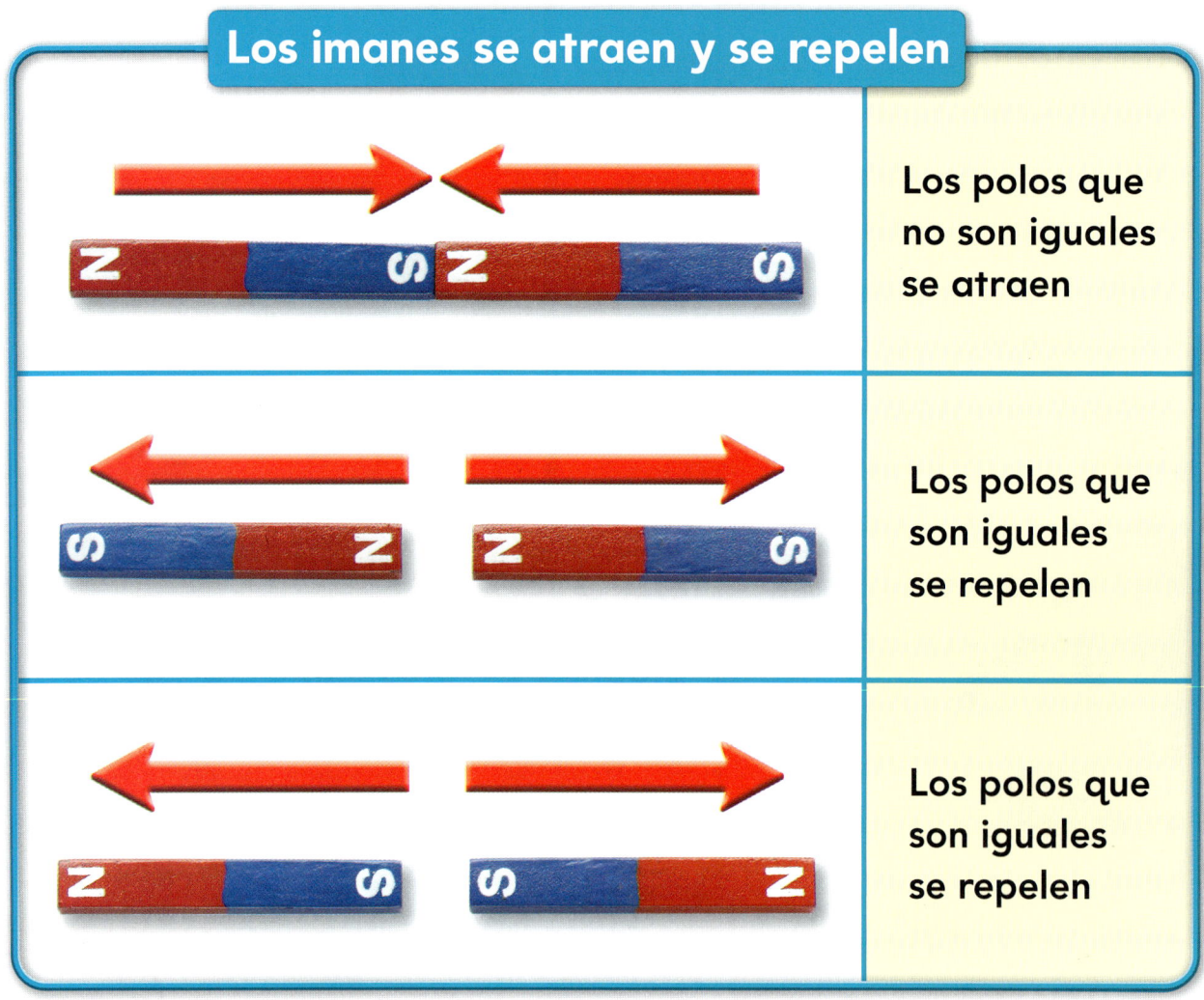

Los imanes se atraen y se repelen

	Los polos que no son iguales se atraen
	Los polos que son iguales se repelen
	Los polos que son iguales se repelen

En algunos imanes, el polo que se rotula N es el polo norte y el polo que se rotula S es el polo sur. Si dos polos que no son iguales están cerca, los imanes se atraen. Si dos polos iguales están cerca, los imanes se repelen. **Repeler** es cuando un imán rechaza a otro objeto.

🎯 **Causa y efecto** ¿Qué sucede cuando dos polos iguales se juntan?

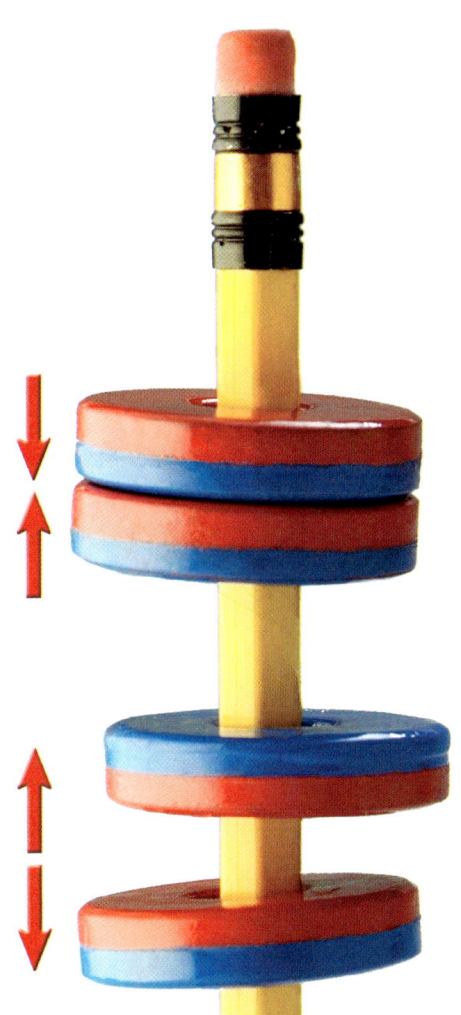

¿Qué hizo que los imanes estén en esta posición?

Conclusión de la lección

① **Vocabulario** ¿Qué importancia tienen los **polos** de un imán?

② 🎯 **Destreza de lectura** ¿Cómo deberás sostener dos imanes para que se jalen hacia sí mismos?

③ **Observar** ¿Cómo puedes hallar los polos de un imán si no están rotulados?

💻 **Tecnología** Visita **www.eduplace.com/cascp** para leer más sobre los imanes.

ESTÁNDARES 1-3: 1.f.

Enfoque California

Tecnología

Trenes maglev

Los científicos usaron sus conocimientos acerca de los imanes para construir una nueva clase de trenes. La repulsión y la atracción de los imanes mueven a los trenes maglev. Maglev es la abreviatura en inglés de levitación magnética. Levitar significa elevarse en el aire y flotar. ¡La fuerza de atracción hace que el tren flote hasta 10 centímetros sobre sus rieles!

Es posible que algún día la gente pueda viajar en los trenes maglev entre los lugares que aparecen en el mapa.

ESTÁNDARES

1.f. *Saber* que algunos objetos se pueden mover sin tocar usando imanes.

 DE LECTURA

Los imanes pueden hacer que el tren se mueva sin tocar los rieles. Los imanes que están en la parte delantera del tren lo jalan mientras que los imanes que están en la parte de atrás lo empujan. Juntas, estas fuerzas hacen que el tren maglev se mueva dos veces más rápido que el más rápido de los trenes comunes.

Las bobinas magnéticas colocadas sobre los rieles del tren maglev atraen a sus imanes. Las bobinas y los imanes nunca se tocan.

Bobinas magnéticas sobre los rieles

Imanes del tren maglev

1. **Escríbelo** Las bobinas magnéticas que están sobre los rieles atraen los imanes que están en la parte inferior del tren maglev. ¿Qué te indica esto sobre los polos de los imanes?

2. **Coméntalo** ¿De qué forma los científicos ayudaron a las personas al inventar el tren maglev?

255

Lección 2

¿Qué es un campo magnético?

Desarrollar el contexto

Las limaduras de hierro se pueden usar para ver el campo magnético de un imán. Los patrones de limaduras muestran donde es mayor la fuerza del imán.

Destreza de investigación

Inferir En lugar de adivinar, usa tus observaciones y tus conocimientos para decir lo que piensas.

Lo que necesitas

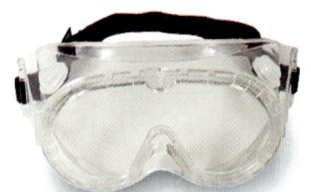

gafas protectoras

limaduras de hierro

imán de barra

 ESTÁNDARES

1.f. *Saber* que algunos objetos se pueden mover sin tocar usando imanes.
4.a. Hacer predicciones basándose en patrones observados, en contraste con adivinar al azar.

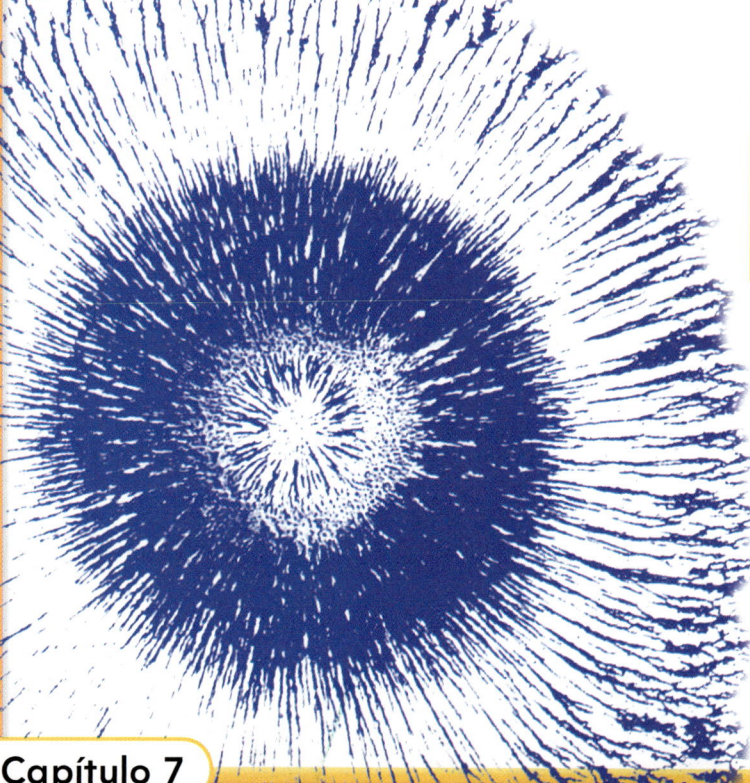

256 • Capítulo 7

Investigación dirigida

Patrones de limadura

Pasos

1. **Medida de seguridad:** ¡Usa gafas protectoras! Coloca las limaduras en la parte superior de un imán de barra.

2. **Observa** Mira los patrones que formaron las limaduras. Escribe o dibuja lo que ves.

3. **Registra los datos** Mueve las limaduras por encima del imán. Anota lo que observes.

4. **Predice** Di lo que crees que verás si mueves las limaduras una vez más. Comprueba tu predicción.

Piensa y comparte

1. **Infiere** ¿Por qué cambian los patrones cuando mueves las limaduras?

2. **Compara** ¿Qué parte del imán atrajo la mayor parte de las limaduras? Explica por qué.

Investigación guiada

Haz preguntas Completa esta pregunta. ¿Cómo se vería el patrón si hubiese usado un imán de ____? **Trabajen juntos** para hallar las respuestas.

Aprender leyendo

Vocabulario
campo magnético

Destreza de lectura
Comparar y contrastar

Comparar	Contrastar

ESTÁNDARES
1.f. *Saber* que algunos objetos se pueden mover sin tocar usando imanes.

Campos magnéticos

El espacio alrededor de un imán donde actúa la fuerza del imán es un **campo magnético**. Un imán sólo puede atraer o repeler los objetos que están en su campo magnético.

Un campo magnético no se puede ver. Pero puedes hallarlo colocando limaduras de hierro alrededor de un imán. Puedes ver los patrones que forman las limaduras.

Las limaduras de hierro muestran que el campo magnético es mayor en los polos.

Laboratorio expreso
Tarjeta de actividad 24
Observar un campo magnético

La fuerza de un imán es mayor en sus polos. Su fuerza es tan potente que puede repeler o atraer objetos aún sin tocarlos.

 **Comparar y contrastar** ¿En qué se diferencia el centro de un imán de sus polos?

Los objetos magnéticos son atraídos hacia los polos que se encuentran en los extremos de este imán.

Conclusión de la lección

① **Vocabulario** ¿Qué es un **campo magnético**?

②  **Destreza de lectura** ¿Por qué los objetos cuelgan del extremo de un imán de barra y no de su centro?

③ **Inferir** ¿Qué puedes inferir acerca de un imán cuando observas los patrones que formaron las limaduras de hierro a su alrededor?

Tecnología Visita www.eduplace.com/cascp para leer más sobre los campos magnéticos.

ESTÁNDARES 1-3: 1.f.

Lección 3

¿Qué tan potente es la fuerza de un imán?

Desarrollar el contexto

La fuerza de un imán puede atraer los objetos sin tocarlos. La fuerza de un imán es más débil cuando es mayor la distancia entre ese imán y un objeto magnético.

Destreza de investigación

Predecir En lugar de adivinar, usa los patrones que observas para decir lo que crees que sucederá.

Lo que necesitas

imán

sujetapapel colocado en un cordel

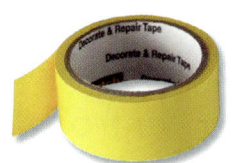
cinta adhesiva

papel de construcción

ESTÁNDARES

1.f. *Saber* que algunos objetos se pueden mover sin tocar usando imanes.
4.a. Hacer predicciones basándose en patrones observados, en contraste con adivinar al azar.

Investigación dirigida

Observa la fuerza

Pasos

1. Cuelga un sujetapapel del borde de una mesa con un cordel y cinta adhesiva.

2. **Experimenta** Mueve de un lado a otro un imán bajo el sujetapapel. Observa. Baja el imán y vuelve a moverlo de un lado a otro una vez más. Sigue bajándolo. Observa lo que sucede con el sujetapapel.

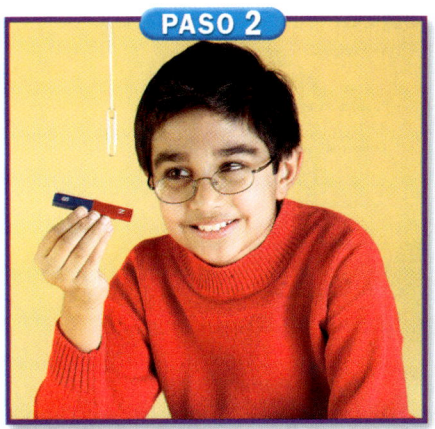

3. **Predice** Repite el paso 2. Esta vez, pide a un compañero que coloque una hoja de papel entre el imán y el sujetapapel. Di qué crees que sucederá con el sujetapapel. Compruébalo.

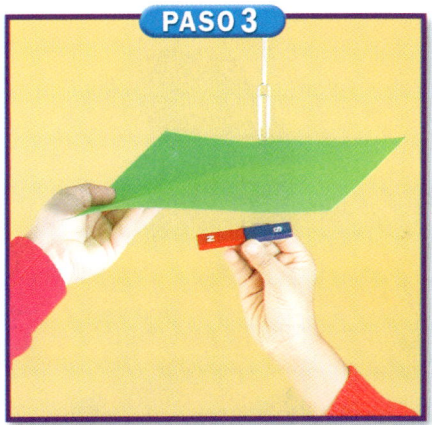

Piensa y comparte

1. **Comunica** ¿Qué hizo que se moviera el sujetapapel?

2. **Infiere** ¿Dónde es más débil la fuerza del imán?

Investigación guiada

Experimenta Descubre si la fuerza de un imán cambia según la temperatura. Prepara un plan y compruébalo. **Comunica** tus resultados.

Aprender leyendo

Vocabulario

fuerza

magnética

Destreza de lectura

Sacar conclusiones

Hecho → Hecho → Conclusión

 **ESTÁNDARES**

1.f. *Saber* que algunos objetos se pueden mover sin tocar usando imanes.

Los imanes actúan desde una distancia

La **fuerza magnética** es la fuerza de repulsión o atracción de un imán. La fuerza magnética puede hacer que los objetos se muevan sin tocarlos. La fuerza magnética actúa sobre los objetos magnéticos y también sobre otros imanes. Cuando los polos iguales de dos imanes diferentes están cerca uno del otro, la fuerza magnética los rechaza.

Los imanes actúan a través del papel.

Los imanes actúan a través del aire.

La fuerza de un imán puede atraer objetos a través de otros materiales. La fuerza de los imanes puede actuar a través del papel, vidrio, plástico, agua y aire. Si se coloca uno de estos materiales entre un imán y un objeto magnético, el objeto seguirá moviéndose hacia el imán.

Los imanes actúan a través del plástico.

🎯 **Sacar conclusiones** ¿Cómo hace un imán para sostener una fotografía en la puerta de un refrigerador?

Los imanes actúan a través del vidrio y del agua.

Laboratorio expreso

Tarjeta de actividad 25
Mover objetos con imanes

Debilitar la fuerza de un imán

La fuerza magnética se debilita a medida que un objeto se aleja del imán. Esto sucede porque al moverlo, el objeto se aleja del campo magnético.

Un imán potente tiene un campo magnético más grande. Éste tendrá mayor fuerza sobre los objetos magnéticos. Un imán potente puede atraer objetos desde lejos.

🎯 **Sacar conclusiones** ¿Por qué los imanes débiles no pueden actuar a través de un material compacto como la madera?

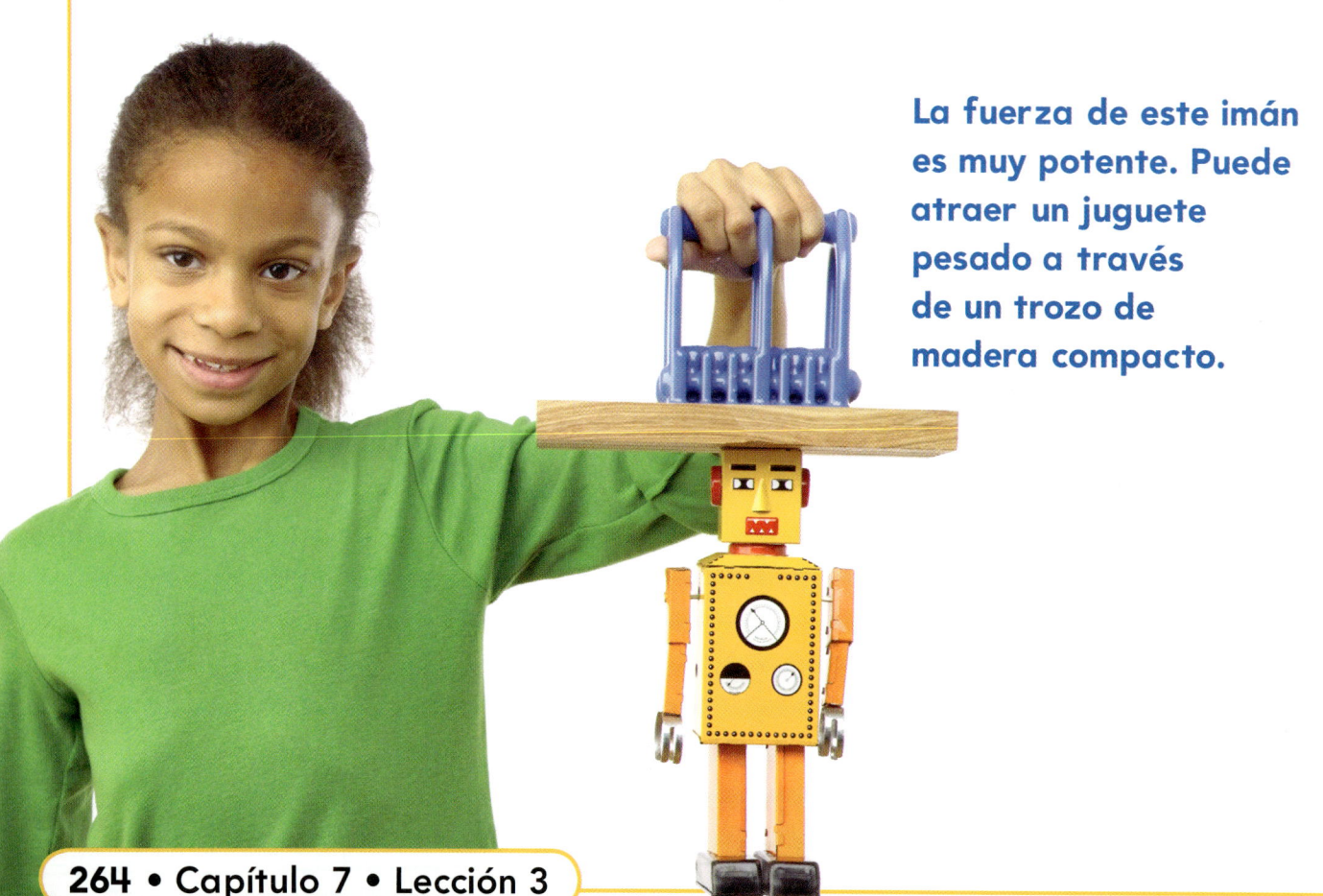

La fuerza de este imán es muy potente. Puede atraer un juguete pesado a través de un trozo de madera compacto.

Fuerza magnética

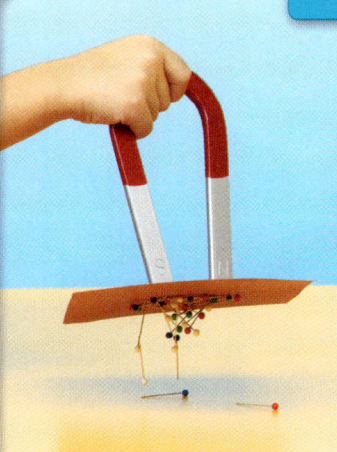

El imán atrae muchos alfileres. Su fuerza magnética actúa fácilmente a través de una hoja de papel.

Se añadieron más hojas de papel. Los alfileres están más alejados de los polos del imán, por lo que es más débil la fuerza magnética.

Se añadieron aún más hojas de papel. Los alfileres están aún más alejados del imán. Por lo que la fuerza es demasiado débil para sostenerlos.

Conclusión de la lección

1. **Vocabulario** ¿Qué es una **fuerza magnética**?

2. **Destreza de lectura** ¿Por qué un imán no podría levantar un objeto magnético desde una distancia?

3. **Predecir** ¿Podría un imán potente atraer un objeto de hierro a través de un vidrio? Explica tu respuesta.

Tecnología Visita **www.eduplace.com/cascp** para leer más sobre la fuerza magnética.

ESTÁNDARES 1–3: 1.f.

Ciencias EXTREMAS

ESTÁNDARES 1.f. *Saber* que algunos objetos se pueden mover sin tocar usando imanes.

¡Poder magnético!

¿Por qué esta montaña rusa se dispara a una velocidad de 112 kilómetros por hora en sólo cuatro segundos? ¡No es un motor! Se trata de una fuerza magnética. Las bobinas magnéticas que se encuentran a lo largo del recorrido crean fuerzas muy potentes que jalan (atraen) y empujan (repelen) rápidamente los carros sin tocarlos.

¡No te sueltes! Los imanes escondidos y súper poderosos del V2: ¡La montaña rusa de velocidad vertical de Vallejo, en California, pronto elevará a sus pasajeros 50 metros en el aire!

ENLACE DE LECTURA: Comparar y contrastar

Mi diario

En tu diario dibuja tu propia montaña rusa. Indica dónde colocarías los imanes.

267

Matemática Mide la potencia magnética

Compara la potencia de tres imanes diferentes. Coloca un sujetapapel junto al polo de un imán. Poco a poco aleja el sujetapapel del polo hasta que el imán no pueda atraerlo. Mide y anota esa distancia. ¿Qué imán tiene mayor fuerza?

Imán	Distancia

Escritura Describe un evento

Escribe un cuento sobre una ocasión en que una persona haya usado un imán para levantar un objeto o hacer que se mueva. Describe lo que sucedió primero, luego y último.

Gente en las ciencias

Dra. Bamidele Kammen

Te presento a la doctora Bamidele Kammen. Trabaja como radióloga en el Hospital de niños y Centro de investigación de Oakland, en California. Los radiólogos usan máquinas para tomar imágenes del interior del cuerpo de una persona.

Una de las máquinas utiliza imanes. La otra utiliza rayos X. Luego, la doctora Kammen observa las imágenes para ver si todo está bien en el interior de esa persona.

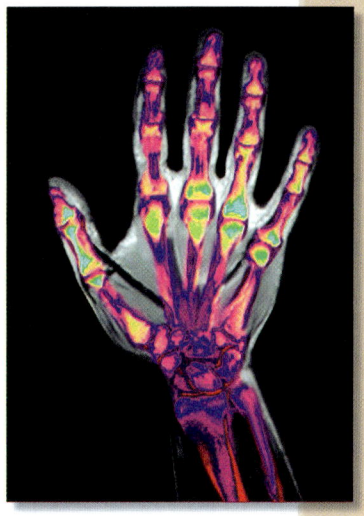

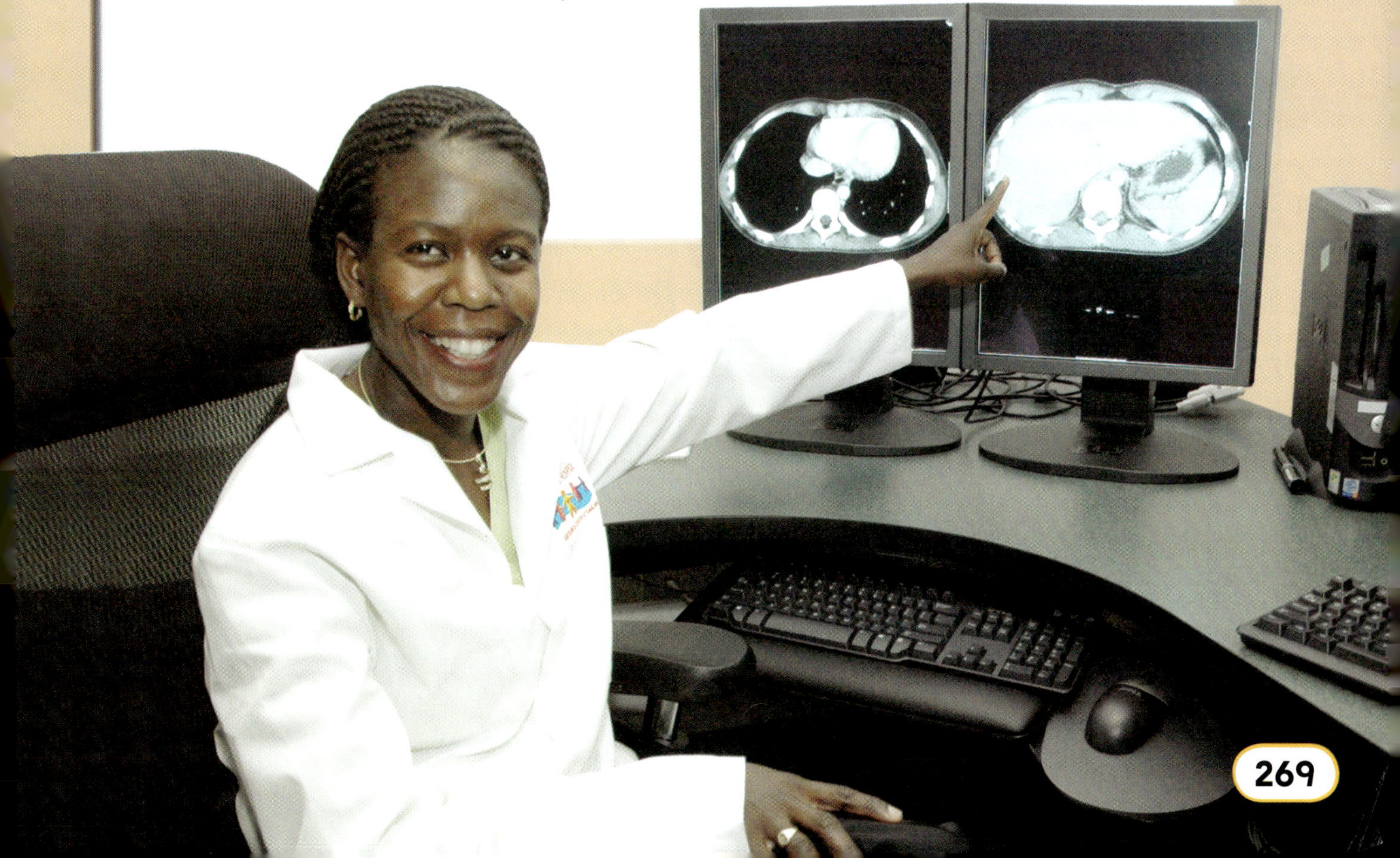

el interior de la mano de una persona

Capítulo 7 — Repaso y práctica

Resumen visual

Los imanes atraen los objetos de hierro y acero. Algunos objetos se pueden mover sin tocar usando imanes.

Atraer y repeler

Atraer objetos magnéticos

Imanes

Tienen mayor fuerza en los polos

Pueden actuar a una distancia determinada

Revisa tus respuestas a las preguntas de la Presentación de la lección.

ESTÁNDARES 1.f.

Ideas principales

1. ¿Cómo actúa la fuerza magnética de un imán sobre otro imán? (pág. 252)
2. ¿Dónde es mayor la fuerza de un imán? (pág. 259)
3. ¿Qué le sucede a la fuerza magnética a medida que un imán se aleja de un objeto? (pág. 264)

Vocabulario

Escoge la palabra correcta del recuadro.

4. Capaz de ser atraído por un imán
5. Espacio alrededor de un imán donde actúa la fuerza magnética del imán
6. Cuando un imán rechaza a otro objeto
7. Cuando los objetos jalan hacia sí mismos a otros objetos

> **atraer** (pág. 250)
>
> **magnético** (pág. 250)
>
> **repeler** (pág. 253)
>
> **campo magnético** (pág. 258)

Usar destrezas de investigación

8. Predice lo que sucederá si colocas un imán cerca de una pila de sujetapapeles de acero.
9. **Razonamiento crítico** ¿Por qué un imán podría sostener un objeto determinado y no otro en la puerta de un refrigerador?

 ESTÁNDARES 1-7: 1.f., 8: 4.a., 9: 1.f

Capítulo 8
Crear sonido

Niña tocando el violín

Presentación de la lección

LECCIÓN 1

Cuando pulsas las cuerdas del arpa, éste crea un sonido. ¿Por qué sucede eso?

LECCIÓN 2

Un sonido puede tener un tono agudo o grave. ¿Cómo podrías describir el tono de estas cornetas para fiestas?

LECCIÓN 3

El león emite un sonido alto. ¿En qué se diferencian los sonidos que emiten un león y un gatito?

Mi diario

Escribe o dibuja en tu diario para responder a las preguntas anteriores.

273

Vistazo al vocabulario

Vocabulario

energía pág. 278

sonido pág. 278

vibrar pág. 278

ondas sonoras pág. 280

tono pág. 286

volumen pág. 292

Glosario visual
Español-inglés pág. H18

Destreza de vocabulario

Descubrir todos los significados

tono

Una palabra puede tener más de un significado. Quizá sepas que un **tono** es la intensidad de un color. La palabra **tono** también es lo agudo o grave que es un sonido.

vibrar
El sonido es producido por un objeto que vibra o se mueve de un lado a otro muy rápidamente.

tono
El tono es lo agudo o grave que es un sonido.

volumen
El volumen es lo alto o bajo que es un sonido.

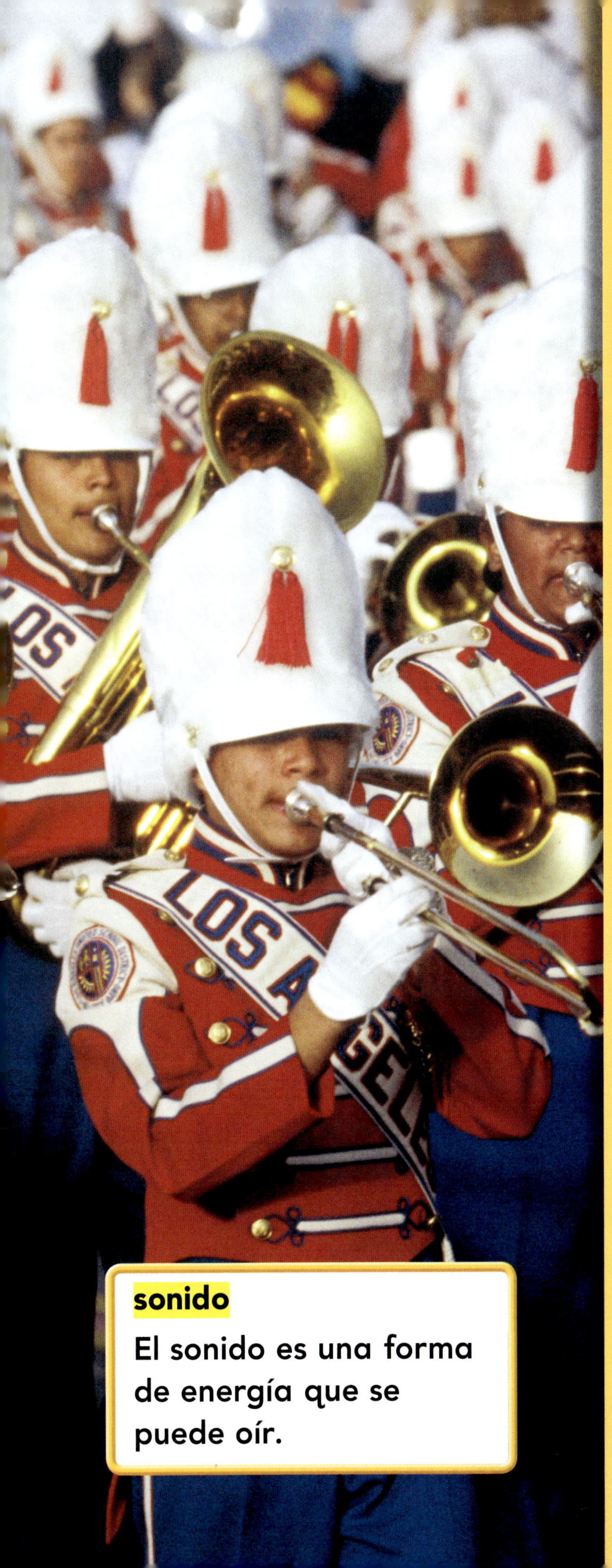

Comienza con los estándares

Grupo de estándares 1.
Ciencias físicas

1.g. *Saber* que el sonido es producido por objetos que vibran y que se le puede describir según su tono y volumen.

Grupo de estándares 4.
Investigación y experimentación
comprendidos en este capítulo: 4.a., 4.d., 4.g.

sonido
El sonido es una forma de energía que se puede oír.

Lección 1

¿Cómo se crea un sonido?

Desarrollar el contexto

El sonido es producido por un objeto que vibra. Puedes observar un objeto vibrando.

Destreza de investigación

Trabajar juntos Puedes trabajar en grupo para compartir ideas y seguir pensando por ti mismo sobre lo que observas.

Lo que necesitas

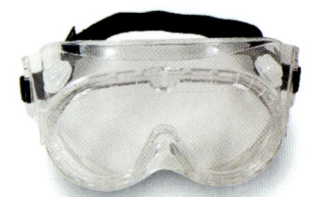

gafas protectoras

frasco de plástico

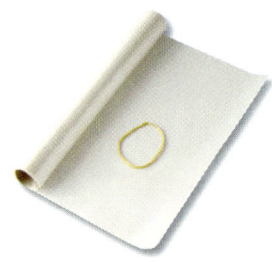

elástico y papel encerado

pedacitos de papel

ESTÁNDARES

1.g. *Saber* que el sonido es producido por objetos que vibran y que se le puede describir según su tono y volumen.
4.d. Escribir o dibujar secuencias de pasos, eventos u observaciones.

Investigación dirigida

Crear sonido

Pasos

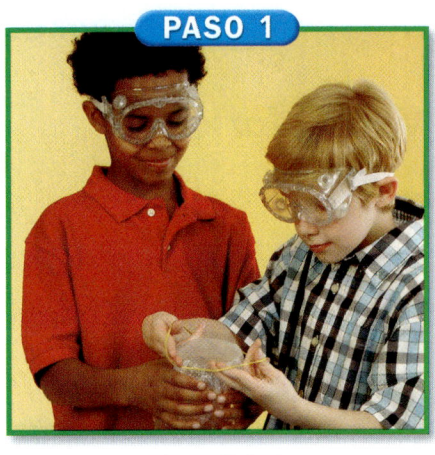
PASO 1

1. **Trabajen juntos** Extiende un pedazo de papel encerado sobre la abertura del frasco. Pide a un compañero que sostenga el papel con el elástico. **Medida de seguridad:** ¡Usa gafas protectoras!

2. Coloca los pedacitos de papel sobre el papel encerado.

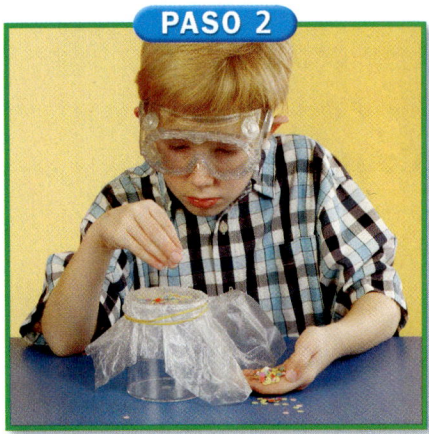
PASO 2

3. **Trabajen juntos** Da golpecitos suavemente sobre el papel encerado localizado en la abertura o pulsa el elástico. Comenta con tu compañero sobre lo que observas y oyes.

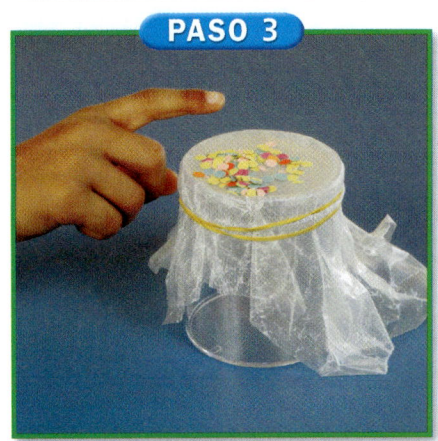
PASO 3

Piensa y comparte

1. **Infiere** ¿Qué causó que el papel se moviera de la forma que lo hizo?

2. **Predice** ¿Cómo puedes hacer que el papel se mueva de otra forma?

Investigación guiada

Experimenta ¿Puedes crear un sonido con sólo un frasco y un elástico? Prepara un plan. Escribe cada paso y comprueba tu plan. **Comunica** tus observaciones.

Aprender leyendo

Vocabulario

energía
sonido
vibrar
ondas sonoras

Destreza de lectura

Causa y efecto

ESTÁNDARES

1.g. *Saber* que el sonido es producido por objetos que vibran y que se le puede describir según su tono y volumen.

Cómo se crea un sonido

La **energía** es la capacidad de causar cambios. El **sonido** es una forma de energía que se puede oír. El sonido es producido por un objeto que vibra. **Vibrar** es cuando un objeto se mueve de un lado a otro muy rápidamente.

Puedes ver algunos objetos vibrar. Las cuerdas de un banyo vibran cuando las pulsas. Cuando das golpecitos al parche de un tambor, el tambor vibra.

cuerdas que vibran

parche del tambor que vibra

Las vibraciones de las cuerdas y del parche del tambor hacen que el aire a su alrededor también vibre. Tú no puedes ver el aire vibrar. Pero puedes oír el aire que vibra como sonido.

Las flautas tienen la forma de un tubo largo. Cuando tocas la flauta, soplas aire a través de una abertura en el tubo. Cuando soplas haces que el aire en su interior se mueva de un lado a otro muy rápidamente. Al moverse rápidamente, el aire crea un sonido.

Causa y efecto ¿Cómo se crea un sonido?

el aire que vibra

Laboratorio expreso

Tarjeta de actividad 26
Observar el sonido

Cómo oyes

Para oír el sonido debes usar tus oídos. El aire vibra. El aire que vibra se mueve en ondas que se llaman **ondas sonoras**. Las ondas sonoras se mueven a través de tu oído. Ellas hacen que algunas partes dentro de tu oído vibren. Como consecuencia, un nervio que está dentro de tu oído envía un mensaje a tu cerebro. Tu cerebro interpreta este mensaje como sonido.

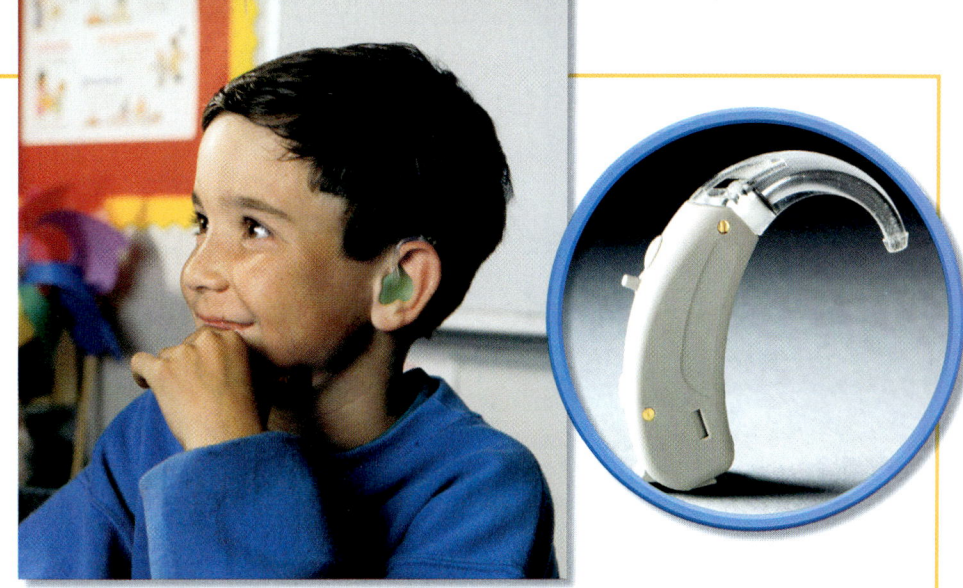

Éstos son dos tipos diferentes de audífonos.

Algunas personas necesitan ayuda para poder oír. Por eso usan audífonos. Los audífonos tienen muchas partes. Algunas partes cambian las ondas sonoras para que los sonidos sean más altos. Otras partes permiten que las ondas sonoras se muevan dentro del oído.

Causa y efecto ¿Qué sucede cuando las ondas sonoras se mueven a través del oído?

Conclusión de la lección

1. **Vocabulario** ¿Qué es **sonido**?
2. **Destreza de lectura** ¿Qué permite que las personas oigan los sonidos?
3. **Trabajar juntos** ¿Cómo trabajar con otros compañeros te permite tomar decisiones?

Tecnología Visita **www.eduplace.com/cascp** para leer más sobre cómo crear un sonido.

ESTÁNDARES 1-3: 1.g.

Enfoque Literatura

Lee los siguientes poemas sobre los sonidos que crean differentes objectos.

Canción del viento

por Lilian Moore

El viento llega y despierta
a lo que estaba dormido.
Hace crujir, susurrar,
a ese silencio rendido.

Los pastizales sisean.
Ondean alto las banderas.
De los árboles, sus copas
suspiran y hasta aletean.

En los postes, los tendidos
ya silban y canturrean.
Ruedan cestos desprendidos.
Ventanas tamborilean.

De repente y sin aviso
cae el viento dormido.
Vuelve todo a su lugar.
Vuelve el silencio rendido.

ESTÁNDARES

1.g. Saber que el sonido es producido por objetos que vibran y que se le puede describir según su tono y volumen.

ENLACE DE LECTURA

El canto nocturno de mi casa

por Betsy R. Rosenthal

¿Escuchas?
Presta atención.

El aire caliente silba
al salir del calefactor.

Crujen los pisos.
Las persianas golpean.

Hace tic tac el reloj.
Y ahora los grifos gotean.

Las cañerías susurran.
La vajilla tintinea.

¡Escucha! Presta
atención.
Mi casa canta su
canción.

Compartir ideas

1. **Escríbelo** Escribe una lista de tres objetos que emiten sonidos en los poemas. Escribe acerca de cada sonido y qué lo causó.

2. **Coméntalo** ¿Por qué crees que los poetas usaron canto y canción como títulos de sus poemas?

283

Lección 2

¿Qué es el tono?

Desarrollar el contexto

Un tono puede ser agudo o grave. Cambiar la longitud de un objeto que vibra o la velocidad de las vibraciones cambiará su tono.

Destreza de investigación

Inferir En lugar de adivinar, usa tus observaciones y conocimientos para decir lo que piensas.

Lo que necesitas

8 pajillas

tijeras

cinta adhesiva

ESTÁNDARES

1.g. *Saber* que el sonido es producido por objetos que vibran y que se le puede describir según su tono y volumen.
4.a. Hacer predicciones basándose en patrones observados, en contraste con adivinar al azar.

284 • Capítulo 8

Cambiar el tono

Tú puedes cambiar el tono de un sonido. Para cambiar el tono de una guitarra, debes acortar la parte de la cuerda que vibra. Puedes acortar una cuerda manteniéndola presionada contra el mástil de la guitarra. Si presionas una cuerda cerca de donde la punteas, ésta se acortará.

Las cuerdas cortas vibran rápidamente y tienen un tono más agudo.

Las cuerdas largas vibran lentamente y tienen un tono más grave.

Comparar los tonos	
tono grave	**tono agudo**
flauta	flautín
vaca	canario
campana de la escuela	cascabeles

El tamaño de un objeto también puede decir algo sobre su sonido. Por lo general, los objetos pequeños o cortos emiten sonidos de tono agudo.

Idea principal ¿Qué tipo de sonido crea un objeto que vibra rápidamente?

Tarjeta de actividad 27
Comparar sonidos

Aprender leyendo

Vocabulario

tono

 **Destreza de lectura**

Idea principal y detalles

```
       Idea
     principal
    /         \
Detalle      Detalle
```

ESTÁNDARES

1.g. *Saber* que el sonido es producido por objetos que vibran y que se le puede describir según su tono y volumen.

Tono

Puedes describir el sonido según su tono. El **tono** indica lo agudo o grave que es un sonido. Un objeto que vibra rápidamente emite un sonido con un tono agudo. Un objeto que vibra lentamente emite un sonido con un tono grave. Tú puedes cambiar el tono de un sonido cambiando la velocidad a la que vibra un objeto.

Las cuerdas cortas del violín vibran más rápidamente que las cuerdas largas de un contrabajo. El violín tiene un tono más agudo.

286 • Capítulo 8 • Lección 2

Investigación dirigida

Agudo o grave

Pasos

1. **Mide** Corta las pajillas de modo que cada una tenga una longitud diferente. **Medida de seguridad:** ¡Las tijeras son filosas!

PASO 1

2. Coloca las pajillas en orden, desde la más larga hasta la más corta, sobre una tira de cinta adhesiva. Coloca otra tira de cinta adhesiva del otro lado de las pajillas.

PASO 2

3. **Observa** Sopla a través de la parte superior de cada pajilla. ¿Qué sonidos son agudos y qué sonidos son graves?

PASO 3

Piensa y comparte

1. **Infiere** ¿Cómo afecta la longitud de cada pajilla al sonido que ésta produce?

2. **Predice** Si soplas por un extremo de un tubo largo de papel, ¿será agudo o grave el sonido que se produce? ¿Por qué?

Investigación guiada

Experimenta Busca tubos de distintos tamaños. **Predice** qué tubo emitirá el sonido más agudo. Ordena los tubos desde el sonido más agudo hasta el más grave. Compruébalo.

En algunos instrumentos el sonido es producido por el aire que vibra en su interior. La longitud del espacio donde vibra el aire puede ser cambiada con una corredera o con orificios. Al cambiar la longitud de la parte que vibra también cambia el tono.

Tapar y destapar los orificios permite cambiar el tono de este silbato.

Idea principal ¿Cómo puedes cambiar el tono de un instrumento?

Al mover la corredera de este silbato cambia la longitud del aire que vibra en su interior.

Conclusión de la lección

1. **Vocabulario** ¿Qué es el **tono**?

2. **Destreza de lectura** ¿Qué tipo de sonido producen las vibraciones rápidas?

3. **Inferir** Tienes botellas vacías altas y bajas. Describe los sonidos que éstas producen.

Tecnología Visita **www.eduplace.com/cascp** para leer más sobre el tono.

ESTÁNDARES 1-3: 1.g.

Lección 3

¿Qué es el volumen de un sonido?

Desarrollar el contexto

Todos los sonidos pueden ser altos o bajos. Puedes emitir un sonido más alto cuando golpeas con más fuerza al objeto que vibra.

Destreza de investigación

Experimentar Cuando tu experimentas, escoges los objetos que necesitas y planificas los pasos que vas a seguir.

Lo que necesitas

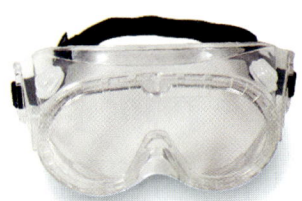

gafas protectoras

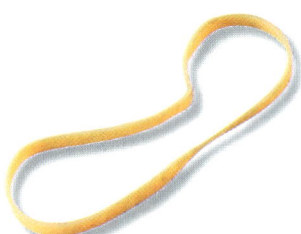

elástico

lata

ESTÁNDARES

1.g. *Saber* que le sonido es producido por objetos que vibran y que se le puede describir según su tono y volumen.
4.g. Seguir instrucciones verbales para conducir una investigación científica.

Investigación dirigida

Alto o bajo

Pasos

1. **Medida de seguridad:** ¡Usa gafas protectoras y sostén con cuidado el elástico! Estíralo alrededor de una lata a lo largo del extremo por donde se abrió.

PASO 1

2. **Experimenta** Usa tu dedo para pulsar el elástico. Prueba distintas maneras de hacer que el sonido sea más alto o más bajo.

PASO 2

3. **Registra los datos** Escribe qué hiciste diferente y cómo sonó cada vez. Usa una tabla como la que aparece en la ilustración.

PASO 3

Qué hice	Qué escuché

Piensa y comparte

1. **Compara** ¿Cómo cambiaste el volumen?

2. ¿Cambió el tono cuando pulsaste el elástico con más fuerza? ¿Cómo lo sabes?

Investigación guiada

Experimenta Comenta con un grupo acerca de cómo cambiar el volumen de los sonidos que producen distintos objetos.
Trabajen juntos para seguir el plan de uno de los miembros del grupo.

291

Aprender leyendo

Vocabulario

volumen

Destreza de lectura

Comparar y contrastar

Comparar	Contrastar

ESTÁNDARES

1.g. *Saber* que el sonido es producido por objetos que vibran y que se le puede describir según su tono y volumen.

Volumen

El **volumen** indica lo alto o bajo que es un sonido. Al igual que las olas que llegan a una playa, las ondas sonoras pueden ser grandes o pequeñas. Las ondas sonoras grandes transportan gran cantidad de energía. El sonido es alto cuando las ondas sonoras son grandes. Las ondas sonoras pequeñas transportan una menor cantidad de energía. El sonido es más bajo.

Cuando susurras utilizas menos energía para producir un sonido bajo. ▼

▲ **El timbre de una bicicleta es más alto que un susurro y más bajo que una sirena.**

Te puede parecer que un sonido es más alto a medida que te acercas a él. Te puede parecer que el sonido es más bajo a medida que te alejas de él.

Comparar y contrastar ¿En qué se diferencia una onda sonora grande de una onda sonora pequeña?

El sonido del lanzamiento de un trasbordador espacial puede lastimar tus oídos.
▼

Las sirenas fuertes te avisan de un peligro.

Laboratorio expreso

Tarjeta de actividad 28
Cambiar el volumen

Comparar el tono y el volumen

Aprendiste que el tono es lo agudo o grave que es un sonido. También has aprendido que el volumen es lo alto o bajo que es un sonido. <u>Los sonidos con tonos agudos o graves pueden tener un volumen alto o bajo.</u> Una sirena de niebla tiene un tono grave, pero un volumen alto. El chillido de un cerdo pequeño tiene un tono agudo pero un volumen bajo.

El latido del corazón tiene un tono grave y un volumen bajo.

La sirena de un barco remolcador tiene un tono grave pero un volumen alto.

Este silbato emite un sonido con tono agudo y volumen alto.

Este ratón emite un sonido con tono agudo y volumen bajo.

Comparar y contrastar ¿En qué se parecen y en qué se diferencian los sonidos de un ratón y un silbato?

Conclusión de la lección

1. **Vocabulario** ¿Qué es un **volumen**?

2. **Destreza de lectura** ¿En qué se parecen y se diferencian dos sonidos?

3. **Experimentar** ¿De qué forma te resulta útil experimentar con los sonidos?

Tecnología Visita www.eduplace.com/cascp para leer más sobre el volumen.

ESTÁNDARES 1-3: 1.g.

ESTÁNDARES 1.g. Saber que el sonido es producido por objetos que vibran y que se le puede describir según su tono y volumen.

Un sonido de ballena

¡Escucha esto! Si gritas muy fuerte, ¿puede oírte alguien que esté a una cuadra de distancia? Tal vez. ¿Y a un kilómetro de distancia? ¡De ninguna manera!

La ballena azul es el animal más grande y que emite el sonido más alto en la Tierra. ¡Las ondas sonoras que emite son más fuertes que el ruido del motor de un jet! Su bramido puede oírse a cientos de kilómetros de distancia.

ENLACE DE MATEMÁTICAS: Medida

La ballena jorobada más pequeña canta canciones complejas. Sus cantos varían en el tono desde silbidos agudos a retumbos graves.

◄ La ballena azul puede crecer hasta 30 metros de largo. ¡Además puede pesar tanto como 20 elefantes!

Mi diario

¿Puedes pensar en un sonido que sea más alto que el que emite una ballena azul? Escribe tus ideas en tu diario.

ENLACES entre el hogar y la escuela

Matemática Haz una gráfica de barras

Haz una tabla como la que aparece a continuación. Ve a un lugar donde puedas oír muchos sonidos diferentes. Escucha durante cinco minutos. Anota cada sonido. Decide si los sonidos son altos o bajos. Usa la tabla para hacer una gráfica de barras que muestre los sonidos altos y los sonidos bajos.

Sonidos que escuché	
Sonidos	Altos o bajos

Escritura Describe a una persona

Piensa en un cantante, un comentarista deportivo o un músico. Escribe un párrafo sobre la forma en que esa persona crea sonidos. ¿Son altos o bajos los sonidos?, ¿son agudos o graves? Indica si la persona cambia el tono y el volumen de los sonidos.

Ocupaciones

Técnico en efectos de sonido

En el cine y en la televisión se escuchan todo tipo de sonidos que permiten contar una historia. Los sonidos que no son comunes se llaman efectos de sonido. Estos son producidos por un técnico en efectos de sonido.

Hoy día, los técnicos preparan por lo general los efectos de sonido con la ayuda de las computadoras. Pero también utilizan muchos objetos de uso diario.

Lo que se necesita

- Clases de computación y de cinematografía
- Destreza auditiva

Capítulo 8 — Repaso y práctica

Resumen visual

El sonido es producido por objetos que vibran. El volumen de un sonido puede ser alto o bajo. El tono de un sonido puede ser agudo o grave.

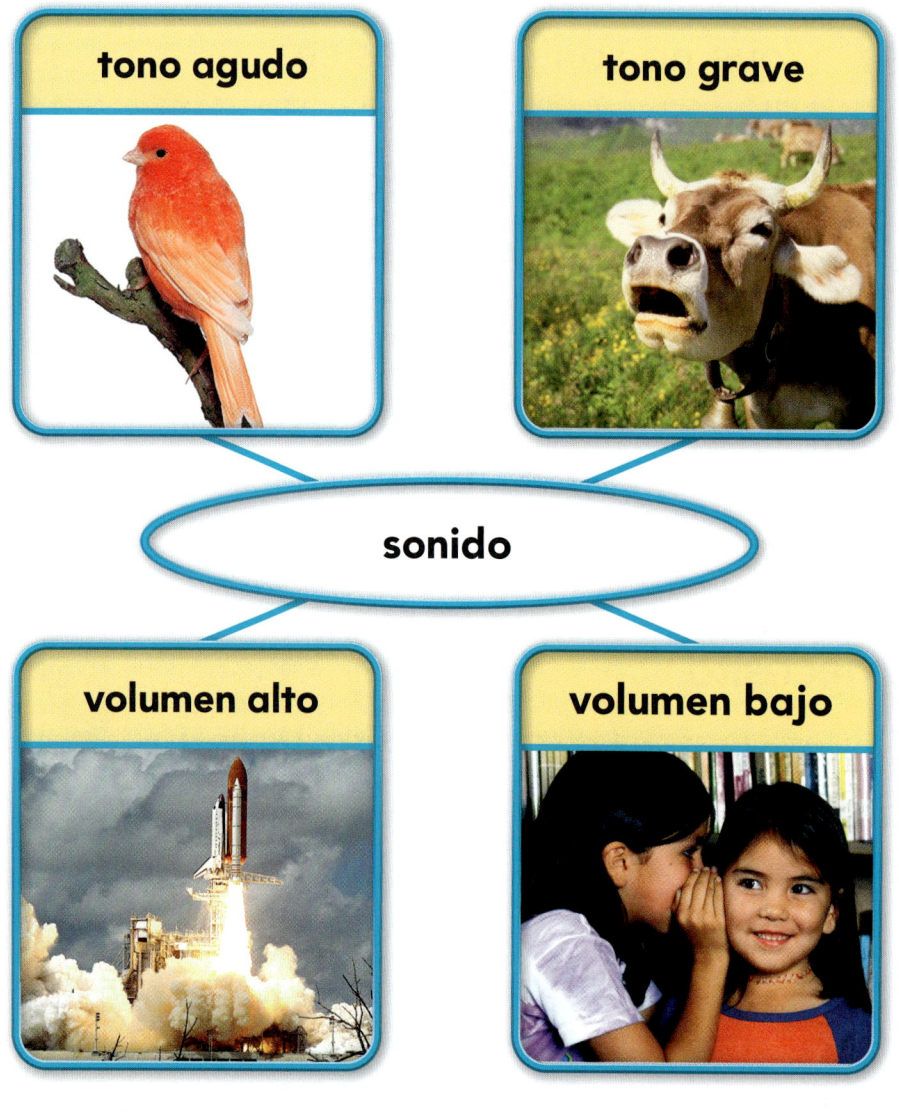

Repasa tus respuestas a las preguntas de la Presentación de la lección.

ESTÁNDARES 1.g

Ideas principales

1. ¿Cómo se crea un sonido? (pág. 278)
2. ¿Qué tipo de sonido es producido por un objeto que vibra muy rápidamente? (pág. 286)
3. ¿En qué se diferencian las ondas sonoras grandes de las ondas sonoras pequeñas? (pág. 292)

Vocabulario

Escoge la palabra correcta del recuadro.

4. Las ondas que mueve el aire al vibrar
5. Lo alto o bajo que es un sonido
6. La capacidad de causar cambios
7. Lo agudo o grave que es un sonido

energía (pág. 278)

ondas sonoras (pág. 280)

tono (pág. 286)

volumen (pág. 292)

Usar destrezas de investigación

8. Describe cómo oyes un sonido. Prepara una lista en orden de los pasos.
9. **Razonamiento crítico** ¿Usas más o menos energía cuando cantas más alto?

ESTÁNDARES 1–7: 1.g., 8: 4.d., 9: 1.g.

Repaso y práctica

Práctica para exámenes

Escoge la respuesta correcta.

1. Un objeto que es atraído por un imán es _____.

   fuerza   magnético   polo
   ○   ○   ○

2. Los polos diferentes se _____ entre sí.

   repelen   empujan   atraen
   ○   ○   ○

3. ¿Cuál de los siguientes objetos es más probable que sea no magnético?

   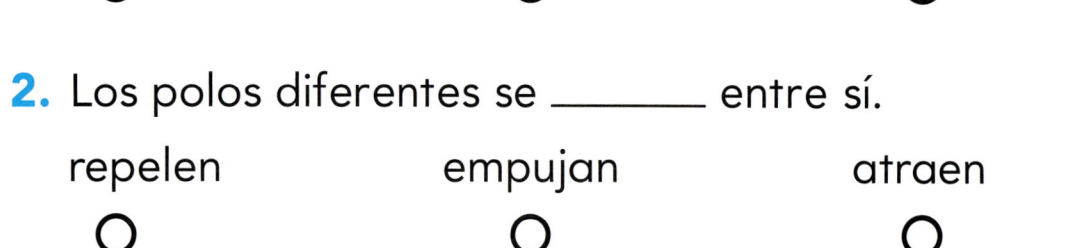

   ○   ○   ○

4. El sonido es producido por un objeto que _____.

   vibra   se acorta   se alarga
   ○   ○   ○

5. El volumen es lo _____ que es un sonido.

   alto ○   agudo ○   largo ○

6. Cuando acortas las cuerdas de una guitarra, haces que el tono sea _____.

   más grave ○   más agudo ○   más alto ○

Repasar las ideas principales

Escribe la respuesta correcta.

7. Si mueves un imán por debajo de una mesa los sujetapapeles que están sobre ella se moverán. ¿Por qué?

8. Describe el tono y el volumen de los sonidos que emiten estos animales.

Conclusión

Tú puedes...

Descubrir más

¿Cómo puedes escuchar música a través de una pared?

El sonido viaja a través de los sólidos, los líquidos y los gases. La música puede viajar a través de una pared porque la pared es un sólido. La música sale del objeto que produce el sonido. Luego se mueve a través del aire y de la pared hasta llegar a tu oído.

Simulaciones Busca en www.eduplace.com/cascp para hacer que viajen las ondas sonoras.

Recursos de ciencias y matemáticas

Usar una lupa **H2**
Usar un termómetro **H3**
Usar una regla **H4**
Usar una calculadora **H5**
Usar una balanza **H6**
Hacer una tabla **H7**
Hacer una tabla de conteo ... **H8**
Hacer una gráfica de barras.. **H9**

Usar una lupa

La lupa es un instrumento que hace que los objetos parezcan más grandes. Te ayuda a ver las partes pequeñas de un objeto.

Observa una moneda

1. Coloca una moneda sobre tu pupitre.

2. Sostén la lupa sobre la moneda. Obsérvala a través de la lente de aumento. Aleja lentamente la lente de aumento de la moneda. ¿Qué ves?

3. Sigue alejando la lente de aumento hasta que la moneda se vea borrosa.

4. Luego acerca lentamente la lente de aumento. Detente cuando la moneda deje de verse borrosa.

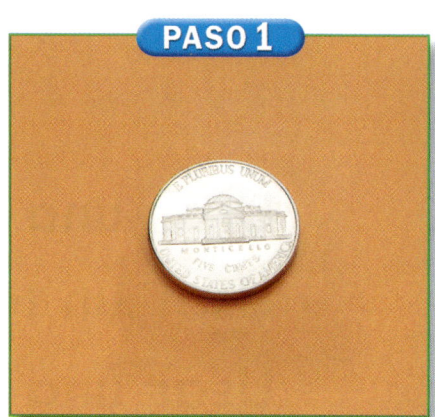

PASO 1

PASO 3

PASO 4

Usar un termómetro

El termómetro es un instrumento que se usa para medir la temperatura. La temperatura nos dice cuán caliente o cuán frío está algo y se mide en grados.

Halla la temperatura del agua

1. Llena un vaso de agua.

2. Coloca el termómetro en el vaso.

3. Observa el líquido rojo que está adentro del termómetro. ¿Qué ves?

4. Busca hasta dónde llega el líquido rojo. ¿Qué número se encuentra al lado? Ésa es la temperatura del agua.

Recursos de ciencias y matemáticas

Usar una regla

Una regla es un instrumento que se usa para medir la longitud de los objetos en pulgadas o centímetros.

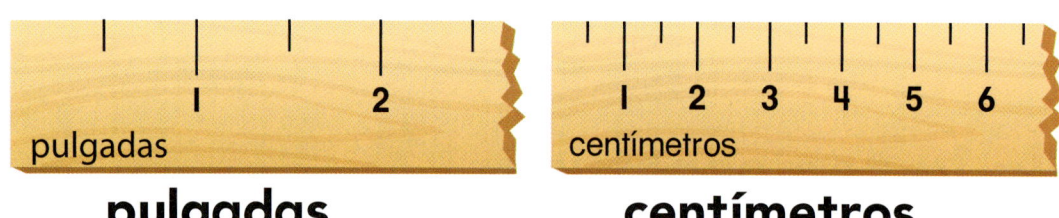

pulgadas   centímetros

Mide un creyón

1. Coloca la regla en tu pupitre.

2. Coloca tu creyón junto a la regla. Coloca a la misma altura uno de los extremos del creyón y el inicio de la regla.

3. Observa el otro extremo del creyón. ¿Cuál es el número más cercano a ese extremo?

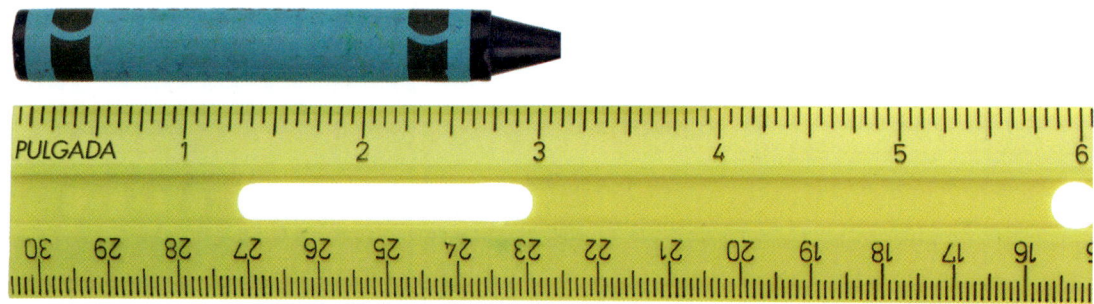

Usar una calculadora

Una calculadora es un instrumento que te permite sumar y restar números.

Resta números

1. Tim y Ana cultivaron unas plantas. Tim cultivó 5 plantas. Ana cultivó 8 plantas.

2. ¿Cuántas plantas más cultivó Ana? Halla la respuesta con tu calculadora.

3. En la calculadora, presiona [8]. Luego presiona la tecla del signo [–]. Presiona el número [5] y el signo de [=].

¿Qué respuesta obtuviste?

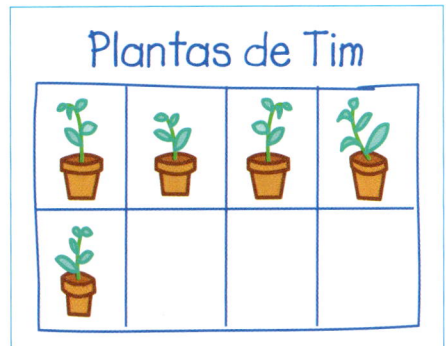

Usar una balanza

La balanza es un instrumento que se usa para medir la masa. La masa es la cantidad de materia que tiene un objeto.

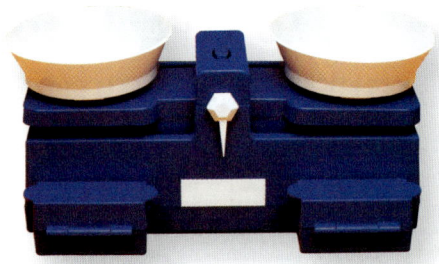

Compara la masa de los objetos

1. Verifica que el indicador se encuentre en la marca central de la balanza. Si es necesario, mueve el indicador de atrás hacia la izquierda o la derecha.

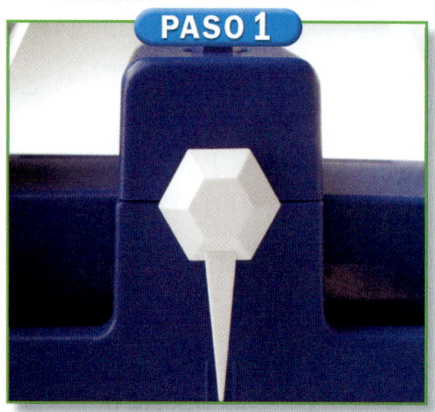

2. Coloca una bola de plastilina en uno de los platillos y un creyón en el otro.

3. Observa la posición de los dos platillos.

¿Tiene mayor masa la bola de plastilina o el creyón?

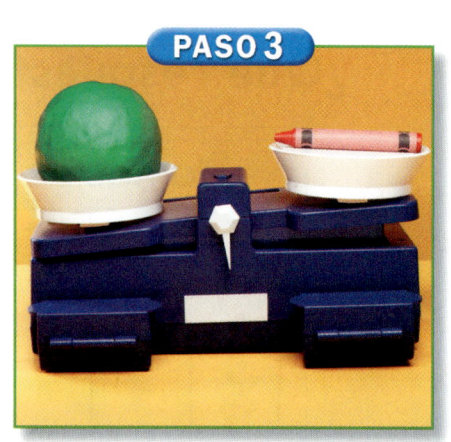

Hacer una tabla

Una tabla te sirve para ordenar la información o datos. Cuando ordenas los datos es más fácil leerlos y compararlos.

Haz una tabla para comparar los animales

1. Escoge un título para la tabla.

2. Nombra los grupos que describen los datos que recolectaste. Rotula las columnas con los nombres.

3. Completa en detalle los datos de cada columna.

¿Qué animal se puede mover de más maneras?

Cómo se mueven los animales

Animal	Cómo se mueve
pez	nada
perro	camina, nada
pato	camina, vuela, nada

Recursos de ciencias y matemáticas

Hacer una tabla de conteo

Una tabla de conteo te sirve para saber la cantidad de objetos a medida que los cuentas.

Haz una tabla de conteo sobre los tipos de mascotas

La clase de Jan hizo una tabla de conteo para anotar la cantidad de mascotas de cada tipo que tienen los niños.

1. Cada vez que contaban una mascota, hacían una marca.

2. Cuando llegaban a cinco, hacían la quinta marca como una línea que cruzaba a las cuatro líneas anteriores.

3. Cuenta las marcas para saber el total de cada tipo de mascotas.

¿Cuántas mascotas de cada tipo tienen los niños?

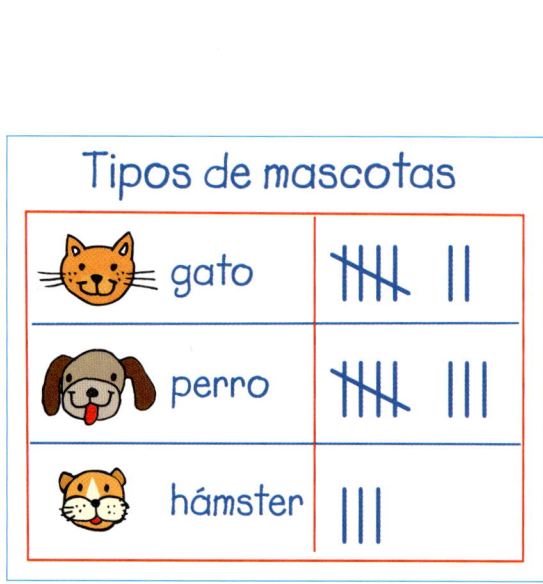

Tipos de mascotas	
gato	||||| ||
perro	||||| |||
hámster	|||

Hacer una gráfica de barras

Una gráfica de barras te sirve para ordenar y comparar datos.

Haz una gráfica de barras acerca de las mascotas preferidas

Haz una gráfica de barras con los datos reunidos en la tabla de conteo de la página H8.

1. Escoge un título para tu gráfica.

2. Escribe los números sobre la línea del costado.

3. Escribe los nombres de mascotas sobre la parte inferior.

4. Comienza en la parte inferior de cada columna. Completa un recuadro para cada marca.

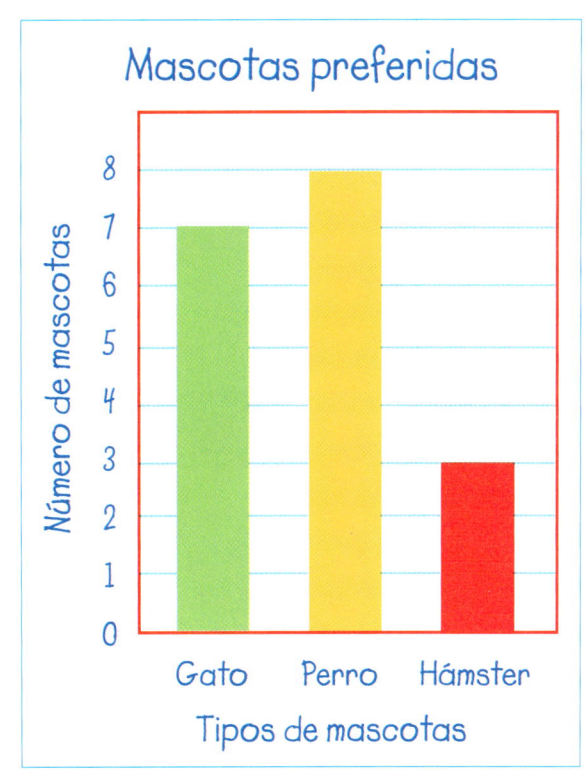

¿Cuál es la mascota preferida?

Manual de salud y estado físico

Manual de salud y estado físico

Tú gozas de buena salud cuando tu cuerpo funciona bien. Algunas formas de mantenerte saludable son:

- Aprende cómo funciona tu cuerpo.
- Sigue todas las normas de seguridad personal.
- Baila, salta, corre o nada para que tu cuerpo se fortalezca.
- Come alimentos que le den a tu cuerpo lo que necesita.

Tus sentidos H12
Tus sentidos te informan sobre las cosas del mundo que te rodean.

Protege tus ojos y oídos H14
Aprende a proteger tus ojos y tus oídos.

Mantente seguro en la carretera H15
Mantente seguro cuando caminas o viajas en automóvil o autobús.

¡Mueve tus músculos! H16
Hay muchas maneras de ejercitar tus músculos.

Grupos alimenticios H17
Come alimentos de diferentes grupos.

Tus sentidos

Tus cinco sentidos te permiten aprender cosas del mundo. También te sirven para mantenerte seguro.

Vista

La luz entra en el ojo a través de la pupila. El iris controla la cantidad de luz que entra. Otras partes del ojo convierten la luz en mensajes que llegan al cerebro.

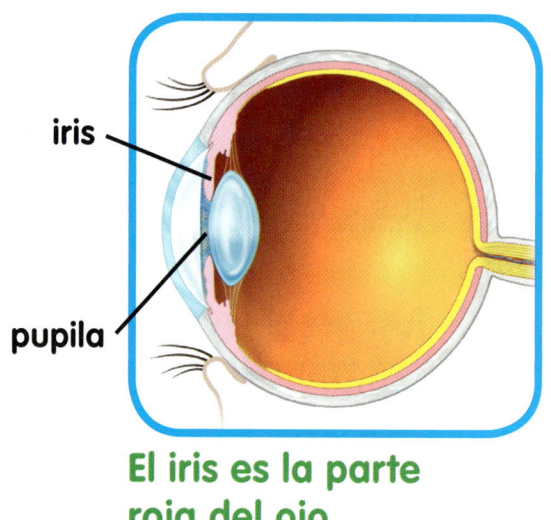

El iris es la parte roja del ojo.

Oído

El oído está formado por tres partes principales. La mayor parte de tu oído se encuentra dentro de tu cabeza. El sonido hace que algunas partes del oído se muevan muy rápido hacia atrás y hacia adelante. Luego el oído interno envía la información del sonido al cerebro.

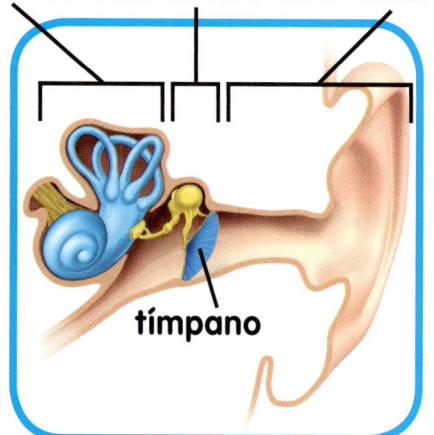

El tímpano se puede lastimar fácilmente. Nunca introduzcas nada en tu oído.

Gusto

La lengua está cubierta de miles de pequeñas protuberancias que se llaman papilas gustativas. Te permiten saborear lo dulce, lo salado, lo ácido y lo amargo. Algunas partes de la lengua parecen ser más sensibles a ciertos sabores, mientras que toda la lengua percibe los alimentos salados.

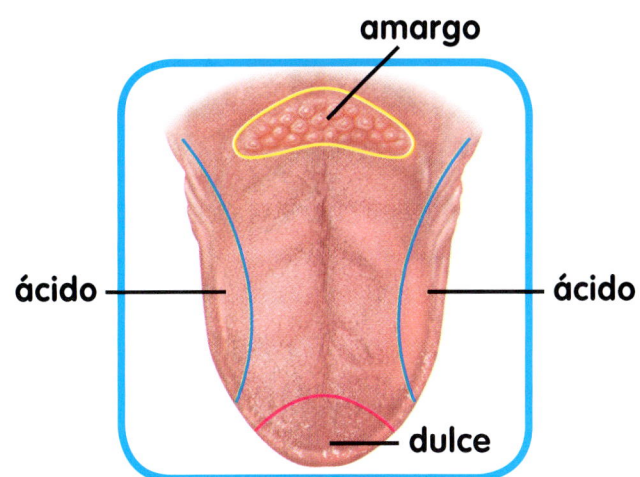

Cerca de dos semanas, tu cuerpo produce un nuevo grupo de papilas gustativas.

Olfato

A través del aire viajan toda clase de olores. Estos olores entran en tu nariz. La nariz envía mensajes sobre ellos al cerebro.

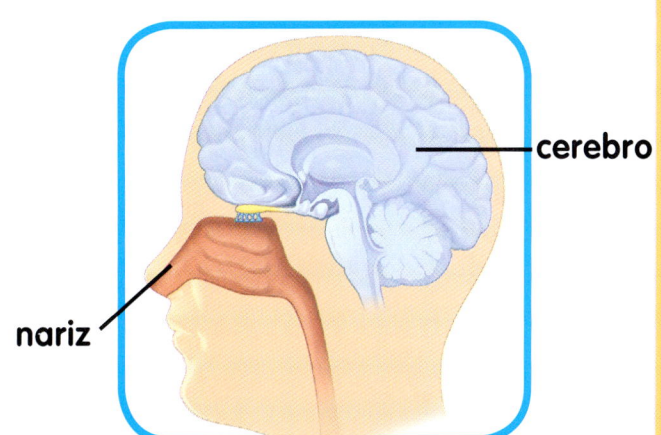

Tu sentido del olfato también ayuda al sentido del gusto.

Tacto

Si tocas el tronco de un árbol lo sentirás áspero. Los gatitos se sienten suaves al tacto. Tu piel recibe toda esta información. Luego el cerebro decide cómo responder.

La piel es el órgano más grande de tu cuerpo.

H13

Protege tus ojos y oídos

Usas tus ojos y oídos para ver y oír. Tú puedes proteger tus ojos y tus oídos.

Protege tus ojos

- Mantén objetos afilados o con puntas lejos de tus ojos.
- Usa gafas de sol cuando estés al aire libre. Protegerán tus ojos de los rayos del Sol.

Con las pruebas de visión se puede saber si una persona necesita gafas.

Protege tus oídos

- Usa un casco protector cuando juegues al béisbol o sóftbol.
- Los ruidos fuertes pueden dañar tus oídos. Mantén la música a un volumen bajo.

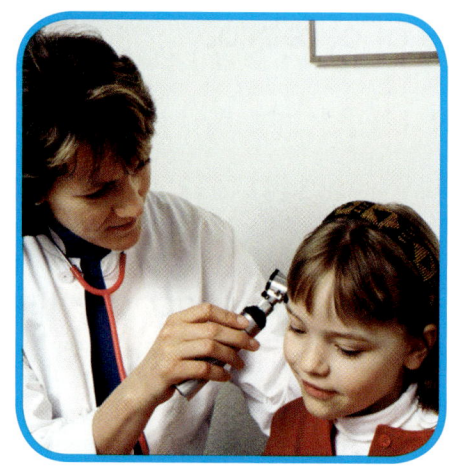

Con las pruebas de audición se puede saber si una persona tiene una pérdida auditiva.

Mantente seguro en la carretera

¿Cómo llegas a la escuela o al parque? Algunas formas que te permiten mantenerte seguro son:

Seguridad al caminar

- Permanece en la acera.
- Camina con un amigo o con una persona mayor de confianza.
- Cruza en el paso de peatones. ¡Mira hacia ambos lados antes de cruzar!
- No corras entre los automóviles aparcados. Es posible que los conductores no te vean.

Cruza sólo cuando esté encendida la señal de caminar.

Seguridad cuando viajas en automóvil o autobús

- Si el autobús tiene cinturones de seguridad, úsalos.
- Siéntate y conversa en voz baja para que el conductor pueda prestarle atención a la carretera.
- Cruza la calle por el frente de los autobuses cuando se detenga el tráfico.

Obedece a los guardias peatonales.

En el automóvil usa siempre el cinturón de seguridad.

¡Mueve tus músculos!

Hay muchas actividades que pueden servirte como ejercicio. Algunas de las cosas que puedes hacer para fortalecer tus músculos son:

Por ti mismo

- Patea un balón lo más lejos que puedas. Persíguelo y vuelve a patearlo.
- Pasea en bicicleta.
- Salta la cuerda.
- Salta abriendo y juntando las piernas.
- Escucha música y baila.

Con otros compañeros

- ¡Practica juegos de balón!
- ¡Juega a alcanzar y tocar! ¡Corre!
- Da una caminata.
- Juega a la rayuela.
- Juega con un disco volador.

Grupos alimenticios

Los alimentos dan a tu cuerpo energía y lo que necesita para crecer. Los alimentos de los distintos grupos te ayudan de diferentes maneras.

leche

carnes y frijoles

frutas

vegetales

granos

La pizza tiene alimentos del grupo de la leche (queso), del grupo de los granos (corteza) y del grupo de los vegetales (tomates).

¿Cuáles son los grupos que están representados en este recipiente con cereal?

Manual de salud y estado físico

H17

Glosario visual

Español-inglés

adulto
Animal que se ha desarrollado totalmente. (49)

adult An animal that is full grown.

aprendido
Características que no pasan de los padres a sus crías. (62)

learned Traits that are not passed on from parents to their offspring.

atraer
Cuando los objetos jalan hacia sí mismos a otros objetos. (250)

attract When objects pull toward each other.

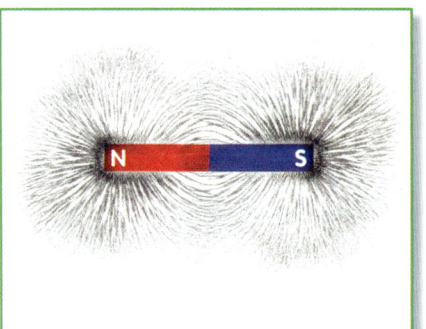

campo magnético
Espacio alrededor de un imán donde actúa la fuerza magnética del imán. (258)

magnetic field The space around a magnet where the magnet's force works.

ciclo de vida
Serie de cambios por los que pasa un ser vivo al crecer. (12)

life cycle The series of changes that a living thing goes through as it grows.

combustible
Materia que se puede quemar para obtener energía o calor. (132)

fuel A material that is burned to provide power or heat.

cono
Parte de la planta donde se forman las semillas de plantas sin flores. (14)

cone The part of a plant where seeds form in plants without flowers.

conservar
Usar menos de algo para que dure más. (156)

conserve To use less of something to make it last longer.

cría
Seres vivos que provienen de otro ser vivo. (48)

offspring The living things that come from a living thing.

crisálida

Fase en la que un insecto cambia de forma. (56)

pupa The stage when an insect changes form.

desgaste

Deterioro y ruptura de una roca. (98)

weathering The wearing away and breaking apart of rock.

dirección

Recorrido que sigue un objeto. (212)

direction The path that an object follows.

distancia

El espacio que hay entre dos personas, lugares o cosas. (180)

distance The length of space between two people, places, or things.

energía

La capacidad de causar cambios. (206, 278)

energy The ability to cause change.

erosión
El desgaste y movimiento de roca y suelo. (100)

erosion The carrying of weathered rock and soil from place to place.

fértil
Lleno de los nutrientes que las plantas necesitan para crecer. (148)

fertile Soil that is full of the nutrients needed to grow plants.

flor
Parte de la planta donde se forman el fruto y las semillas. (10)

flower The part of a plant where fruit and seeds form.

fósil
Lo que queda de un ser vivo que existió hace mucho tiempo. (114)

fossil Something that remains of a living thing from long ago.

fricción
Fuerza que hace que un objeto pierda velocidad cuando roza contra otro. (208)

friction A force that makes an object slow down when it rubs against another object.

fruto
Parte de la flor que está alrededor de la semilla. (10)

fruit The part of a flower that is around a seed.

fuerza
Movimiento que empuja o jala. (204)

force A push or pull.

fuerza magnética
La fuerza de repulsión o atracción de un imán. (262)

magnetic force The pushing or pulling force of a magnet.

G

gravedad
Fuerza que hace que los objetos caigan al suelo, a menos que algo los sostenga. (34, 100, 230)

gravity Force that causes objects to fall to the ground unless something holds them up.

heredar

Tener características que provienen del progenitor. (20)

inherit To have traits passed on from the parent.

humus

Trocitos pequeños de plantas y animales muertos que hay en el suelo. (104)

humus Tiny bits of dead plants and animals in soil.

imán

Objeto que atrae a otros objetos de hierro y acero. (250)

magnet An object that attracts iron or steel objects.

individuo

Ser vivo que pertenece a un grupo del mismo tipo de seres vivos. (69)

individual One living thing in a group of the same kind of living things.

larva

En el ciclo de vida de un insecto, fase en la que es similar a un gusano. (56)

larva The worm-like stage in an insect's life cycle.

magnético

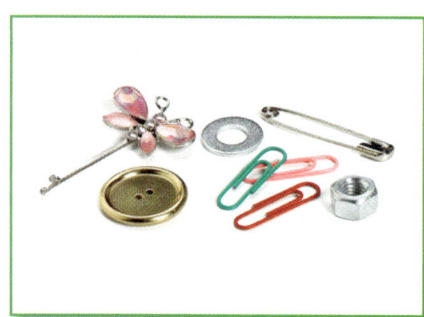

Capaz de ser atraído por un imán. (250)

magnetic An object that is attracted by a magnet.

medio ambiente

Todos los seres vivos y las cosas sin vida que rodean a un ser vivo. (27)

environment All the living and nonliving things around a living thing.

mineral

Sólido que se encuentra en la naturaleza y que nunca estuvo vivo. (90)

mineral A solid found in nature that was never living.

movimiento

Cambio de posición de un lugar a otro. (186)

motion Movement from one place to another.

nutrientes

Materiales del suelo que les sirven a las plantas para crecer. (104)

nutrients Materials in soil that help a plant grow well.

ondas sonoras

Las ondas que mueve el aire al vibrar. (280)

sound waves The waves that move vibrating air.

peso

Medida de la fuerza de gravedad sobre un objeto. (232)

weight A measure of the pull of gravity on an object.

población

Grupo del mismo tipo de seres vivos que habitan un lugar. (28)

population A group of the same kind of living thing in one place.

polea

Rueda con un canal por el que se mueve una cuerda o cadena. (223)

pulley A wheel with a groove through which a rope or chain moves.

polos

Lugares de un imán donde su fuerza es mayor. (252)

poles The places on a magnet where the forces are strongest.

posición

Lugar o ubicación. El globo terráqueo está sobre el escritorio. (178)

position A place or location. The globe is on the desk.

reciclar

Acumular objetos cuyo material se puede usar otra vez para hacer nuevos objetos. (158)

recycle To collect items made of materials that can be used again to make new items.

recurso natural

Elemento que se encuentra en la naturaleza y que las personas usan o necesitan. (132)

natural resource Something found in nature that people need or use.

repeler

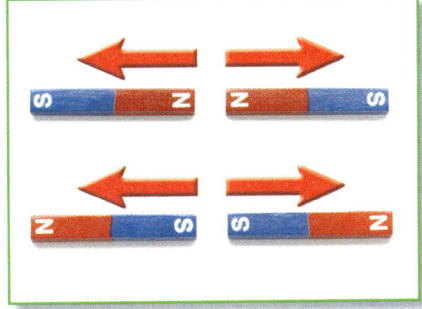

Cuando un imán rechaza a otro objeto. (253)

repels When a magnet pushes an object away from itself.

reproducir

Cuando los seres vivos crean más seres vivos del mismo tipo. (48)

reproduce When living things make more living things of the same kind.

riego

Método para llevar agua al suelo seco. (144)

irrigation A way to bring water to dry land.

roca

Sólido compuesto de uno o más minerales. (90)

rock A solid made of one or more minerals.

semilla

En una planta, parte de la cual nace una nueva planta. (10)

seed The part of a plant from which a new plant grows.

sonido

Forma de energía que se puede oír. (278)

sound A form of energy that you hear.

suelo

Material suelto que cubre la superficie de la Tierra. (104)

soil The loose material that covers Earth's surface.

tono

Lo agudo o grave que es un sonido. (286)

pitch How high or low a sound is.

velocidad

La distancia a la que se mueve un objeto en un tiempo determinado. (190)

speed The distance an object moves in a set amount of time.

vibrar

Cuando un objeto se mueve de un lado a otro muy rápidamente. (278)

vibrates When an object moves back and forth very quickly.

volumen

Lo alto o bajo que es un sonido. (292)

volume How loud or soft a sound is.

Índice

A

Ácaros de tierra, 110–111
Adultos, 44, 48–51, 54–55, 57
Aire, 104, 106, 108
Agricultura, 144
Agua,
  como recurso natural, 142–145
  conservación de, 156, 157, 159
  desgaste de rocas por, 96, 98–99
  en el suelo, 104, 106, 108, 147, 148
  erosión por, 100–101
  plantas y, 29, 37
  usos para, 127, 140–145, 164
Alimentos, 71, 151, 153
Anfibios, lámina de la Unidad A, 54–55
Animales,
  alimentos para, 153
  anfibios, lámina de la Unidad A, 54–55
  aves, lámina de la unidad B, 48, 50–51, 64–65
  ballenas, 296–297
  características aprendidas, 44, 62–63
  características heredadas, 60–61
  ciclos de vida, 1, 43, 46–57
  del Cañón de Roca Roja, lámina de la Unidad B
  del Parque Nacional Secuoya, lámina de la Unidad A
  fibras de, 72–73
  fósiles de, 85, 86, 112, 114–121, 122, 124
  insectos, 16–17, 56–57, 110–111
  leones marinos, 1, 80
  mamíferos, 48, 50–51
  parecidos y diferentes, 43, 66–71
  pez, 48
  reptiles, lámina de la Unidad B, S12-S13, 48
  suelo y, 108–109
Árboles,
  características heredadas, 22-23
  ciclo de vida de, 14-15
  como recurso natural, 150-151
  con conos, 14-15
  con flores, 11
  conservación de, 159
  secuoya, lámina de la Unidad A
  viento y, 36
Arena, 132, 159
Aro gigante, 16-17
Astronautas, S10-S11, 235
Atraer, 246, 248, 250, 252–253, 255, 258–259, 260–265, 266, 270
Audífonos, 281
Automóvil, 192-193
Aves,
  ciclo de vida, 50-51
  cría, 48
  plumas de pollo, 64-65
Aviones, S19

B

Balanza (instrumento), H6
Ballena azul, 296-297
Ballena jorobada, 297
Ballenas, 296-297
Basura, 160-161, S22-S23
Basura plástica, S22-S23
Botánico, 39

C

Branquias, 55

Cactus, 148
Calculadora, H5
Caldeiro, Fernando, S10-S11
California,
  agricultura en, 144
  astronautas de, 235
  energía de la Represa Hoover para, 145
  fósiles de tigres dientes de sable, 120-121
  leones marinos, 1, 80
  montaña rusa de velocidad vertical, 266-267
  movimiento en la pista de carreras de California, 216-219
  rocas de, 91
  suelos y plantas de, 149
  trenes maglev, 254-255
  uvas sin semilla de, 30-31
California Las grandes ideas, 1, 81, 169, 241
Calor, 132, 133, 151
Campos magnéticos, 245, 246, 256–259, 264
Canciones,
  de ballenas, 297
  "Imanes", 242-243
  "Rocas, suelos y fósiles", 82-83 245, 246, 256–259, 264
Cañón de Roca Roja, lámina de la Unidad B
Características,
  aprendidas, 44, 58, 62–63, 76
  de plantas nuevas de los mismos progenitores, 24–26
  heredadas, 18–23, 26, 40, 58, 60–61, 64–65, 76
  medio ambientes, 27-29

Características aprendidas, 44, 58, 62–63, 76
Características heredadas, 18–23, 40, 58, 60–61, 64–65, 68–69, 76
Carbón, 132, 133
Cerebro, 280, H12, H13
Ciclos de vida,
de anfibios, 54-55
de animales, 48-57
de aves, mamíferos,
de insectos, 56-57
de plantas, 12-15
reptiles y peces, 46-51
Ciencias extremas
El imponente ácaro, 100-111
¡Guácala! ¿Qué huele tan feo? 16-17
La mega máquina, 226-227
¡Mira estas gallinas!, 64-65
Poder magnético, 266-267
¡Rápido, más rápido, el más rápido! 192-193
Un sonido grande como ballena, 296-297
Científico especialista en suelos, 163
Científicos,
cómo piensan, S12-S15
instrumentos de los, S19
lo que hacen, S10-S11
Cinturones de seguridad, H15
Clima, 36
Color,
de los minerales, 93
de los suelos, 106 – 107
de las rocas, 85, 94
Combustible, 132, 151, 156, 159, 164
Cometa del vómito, S11
Conos, 6, 14
Conservar, 128, 154–159, 164

Contaminación del aire, S19
Cría, 46–57, 60
características aprendidas, 44, 58, 62-63, 76
características heredadas, 58 60-61, 64-65, 68-71, 76
cuidado de sus padres, 80
diferente a sus padres, 43, 56-57, 76
parecido a sus padres, 43, 57, 76
Crisálida, 44, 56-57
Cryobot, S18-S19
Cuarzo, 95, 135

Dahlgren Randy, Dr., 163
Datos, ordenar, H7, H9
Desgaste, 87, 98–99, 124
Destrezas de vocabulario,
descubrir todos los significados, 200, 274
usar ilustraciones, 128
usar lo anterior, 44
usar opuestos, 246
usar palabras, 174
usar sílabas, 6, 86
Destrezas de investigación,
clasificar, 46, 112
comparar, 18, 102
comunicar, 130
experimentar, 228, 290
hacer preguntas, 220
inferir, 96, 256, 284
medir, 66, 88, 176, 202
observar, 8, 248
predecir, 58, 210, 260
registrar datos, 32, 140
trabajar juntos, 184, 276
usar datos, 52
usar modelos, 154

usar números, 24, 146
Destrezas de lectura,
causa y efecto, 34, 35, 37, 98, 100, 204, 205, 207, 208, 250, 251, 253, 278, 279, 281
clasificar, 90, 91, 93, 94, 142, 143, 145, 148, 151, 153
comparar y contrastar, 26, 27, 29, 48, 49, 50, 104, 105, 106, 109, 186, 187, 189, 191, 258, 259, 292, 293, 295
idea principal y detalles, 68, 69, 71, 132, 134, 222, 223, 224, 286, 287, 289
sacar conclusiones, 20, 21, 23, 60, 61, 63, 114, 115, 116, 119, 156, 159, 178, 180, 230, 231, 233, 262, 263, 264
secuencia, 10, 11, 13, 14, 54, 55, 57, 212, 214
Dibujante de animación, 195
Dinosaurios, 116–117, 118
Dirección,
cambios de, 199, 210–213, 236
de fuerzas, 223
Distancia, 174, 180-181
fuerza magnética y, 260, 262, 264–265, 270
volumen del sonido y, 293
Dureza, 92, 94

Efectos de sonido
técnico en, 299
Ejercicio, H1
Electricidad, 145, 164

Índice

Energía,
de los alimentos, H17
eléctrica, 145, 164
fuerzas y, 206-207
sonido, 275, 278–281, 292
Enlaces de escritura, 38, 74, 122, 162, 194, 234, 268, 298
Enlaces de lectura, 30–31, 64–65, 72–73, 110–111, 120–121, 136–139, 216–219, 254–255, 266–267, 282–283
Enlaces de matemáticas, 16–17, 38, 74, 122, 160–161, 162, 182–183, 192–193, 194, 226–227, 234, 268, 296–297, 298
Enlaces entre el hogar y la escuela,
escritura, 38, 74, 122, 162, 194, 234, 268, 298
matemáticas, 38, 74, 122, 162, 194, 234, 268, 298
Erosión, 100-101
Espacio, 29
Espíritu de Sacramento, lámina de la Unidad C
Estándares de California, S1-S8, 7, 45, 87, 129, 175, 201, 247, 275
Excursión por California,
Cañón de Roca Roja, lámina de la Unidad B
El Espíritu de Sacramento, lámina de la Unidad C
Festival de mariachis, lámina de la Unidad D
Parque Nacional Secuoya, lámina de la Unidad A
Experimentar, S12, S14, S16, S17

Feldespato, 95
Festival de mariachis, lámina de la Unidad D
Fibras de alpaca, 72-73
Flores, 6, 8, 10-11, 13, 16- 17
Forma una idea, S14, S16
Fósiles, 85, 86, 112–119, 122
de tigres dientes de sable 120-121
formación de, 114-115
pistas sobre el pasado, 116-119, 122, 124
French, Lloyd, S18
Frenos, 215
Fricción, 200, 208–209, 214
Fruto, 5, 6, 8–11, 13, 22–23
como alimento, 152-153
Fuerza magnética, 260–265, 270
Fuerzas, lámina de la Unidad C
cambio de dirección, 210–213, 236
cambio de velocidad, 210, 214–215, 236
fricción, 200, 208–209, 214–215
gravedad, 228–233, 236
magnetismo, 252–253, 254–255, 256–259, 260–265, 266-267, 270
máquinas e instrumentos y, 220–225, 236
movimiento y, 199, 202–209, 23
sonido y, 290

Gente en las ciencias,
Dahlgren Randy, Dr. 163
Kammen Bamidele, Dr., 269
Ochoa Ellen, Dr., 235
Wack Ray, Dr., 75
Geólogo, 123
Glaciares, 100
Gráfica de barras, hacer una, H9
Gráficas, H9
Granito, 95,133
Gravedad, S11, 201, 228–233, 236
en el espacio, 235
erosión y, 100
plantas y, 34
Grillos, S14 - S15
Grupos alimenticios, H17
Gusto, H13

Haz preguntas, S12, S14, S16
Hechos, S13
Hierro, 248, 250, 256–259
Historia de las ciencias,
Fósiles de tigres dientes de sable, 120- 121
Instrumentos de medición de ayer y de hoy, 182-183
Hojas, 13, 34
Huellas, 116-117
Huesos, 115, 116, 117, 118
Humus, 104–107, 110, 122, 148

H32 • Índice

Imanes, 241-271
  campo magnético, 245, 246, 256–259, 264
  fuerza de, 260–265, 270
  montaña rusa de, 266–267
  trenes maglev, 254–255
Impresión, 114, 116
Individuos, 69
Información, reunir, S11
Insectos, 16–17, 56–57
Instrumentos de los científicos,
  balanza, H6
  calculadora, H5
  fuerzas y, 199, 236
  lupa, H2
  microscopio, S19
  para medir distancias, 182-183
  polea, 223
  regla, H4
  robots, S18-S19
  tecnología, S19
  termómetro, H3
  trabajo y, 220-225
Inventores, S18-S21
Investigación científica, S14-S15
Investigación dirigida,
  agua desperdiciada, 155
  agua en el suelo, 147
  agudo o grave, 285
  alto o bajo, 291
  busca rocas, 131
  cambia de dirección, 211
  cambia de movimiento, 203
  compara ciclos de vida, 47
  compara fósiles, 113
  compara rocas, 89
  compara suelos, 103
  compara vainas de guisantes, 25
  crea sonido, 277
  entrena un pez de colores, 59
  fases de los branquiópodos, 53
  frutos y semillas, 9
  germinación de semillas, 33
  instrumentos que jalan y empujan, 221
  localiza un objeto, 177
  mide palmos, 67
  objetos en movimiento, 185
  objetos que caen, 229
  observa la fuerza, 261
  patrones de limadura, 257
  prueba imanes, 249
  rocas que cambian, 97
  siembra semillas, 19
  uso del agua, 141
Investigación guiada, 9, 19, 25, 33, 47, 53, 59, 67, 89, 97, 103, 113, 131, 141, 147, 155, 177, 185, 203, 211, 221, 229, 249, 257, 261, 277, 285, 291
Investigaciones, S11-S13
Iris, H12

Jets, S10-S11

Kammen Bamidele, Dr., 269

La Brea Tar Pits (Pozos de brea), 120–121
Laboratorios expreso,
  agrupar fósiles, 117
  agrupar rocas, 91
  cambiar el volumen, 293
  cambiar la dirección de un objeto, 212
  categorizar los usos del agua, 143
  clasificar el suelo, 149

  comparar dos individuos, 69
  comparar el tamaño de las hojas, 27
  comparar la temperatura, 35
  comparar las plantas con sus progenitoras, 21
  comparar sonidos, 287
  comparar suelos, 106
  construir una máquina, 223
  describir la ubicación de un objeto, 179
  emparejar animales, 49
  experimentar con la gravedad, 230
  hacer un modelo del desperdicio del agua, 156
  identificar los usos de las rocas, 132
  medir cómo cambia la rana, 55
  medir el movimiento, 207
  mover objetos con imanes, 263
  observar cómo cambian las rocas, 98
  observar el movimiento de una pelota, 187
  observar el sonido, 279
  observar imanes, 251
  observar un campo magnético, 258
  observar un comportamiento aprendido, 61
  ordenar el ciclo de vida de una planta, 11

Lagartija Chuckwalla, lámina de la Unidad B
Lagarto, S12-S13, lámina de la Unidad B
Larva, 44, 56
Lectura de ciencias
"Imanes", 242-243
"La pala mecánica", 170-171
"Oruga", 2, 3
"Rocas, suelos y fósiles", 82-83
Lengua, H13
Leones marinos, 1, 80
Levitar, 254
Literatura,
"Canción del viento", 282
"El canto nocturno de mi casa", 283
"La pala mecánica", 170-171
"Oruga", 2-3
Localización, 177
Lupa, H2
Lustre, 93
Luz, 35, H12
Luz del Sol, 35
Lluvia, 36, 37

Mamíferos, 48, 50-51
Máquinas, 226-227
fuerzas y, 220-225, 236
polea, 223-224
Mariposas, 56-57
Masa, 232-233, H6
Medio ambiente, 7
animales y, 58
pistas sobre el pasado del, 112-119
plantas y, 27-29, 32-37, 40
Medir,
altura, 19
distancia, 67, 177, 180-184, 203
instrumentos para, S19, 182-183

longitud, 25, 53, 113, 122, H4
masa, 89, H6
movimiento, 188
temperatura, H3
volumen, 147, 155
Metro, 180, 183
Mi diario, 5, 17, 40, 43, 65, 76, 85, 111, 124, 127, 161, 164, 173, 193, 196, 199, 227, 236, 245, 267, 270, 273, 297, 300
Mica, 95
Microscopios, S19
Minerales, 86, 90, 95
de las rocas, 88, 90, 94-95
usos para, 134-135
Movimiento, 169, 175
descripción del, 184-189
fuerzas y, 199, 202-209
imanes y, 245, 251, 252, 254-255, 266-267
velocidad y, 188-191
Música, 82-83, lámina de la Unidad D, 242-243

Nariz, H13
Nutrientes, 104, 109, 148

Objetos,
cambio de dirección, 210-213
cambio de velocidad, 200, 210, 214-215
en movimiento, 169, 175, 184-191, 196, 200, 202-209
fricción y, 200, 208-209, 214
fuerzas y, 202-209
gravedad y, 228-233
magnetismo y, 247
ubicación de, 176-181, 196

velocidad de, 188-191
Objetos magnéticos, 247, 248, 250
Objetos no magnéticos, 251
Observa, S11, S13, S14, S16
Ochoa Ellen, Dra., 235
Ocupaciones,
botánico, 39
dibujante de animación, 195
geólogo, 123
técnico en efectos de sonido, 299
Oído, 280 - 281, H12, H14
Oído externo, H12
Oído interno, H12
Oído medio, H12
Oír, 280-281
Ojos, H12, H14 Olas, 101, 280–281
Olas del océano, 101
Olfato, H13
Ondas sonoras, 280–281, 292
Opiniones, S13

Padres,
características que pasan a sus crías, 58, 60–61, 64–65, 68–69, 76
cuidado de la cría, 80
diferente de su, 54-57, 76
parecido a, 43, 46-51, 76
Papilas gustativas, H13
Parque Nacional Secuoya, lámina de la Unidad A
Patinetes, S20
Personas, H12
corredores más veloces, 240
salud y estado físico, H10

sentidos, H12-H13
uso del agua, 142-143
Peso, 232-233
Pez, 48
Piel, H13
Plantas,
atracción de insectos, 16-17
ciclo de vida de las, 1, 12-15
de California, 149
del Parque Nacional Secuoya, lámina de la Unidad A
desgaste de las rocas a través de, 98-99
diferencias en el mismo tipo, 5, 24–29, 40
fósiles de, 112, 114–118, 122, 124
medio ambiente y, 7, 27–29, 32–37, 40
necesidades de las, 144, 148
partes de, 8-11, 14
progenitores y plantas nuevas, 18-23, 40
reciclar y, 159
suelo y, 102, 109, 127, 148
usos de las, 146, 151–153, 164
uvas sin semillas, 30-31
Plumas, 64-65
Población, 6, 28–29, 70–71
Poemas,
"Canción del viento", 282
"El canto nocturno de mi casa", 283
"La pala mecánica", 170-171
"Oruga", 2-3
Polea, 200, 223-224
Polos de los imanes, 246, 252–253, 258–259, 262, 270
Posición, 173, 174, 196

descripción de la, 176–181
movimiento y, 184–191, 204–207
Prímulas silvestres Jeffrey, lámina de la Unidad A
Proceso de investigación, S16
Progenitores,
características que pasan a plantas nuevas, 18-23, 40
plantas nuevas y, 18-23
Propiedades, 81
de minerales, 92–93
de rocas, 88–89, 94–95
de suelos, 106–108, 148–149
Pulmones, 55
Pupa, 44, 56-57
Pupila, H12

Radiólogo, 269
Raíces, 34
Ranas, 54-55
Razonamiento crítico, S13
Reciclar, 127, 128, 158–159, 160–161
Recursos, 81, 128
agua, 127, 132, 140–145, 164
árboles, 150, 151
conservación de, 154–159, 160–161
plantas, 151–153, 164
reciclar los, 127, 128, 158
rocas, 132–135, 164
suelo, 132, 146–150, 164
Recursos naturales, 128
agua, 132, 140–145, 164
árboles, 150, 151
conservación de, 154–159, 160–161

plantas, 151–153, 164
rocas, 132–135, 164
suelo, 132, 146–150, 164
Regla, 180, H4
Repeler, 248, 252–253, 255, 258, 262, 266-267, 270
Represa Hoover, 145
Represas, 145
Reproducir, 44, 45, 48, 60
Reptiles, S12-S13, lámina de la Unidad B, 48
Riego, 129, 144
Robots, S18-S19
Rocas, 86, 88–89, 90–91
cambios en, 96–101, 122
del Cañón de Roca Roja, lámina de la Unidad B, 85
desgaste, 87, 124
en el suelo, 102, 104, 105, 106–107, 108, 122
minerales en, 88, 92–93, 95, 122, 124
propiedades de, 85, 88–89, 94–95
tamaños de, 85
usos de, 127, 130–135, 136–139, 164, 168
Rotula tablas, H7

Sacar conclusiones, S15, S16
Salamandras de California, lámina de la Unidad A
Salud y estado físico, H10
ejercicio, H16
grupos alimenticios, H17
mantente seguro en la carretera, H15
protege tus ojos y oídos, H14
tus sentidos, H12-H13

Seguridad, S24, H14, H15
con los ojos, H14
Seguridad al caminar, H15
Seguridad cuando viajas en autobús, H15
Seguridad cuando viajas en automóvil, H15
Semillas, 5, 6, 8–15, 18–20, 22–23
Seres vivos,
brote, 18-23, 43, 76
cambio con el tiempo, 112-119
características aprendidas, 44, 58, 62–63, 76
características heredadas, 20–23
cría, 46-47, 60
cuidado de los padres, 80
fósiles de, 85, 86, 112–119
medio ambiente y, 7
necesidades de, 142
parecidos a sus progenitores, 43, 46–51, 76
Ver también Animales; Plantas.
Simuladores, S11
Sistema métrico, 182-183
Sonido, 273, 275, 276–281, 292, 304, H12
de ballenas, 296–297
técnico en efectos de sonido, 299
tono, 273, 274, 284–289, 294–295, 300
volumen, 273, 274, 290–295, 300
Suelo, 85, 86, 98, 110, 124
animales y, 108–109
contaminación de, 163
materiales en, 102–107, 124, 147
plantas y, 127, 148–149
tipos de, 106–107

usos de, 146–151, 164
Suelo fértil, 148
Superficies, 208-209

Tabla de conteo, H8
Tablas, H7-H8
Tacto, 34, 35, H13
Tallos, 13, 34, 35
Tamaño, 286–289, 292
Teatro del lector
Movimiento en la pista de carreras de California, 216-219
Rocas maravillosas, 136-139
Tecnología, S19
Ovillo de lana, 72-73
Trenes maglev, 254-255
Uvas deliciosas, 30-31
Temperatura,
grillos y, S14-S15
lagarto y, S13
medir, H3
plantas y, 36-37
Termómetro, H3
Tierra la,
cambios en la superficie de, 96-101
estudio de, 123
gravedad de, 228-233
materiales de, 81, 90, 123-124
pistas sobre el pasado de, 112-119
Tigres dientes de sable
fósiles de, 120-121
Tímpano, H12
Toma de decisiones, S22 - S23
Tono, 273, 274, 284–289, 294–295
Trabajar juntos, S11, S12, 184, 276
Trabajo, 200, 220–225
Trasbordador espacial, S10-S11
Thompson, George, 30

Thompson, William, 30
Tiranosaurio Rex, 116-117

Ubicación, 173, 174, 176–181

Vaciados, 114–115, 116
Velocidad, 173, 174, 184, 188–191
cambios de, 199, 210, 214–215, 236
de vibraciones, 286
fricción y, 200, 208–209, 214–215
Veterinario, 75
Vibración, 274, 276–281, 300
tono y, 284–289
Vidrio, 159, 168
Viento,
desgaste de rocas por, 96, 98–99
erosión por, 100, 101
plantas y, 36
Vista, H12
Volumen, 273, 274, 290–29

Wack Ray, Dr., 75

Permission Acknowledgements

Excerpt from The Tale of Rabbit and Coyote, by Tony Johnston, illustrated by Tomie de Paola. Text copyright © 1998 by Roger D. Johnston and Susan T. Johnston as Trustees of the Johnston Family Trust. Illustrations copyright © 1998 by Tomie de Paola. Used by permission of G.P. Putnam's Sons, a Division of Penguin Young Readers Group, A Member of Penguin Group (USA) Inc., 345 Hudson Street, New York, NY 10014, the author and Writers House LLC, acting as agent for the author. All rights reserved. Excerpt from Motion: Push and Pull, Fast and Slow, by Darlene Stille, illustrated by Sheree Boyd. Copyright © 2004 by Picture Window Books. Reprinted by permission of Picture Window Books. Excerpt from Let's Go Rock Collecting, by Roma Gans, illustrated by Holly Keller. Text copyright © 1984, 1997 by Roma Gans. Illustrations copyright © 1997 by Holly Keller. Reprinted by permission of HarperCollins Publishers. Excerpt from From Seed to Pumpkin, by Wendy Pfeffer, illustrated by James Graham Hale. Text copyright © 2004 by Wendy Pfeffer. Illustrations copyright © 2004 by James Graham Hale. Reprinted by permission of Harper-Collins Publishers. Excerpt from River of Life, by Debbie S. Miller, illustrated by Jon Van Zyle. Text copyright © 2000 by Debbie S. Miller. Illustrations copyright © 2000 by Jon Van Zyle. Reprinted by permission of Clarion Books, an imprint of Houghton Mifflin Company. Excerpt from Crawdad Creek, by Scott Russell Sanders, illustrated by Robert Hynes. Text copyright © 1999 by Scott Russell Sanders. Illustrations copyright © 1999 by Robert Hynes. Reprinted by permission of National Geographic Society. Excerpt from The Starry Sky: The Sun and Moon, by Patrick Moore, illustrated by Paul Doherty. Copyright © 1994 Aladdin Books Limited. Text copyright © 1994 by Patrick Moore. Revised edition © 2000. Reprinted by permission of Aladdin Books Limited. Excerpt from The Sun: Our Nearest Star, by Franklyn M. Branley, illustrated by Edward Miller. Text copyright © 1961, 1988, 2002 by Franklyn M. Branley. Illustrations copyright © 2002 by Edward Miller III. Reprinted by permission of HarperCollins Publishers. Excerpt from My House's Night Song from My House is Singing, by Betsy R. Rosenthal. Copyright © 2004 by Betsy R. Rosenthal. Reprinted by permission of Harcourt, Inc. This material may not be reproduced in any form or by any means without the prior written permission of the publisher. Wind Song from I Feel The Same Way, by Lilian Moore. Copyright © 1967, 1995 by Lilian Moore. Reprinted by permission of Marian Reiner Literary Agency. Excerpt from What's the Matter in Mr. Whisker's Room, by Michael Elsohn Ross, illustrated by Paul Meisel. Text copyright © 2004 by Michael Elsohn Ross. Illustrations copyright © 2004 by Paul Meisel. Reproduced by permission of the publisher Candlewick Press Inc., Cambridge, MA. Caterpillar from The Animal Fair, by Mary Dawson. Copyright © by Mary Dawson. Reprinted by permission of Bantam Dell Publishing Group, an imprint of Random House Children's Books a division of Random House, Inc. Excerpt from My House's Night Song from My House is Singing, by Betsy R. Rosenthal. Copyright © 2004 by Betsy R. Rosenthal. Reprinted by permission of Harcourt, Inc. The Steam Shovel, by Rowena Bennett. Copyright © 1948 by Rowena Bennett. Reprinted by permission of Kenneth C. Bennett. Wind Song from I Feel The Same Way, by Lilian Moore. Copyright © 1967, 1995 by Lilian Moore. Reprinted by permission of Marian Reiner Literary Agency.

Cover and Title Page

Front cover (Garibaldi) © Gregory Ochocki/Photo Researchers, Inc. (water background) © Flip Nicklin/Minden Pictures. Back cover © Flip Nicklin/Minden Pictures. Spine © Gregory Ochocki/Photo Researchers, Inc. Title page © Gregory Ochocki/Photo Researchers, Inc. End Paper (t) Brandon D. Cole/Corbis. (b) © 1994 M.C. Chamberlain/DRK Photo.

Photography

iv Robert Lubeck/Animals Animals. v Dr. John Cunningham/Visuals Unlimited. vi © NHPA/Daniel Heuclin. vii Dennis Flaherty. viii Myrleen Ferguson Cate/Photo Edit, Inc. ix R. Morley/PhotoLink/Photodisc Green/Getty Images. xi Chuck Place/Place Stock Photo. CA Standards (l) Nigel Cattlin/Photo researchers, Inc. (pc-tl) OSF/Fleetham, D./Animals Animals. (pc-tr) Frans Lanting/Minden Pictures. (pc-tcr) Tim Davis/Photo Researchers, Inc. (pc-bcr) Jane Burton/DK Images. (pc-br) M. Botzek/Zefa/Masterfile. (pc-bl) John Daniels/Ardea. (pc-bcl) Juniors Bildarchiv/Nature Company/Alamy. (pc-lc) Jane Burton/DK Images. (cl) Bios/Peter Arnold. (cr) Ernest A. Janes/Bruce Coleman. (tr) Jeff Foott/Bruce Coleman, Inc. (tcr) E. R. Degginger/Bruce Coleman, Inc. (bcr) Kevin R. Morris/Corbis. (br) Dominique Braud/Dembinsky Photo Associates, Inc. S1 Jose Luis Pelaez, Inc./Corbis. S3 Lonnie Duka/Index Stock Imagery. S4 Neal Mishler/GettyImages. S5 Mark A. Schneider/Visuals Unlimited. Unit A Opener: Martin Harvey/Wild Images. CA Field Trip (tr) Ralph A Clevenger/Corbis. (br) Micheal Redmer/Visuals Unlimited. (bkgrd) Frans Laning/Corbis. 1 J.C. Leacock/J.C. Leacock Photography. 2–3 Charles Mann/Photo Researchers. 4–5 Robert W. Ginn/Photo Edit, Inc. 5 (tr) Foodfolio/Alamy. (cl) Nicholas Eveleigh/Iconica/Getty Images. (cr) Chris Burrows/The Garden Picture Library. (bl) Aaron Haupt/Photo Researchers, Inc. 6 (t) Colin Keates/DK Images. (b) Richard Shiell. 6–7 (bkgrd) Art Wolfe. 10 (c), (br) © Dwight Kuhn. (bl) Philip Dowell/DK Images. 11 (cl) George D. Lepp/Corbis. (cr) Neil Flectcher & Matthew Ward/Dorling Kindersley/Getty Images. (b) Altrendo Nature/Getty Images. 14 Gibson Stock Photography. 18 (bl) Michael b. Gadomski/Photo Researchers, Inc. 20–21 Jonathan Blair/Getty Images. 21 (t) Royalty–Free/Corbis. 22 (bl) Gary Moon/Images in Natural Light. 22–23 (bkgrd) Dennis Flaherty. 23 Gary Moon/Images in Natural Light. 24 (bl) Stephen J. Krasemann/DRK Photo. 24–25 (bkgrd) Bill Ross/Corbis. 26 © Dwight Kuhn. 27 © E.R Degginger/Color-Pic, Inc. 28 (tl) Richard Shiell. 28–29 (b) Joseph G. Strauch, Jr. 29 (tr) Donald Specker/Animals Animals–Earth Scenes. 30–31 (bkgrd) Inga Spence/Visuals Unlimited. 31 Richard Shiell/Dembinsky Photo Associates. 32 (bl) N. Et Perennou/Photo Researchers, Inc. 32–33 (bkgrd) Chuck Place. 34 Dinodia Photo Library/Brand X Pictures/Alamy. 35 (tl) David Sieren/Visuals Unlimited. (tr) David Sieren/Visuals Unlimited. (cr) Michael Thompson/Earthscenes. 36 Dr. John Cunningham/Visuals Unlimited. 37 Joseph Devenney/The Image Bank/Getty Images. 39 (t) Photodisc/Getty Images. (b) Luiz C. Marigo/Alamy. 40 (tl) Philip Dowell/DK Images. 40 (tr) Gary Moon/Images in Natural Light. (bl) Richard Shiell. (br) Michael Thompson/Earthscenes. 42–43 (bkgrd) John Cancalosi/Nature Picture Library. 43 (tr) Elmar Krenkel/Zefa/Corbis. (cl) © Bill Horn/Acclaim Images. (cr) John Giustina/Taxi/Getty Images. (bl) IFA/eStock Photo/PictureQuest. 44–45 (bkgrd) Mitsuaki Iwago/Minden Pictures. 44 (t) © E.R. Degginger/Color–Pic, Inc. (c) Eric Lindgren/Ardea. (b) Kevin R. Morris/Corbis. 46–47 Nigel Cattlin/Photo Researchers, Inc. (pc–tl) OSF/Fleetham, D./Animals Animals. (pc–tr) Frans Lanting/Minden Pictures. (pc–tcr) Tim Davis/Photo Researchers, Inc. (pc–bcr) Jane Burton/DK Images. (pc–br) M. Botzek/Zefa/Corbis. (pc–bl) John Daniels/Ardea. (pc–bcl) Juniors Bildarchiv/Nature Company/Alamy. (pc–cl) Jane Burton/DK Images. (pc–tcl) Kevin Schafer/Corbis. 48 (bl) Bios/Peter Arnold. (br) Ernest A. Janes/Bruce Coleman. 49 (tr) Johnny Johnson/Drk Photo. (b) Jeff Foott/Bruce Coleman. 50 (tl) David R. Frazier/Photo Researchers, Inc. (tr) Don & Pat Valenti/DRK Photo. (bl), (br) © Dwight Kuhn 51 (tl) J.L. Lepore/Photo Researchers, Inc. (tr) Anthony Mercieca/Photo Researchers, Inc. (bl) © Dwight Kuhn. (br) DK Images. 52 (bl) Gary Meszaros/Dembinsky Photo Associates. (br) Bob Jensen/Bruce Coleman Inc. 52–53 (bkgrd) Michael Hubrich/Dembinsky Photo Associates. 54 (bl) © E.R. Degginger/Color–Pic, Inc. (bc) E.R. Degginger/Bruce Coleman Inc. (br) Gary Meszaros/Bruce Coleman Inc. 54–55 (bkgrd) Marion Owen/AlaskaStock.com. 55 (bl) E.R. Degginger/Bruce Coleman Inc. (br) John Shaw/Bruce Coleman Inc. 56 © E.R. Degginger/Color–Pic, Inc. 56–57 (bkgrd) Garry Black/Masterfile. 57 © E.R. Degginger/ Color–Pic, Inc. 58 (bl) Tom Lazar/Earth Scenes/Animals Animals. 58–59 (bkgrd) Steve Maslowski/Visuals Unlimited, Inc. 60 John Daniels/Ardea. 61 Dick Iuria/Taxi/Getty Images. 62 (tl) Joe McDonald/DRK Photo. (b) Kevin R. Morris/Corbis. 63 (tl) Jim Bourg/Reuters/Corbis. 66 (bl) Art Wolfe/Getty Images. 66–67 (bkgrd) Frans Lanting/Minden Pictures. 68–69 Ardea. 70 Dominique Braud/Dembinsky Photo Associates, Inc. 71 (tr) Carol Walker/naturepl.com. (cl) Don Mason/Corbis. (cr) Dominque Braud/Dembinsky Photo Associates, Inc. 72–73 (bkgrd) © Frank Siteman/Photo Edit, Inc. 75 (bkgrd) Courtesy of Dr. Ray Wack. 75 (tr) © Christopher Loviny/Corbis. 76 (t) Jeff Foott/Bruce Coleman. (tc) E.R. Degginger/Bruce Coleman. (bc) Kevin R. Morris/Corbis. (b) Dominique Braud/Dembinsky Photo Associates, Inc. 80 (l) Ron Sanford/Corbis. (c) Ron Sanford/Corbis. (r) Claudia Adams/Dembinsky Photo Associates, Inc. Unit B Opener: Robert Harding World Imagery/Almay Images. CA Field Trip (tr)

John Shaw/Bruce Coleman, Inc. (br) © John Cancalosi/DRK Photo. (bkgrd) Dennis Flaherty Photography. **81** © Art Wolfe, Inc. **82–83** © Ken Lucas/Visuals Unlimited. **84–85** (bkgrd) Tom Bean/DRK Photo. **85** (t) Steve Satushek/Getty Images. **85** (tc) © Fritz Poelking/The Image Works. (bc) © Royalty Free/Corbis. (b) © Mark A. Schneider/Visuals Unlimited. **86** (t) Tony Freeman/Photo Edit, Inc. (c) David Young-Wolff/Photo Edit, Inc. (b) Tom Bean/DRK Photo. **86–87** (bkgrd) Arthur M. Greene/Bruce Coleman Inc. **88** (bl) © Royalty Free/Corbis. **88–89** (bkgrd) © Bryan Dadswell/Alamy. **90** Mike Kipling Photography/Alamy Images. **91** Dietrich Leis Stock Photography. **92** (tl) © Vo Trung Dung/Corbis Sygma. (c) © E.R. Degginger/Color-Pic, Inc. (bl) Cherles D. Winters/Photo Reasearchers, Inc. (br) DK Images. **93** (tr) Colin Keates/© DK Images Courtesey of the Natural history Museum, London. (cl) © Mark A. Schneider/Visuals Unlimited. (cr) Harry Taylor/Dorling Kindersley/Getty Images. (b) GC Minerals/Alamy Images. **94** (tl) Stephen J. Krasemann/DRK Photo. (cl) DK Images. (cr) Harry Taylor/DK Images. (b) © E.R. Degginger/Dembinsky Photo Associates, Inc. **95** (t) Andreas Einsiedel/DK Images. (bl) © E.R. Degginger/Color Pic, Inc. (bc) Mark A. Schneider/Photo Researchers, Inc. **95** (br) Harry Taylor/DK Images. **96–97** (bkgrd) © Susan E. Degginger/Color-Pic, Inc. **98** J. David Andrews/Masterfile. **99** (tl) © E.R. Degginger/Color-Pic, Inc. (tr) Rod Planck/Photo Researchers, Inc. (b) © Tom Bean/DRK Photo. **100** Stephen J. Krasemann/DRK Photo. **101** (t) Brian Miller/Bruce Coleman Inc. (c) Thomas Dressler/DRK Photo. (b) © Wally Eberhart/Visuals Unlimited. **102–103** (bkgrd) © Royalty Free/Corbis. **106** © Richard Cummins/Corbis. **107** (bl) David Young-Wolff/Photo Edit, Inc. (bc) John William Banagan/The Image Bank/Getty Images. (br) © E.R. Degginger/Color-Pic, Inc. **108** (l) Holt Studios/Nigel Cattlin/Photo Researchers, Inc. (r) © Dwight Kuhn/Bruce Coleman, Inc. **109** George D. Lepp/Corbis. **112** (bl) Francois Gohier/Photo Researchers, Inc. **112–113** Kazimieras Mizgiris/AFIAP/Mizgiris Amber Museum. **115** © Alvis Upitis/Superstock. (cr) William P. Leonard/DRK Photo. (br) William P. Leonard/DRK Photo. **116–117** DK Images. **117** (t) Bob Jensen/Bruce Coleman, Inc. (r) Frank Staub/Index Stock Imagery. **118** (bl) Ed Reschke/Peter Arnold, Inc. (br) Charles R. Belinky/Photo Researchers, Inc. **119** (tc) Francois Gohier/Photo Researchers, Inc. (tr) Tom Bean/DRK Photo. (br) T.A. Wiewandt/DRK Photo. **120** © NHPA/Daniel Heuclin. **120–121** (bkgrd) © William Leonard/DRK Photo. **121** (t) © Soqui Ted/Corbis Sygma. **122** © Alber J. Copley/Visuals Unlimited. **123** © Paul A. Souders/Corbis. **124** (tl) Andreas Einsiedel/DK Images. (tr–inset) © Richard Cummins/Corbis. (bl), (br) Tom Bean/DRK Photo. **126–127** (bkgrd) Craig C. Sheumaker/Panoramic Images. **127** (t) Time Life Pictures/Getty Images. (cl) © Bohemian Nomad Picturemakers/Corbis. (cr) Larry Ulrich Stock Photography. (b) Alan Detrick/Photo Researchers, Inc. **128** (t) Buddy Mays/Corbis. (c) © Mike Stone/Alamy. (b) Arnold John Kaplan/Photri. **128–129** (bkgrd) © Royalty–Free/Corbis. **130** (bl) © E.R. Degginger/Bruce Coleman, Inc. **130–131** (b) S. Solum/Photolink/Getty Images. **132** © Royalty Free/Corbis. **133** (tl), (tcl) Tony Freeman/Photo Edit, Inc. (tcr) © Phil Degginger/Color–Pic, Inc. (tr) Roger Wood/Corbis. (cl) Larry Stepanowicz/Visuals Unlimited. (cr) Owen Franken/Corbis. (bl) Mark Schneider/Getty Images. (lcb) Johner Images/Getty Images. (rcb) © Jeff Greenberg/The Image Works. (br) © Mark Antman/The Image Works. **134** (tl) Superstock. (tr) Colin Keates/DK Images. (cl) DK Images. (cr) Harry Taylor/DK Images. (bl) Jack Sullivan/Alamy Images. (bcl) Charles D. Winters/Photo Researchers, Inc. (br) Ben Johnson/Science Photo Library/Photo Researchers, Inc. **135** © E.R. Degginger/Color-Pic, Inc. **140** (bl) Jock Montgomery/Bruce Coleman Inc. **140–141** (bkgrd) Jonathan Nourok/Photo Edit, Inc. **142** (cr) SW Productions/Getty Images. (b) Myrleen Ferguson Cate/Photo Edit, Inc. **143** (tr) David Schmidt/Masterfile. (bl) Doug Martin/Photo Researchers, Inc. (br) David Young-Wolff/Photo Edit, Inc. **144–145** (b) © Royalty–Free/Corbis. **145** (tr) Michael E. Lubiarz/Dembinsky Photo Associates, Inc. **146** (bl) S.L. Francisco Ontanon/The Image Bank/Getty Images. **146–147** (bkgrd) Andreas Stirnberg/The Image Bank/Getty Images. **149** (t) AGStockUSA. (c) © Verna R. Johnston/Photo Researchers, Inc. (b) Dr, John D. Cunningham/Visuals Unlimited, Inc. **150** © Felicia Martinez/Photo Edit, Inc. **151** (t) Skye Chalmers/Getty Images. (tr) Ingram Publishing/Index Stock/Alamy Images. (c) Buddy Mays/Corbis. (bl) C Squared Studios/Getty Images. (br) Michael D.L. Jordan/Dembinsky Photo Associates, Inc. **152** (tl) © E.R. Degginger/Color-Pic, Inc. (tr) Wolfgang Kaehler/Corbis. (bl) Paul Van Gaalen/zefa/Corbis. (br) Richard H. Johnston/Taxi/Getty Images. **153** © Clynt Garnham/Alamy. **154** Tim Johnson. **156** Lorne Resnick/Getty Images. **157** (tl) Superstock. (tr) Charles Orrico/Superstock. (br) Myrleen Ferguson Cate/Photo Edit, Inc. **158** (bl) Eric Fowke/Photo Edit, Inc. (br) © E.R. Degginger/Color-Pic, Inc. **159** (t) © Joe Sohm/The Image Works. (b) Andreas Von Einsiedel/DK Images. **163** Randy A. Dahlgren. **164** (tl) © Phil Degginger/Color Pic, Inc. (tr) © Mark Antman/The Image Works. (ltc) SW Productions/Getty Images. (rtc) Michael E. Lubiarz/Dembinsky Photo Associates. (lbc) © Felicia Martinez/ Photo Edit, Inc. (rbc) AGStockUSA. (bl) Ingram Publishing/Index Stock/Alamy Images. **168** (l), (c) Courtesy of Spectrum Glass. (r) Kevin Fleming/Corbis. Unit C Opener: Jeff Greenberg/The Image Works. CA Field Trip (tr) Gibson Stock Photography. (br) Myrleen Ferguson Cate/Photo Edit, Inc. (bkgrd) Steve Hamblin/Alamy. **169** Baby Face/PictureQuest. **172–173** (bkgrd) Roy Ooms/Masterfile. **173** (cr) Katia Zimmermann/Getty Images. **174** (b) Andy Rouse/The Image Bank/Getty Images. (c–bkgd) Imagina/Atsushi Tsunoda/Alamy. **174–175** (bkgrd) Tony Freeman/Photo Edit, Inc. **176** (bl) Bachmann/Photo Researchers, Inc. **176–177** (bkgrd) © Tony Freeman/Photo Edit, Inc. **180–181** (t–bkgrd) IMAGINA/Atsushi Tsunoda/Alamy. **183** H. Mark Helfer/NIST/National Institute of Standards and Technology. **186** Picture Plain/Photo Library.com. **187** (l) R. Morley/PhotoLink/Photodisc Green/Getty Images. (r) Peter Gridley/Taxi/Getty Images. **188–189** (b) David Madison/Stone/Getty images. **189** (tr) Alan Thornton/Stone/Getty Images. **191** Andy Rouse/The Image Bank/Getty Images. **195** Mark Spress. **196** (tr-bkgd) IMAGINA/ Atsushi Tsunoda/Alamy. (bl) Peter Gridley/Taxi/Getty Images. (br) Alan Thornton/Stone/Getty Images. **198–199** (bkgrd) © Zoran Milich/Masterfile. **199** (tr) © Royalty Free/Corbis. (cl) © RubberBall/Alamy. (cr) Mark Viker/Iconica/Getty Images. (bl) © Dennis MacDonald/Photo Edit, Inc. **200** (c) Philip Gatward/DK Images. **200–201** (bkgrd) George Gerster/Photo Researchers, Inc. (bkgrd inset) Tom Sanders/Photri. **202** (bl) Rolf Bruderer/Corbis. **204** Royalty–Free/Corbis. **208** Philip Gatward/DK Images. **209** Gary Conner/Photo Edit, Inc. **210** (bl) Blair Seitz/Photo Researchers, Inc. **210–211** (bkgrd) Blair Seitz/Photo Researchers, Inc. **212–213** © HMCo. **214** Myrleen Ferguson Cate/Photo Edit, Inc. **220** (bl) Robert W. Ginn/Photo Edit, Inc. **220–221** (bkgrd) Robert W. Ginn/Photo Edit, Inc. **224** (l) Daid Leahy/Photodisc Red/Getty Images. (r) Susan Van Etten/Photo Edit, Inc. **228** (tr) Tom Sanders/Photri. **228–229** (bkgrd) Georg Gerster/Photo Researchers, Inc. **230** Royalty–Free/Corbis. **232** © Wally Eberhart/Visuals Unlimited. **235** (bl) NASA/Photo Researchers, Inc. (br) Photri–Microstock. (bkgrd) StockTrek/Photodisc/Getty Images. **236** (bl) © HMCo. **240** Reuters/Corbis. Unit D Opener: Tek Image/Photo Researchers, Inc. CA Field Trip (tr), (br) Ken Ross/Viesti Associates, Inc. (bkgrd) Rich Schmitt Photography. **241** Steve Taylor/Stone/Getty Images. **244** Alamy Images. **245** Noeru Takizawa/Photonica/Getty Images. **246** (t) Michael Newman/Photo Edit, Inc. (b) ©HMCo. **254–255** LIU Jin/AFP/Getty Images. **258** ©HMCo. **260** (tr) Tim Pannell/Corbis. **260–261** ©HMCo. **269** (tr) Lester Lefkowitz/Coris Images. (b) Gary Turchin/Chilldren's Hospital and Research Center, Oakland. **272–273** (bkgrd) Daniel Bosler/Stone/Getty Images. **273** (tr) John D. Norman/Corbis. (cl) Royalty–Free/Corbis. (br) Panoramic Images/Getty Images. **274** (c) Premium Stock/Corbis. (b) Gabe Palmer/Corbis. **274–275** (bkgrd) Chuck Place/Place Stock Photo. **276–277** (bkgrd) Image100/Alamy Images. **281** (tl) Michael Newman/Photo Edit, Inc. (tr) Michael Newman/Photo Edit, Inc. **284** (bl) A. Ramey/Photo Edit, Inc. **284–285** David Madison/Photodisc/Getty Images. **286** Steve Shott/DK Images. **287** (tl) C. Squared Studios/Photodisc/Getty Images. (tr), (bl), (br) PhotoDisc/Getty Images. (cl) Premium Stock/Corbis. (cr) Cyril Laubscher/DK Images. **289** (tr) Photodisc Collection/Photodisc Blue/Getty Images. **290** (br) Michael Newman/Photo Edit, Inc. **290–291** (bkgrd) Michael Newman/Photo Edit, Inc. **292** (bl) Michael Newman/Photo Edit, Inc. **293** (inset) Gabe Palmer/Corbis. (bkgrd) Nasa. **294** (cl) Michael Newman/Photo Edit, Inc. (br) Alan Schein Photography/Corbis. **295** (tl) David Young-Wolff/Photo Edit, Inc. (cr) Lothar Lenz/Masterfile. **299** (tl) © Michael Newman/Photo Edit, Inc. (bkgrd) DK Images. **300** (tl) Cyril Laubscher/DK Images. (tr) Premium Stock/Corbis. (bl) NASA. (br) Michael Newman/Photo Edit, Inc.

Assignment

x ©HMCo./Ken Karp Photography. CA Standards TOC ©HMCo. **S6** Hmco/Ken Karp Photography. **8, 9, 18, 19, 24, 25, 32, 33, 46, 47, 52, 53, 58, 59** ©HMCo./Ken Karp Photography. **66** (t) ©HMCo./Richard Hutchings Photography. **66** (c) ©HMCo./Ken Karp Photography. **67, 73** ©HMCo./Ken Karp Photography. **88, 89, 96, 97, 102, 103** ©HMCo./Richard

Hutchings Photography. **106** ©HMCo./Lawrence Migdale. **107** ©HMCo./Ken Karp Photography. **112, 113** Hmco/Richard Hutchings Photography. **124** ©HMCo./Lawrence Migdale. **131, 134, 135** ©HMCo/Richard Hutchings Photography. **136, 138** ©HMCo./Ken Karp Photography. **141, 146, 147** ©HMCo./Richard Hutchings Photography. **148, 152** ©HMCo./Ken Karp Photography. **155** ©HMCo./Richard Hutchings Photography. **158, 164, 173, 174** ©HMCo./Ken Karp Photography. **176, 177** ©HMCo./Richard Hutchings Photography. **178, 179, 181, 182, 183, 184, 185** (bkgrd) ©HMCo./Ken Karp Photography. **185** ©HMCo./Richard Hutchings Photography. **196** ©HMCo./Ken Karp Photgraphy. **200** ©HMCo./Lawrence Migdale Photography. **202, 203, 204** ©HMCo./Richard Hutchings Photography. **205, 206** ©HMCo./Ken Karp Photography. **207, 208** ©HMCo./Lawrence Migdale Photography. **210, 211, 215** ©HMCo./Richard Hutchings Photography. **217, 218, 219** ©HMCo./Ken Karp Photography. **220, 221** ©HMCo./Richard Hutchings Photography. **222, 223** ©HMCo./Lawrence Migdale. **225, 228, 229, 232** ©HMCo./Richard Hutchings Photography. **233** ©HMCo./Silver Editions. **236, 242, 243** ©HMCo./Ken Karp Photography. **244–245** (bkgrd) ©HMCo./Silver Editions. **245** (tr), (br) ©HMCo./Ken Karp Photography. **246** ©HMCo./Richard Hutchings Photography. **246–247** (bkgrd) ©HMCo./Ken Karp Photography. **248, 249** ©HMCo./Richard Hutchings Photography. **250–251** (bkgrd) ©HMCo./Richard Hutchings Photography. **251** (t), (b) ©HMCo./Ken Karp Photography. **252** ©HMCo./Ken Karp Photography. **253** ©HMCo./Richard Hutchings Photography. **256–257** (bkgrd), (bl) ©HMCo./Silver Editions. **259, 260**, ©HMCo./Richard Hutchings Photography. **260** (bl frame) ©HMCo./Ken Karp Photography. **261** ©HMCo./Richard Hutchings Photography. **262, 263, 264, 265** ©HMCo./Ken Karp Photography. **270** (tl), (tr), (bl) ©HMCo./Richard Hutchings Photography. **270** (br) ©HMCo./Ken Karp Photography. **274, 276** (bl) ©HMCo./Ken Karp Photography. **276, 277** ©HMCo./Richard Hutchings Photography. **278, 279** ©HMCo./Ken Karp Photography. **280, 284, 285, 288** ©HMCo./Richard Hutchings Photography. **289** ©HMCo./Ken Karp Photography. **291, 292** ©HMCo./Richard Hutchings Photography.

Illustration
6 Pat Rossi Calkin. **12–13** Wendy Smith. **14–15** Pat Rossi Calkin. **38** Daniel Del Valle. **74** (cl) Jim Kelly. (br) Daniel Del Valle. **104–105** Richard Orr. **108–109** Phil Wilson. **114–115** Michigan Science Art. **119** Michael Maydak. **122** Daniel DelValle. **136–139** Cheryl Mendenhall. **149** Joe LeMonnier. **154–155** Tim Johnson. **156–157** Digital Dimensions. **162** Jim Kelly. **170–171** Russell Benfanti. **182** Nathan Jarvis. **190** Mircea Catusanu. **194** Jim Kelly. **200** George Baquero. **212–213** ©HMCo. **216–219** Chris Lensch. **223** George Baquero. **225** Jeffrey Mangiat. **231** George Baquero. **234** Jim Kelly. **236** George Baquero. **254** Ortelious Cartography. **255** Patrick Gnan. **262** Daniel Del Valle. **268** Jim Kelly. **280** Sharon and Joel Harris. **282** Laura Ovresat. **283** Shane McGowan. **298** Jim Kelly. **304** David Klug.

Extreme Science
PHOTOGRAPHY: **16–17** © Jeff Miller/University of Wisconsin–Madison. **17** © Austin Weeks/Courtesy of Fairchild Tropical Botanic Garden. **64–65** © Stephen Green–Armytage. **110–111** © Andrew Syred/Science Photo Library. **160–161** AP Photo/The Albuquerque Journal, Olin Calk. **161** (t) Jose Azel/Aurora. **192–193** © 2006 Andy Washnik. **193** (tr) Jeremy Davey/SSC Programme Ltd. **226–227** © Hans Georg Eiben/f1online/Alamy. **266–267** Patrick Walters/Coasterimage.com. **267** (bl) Gustavo Vanderput–Abranches. **296–297** © Phillip Colla/www.OceanLight.com. ILLUSTRATION: **297** Jack Desrocher.

Nature of Science
PHOTOGRAPHY: **S7** (solar disc) © Brand X Pictures/The Stocktrek Corp/Alamy Images. **S9** © Jose Luis Pelaez, Inc./CORBIS. **S10–11** JSC/NASA. **S12–13** © Ernest Manewal/Superstock. **S13** (br) © HMCo./Ed Imaging. **S14–15** Stephen Dalton/NHPA. **S15** (r) © HMCo./Ed Imaging. **S16–17** © HMCo./Joel Benjamin Photography. **S18–19** Lloyd C. French/JPL/NASA. **S19** (r) © Reuters/CORBIS. **S20–21** (bkgd) © David Martyn Hughes/Alamy Images. **S20–21** (l) (m) (r) © HMCo./Bruton Stroube. **S22–23** © Craig Steven Thrasher/Alamy Images. **S24** © HMCo./Richard Hutchings Photography.

Health and Fitness Handbook
PHOTOGRAPHY: **H10** © Ariel Skelley/Corbis. **H13** George Shelley/Masterfile. **H14** (t) Picturequest. (b) Photodisc/Getty Images. **H15** (t) Brad Rickerby/Getty Images. (m) Rubberball/Getty Images. (b) Photodisc/Getty Images. **H16** (t) Dex Image/Getty Images. (b) Ariel Skelley/Corbis. ILLUSTRATION: **H18–H19** William Melvin. **H23** Linda Lee.

Science and Math Toolbox
H7 (t) John Giustina/Getty Images. (m) Georgette Douwma/Getty Images. (b) Giel/Getty Images. **H8** Photodisc/Getty Images.

Picture Glossary
PHOTOGRAPHY: **H18** (t) Johnny Johnson/DRK Photo. (c) Michael Newman/Photo Edit, Inc. (b) Gibson Stock Photography. **H19** (t) Superstock. (tc) ©HMCo. (c–inset) IMAGINA /Atsushi Tsunoda/Alamy. (b) Art Wolfe, Inc. **H20** (t) Brian Miller/Bruce Coleman Inc. (tc) AGStockUSA. (c) Neil Flectcher & Matthew Ward/Dorling Kindersley/Getty Images. (b) Tom Bean/DRK Photo. **H21** (t) Philip Gatward/DK Images. (tc) © Dwight Kuhn. (bc) © Mark Antman/The Image Works. **H22** (tc) Dominque Braud/Dembinsky Photo Associates, Inc. (bc) Royalty–Free/Corbis. (b) © Royalty–Free/Corbis. **H23** (t) © E.R. Degginger/ Color-Pic, Inc. (tc) Kevin R. Morris/Corbis. (b) ©HMCo. **H24** (t) ©HMCo. (bc) © E.R. Degginger/Color-Pic, Inc. (b) Tony Freeman/Photo Edit, Inc. **H25** (t) Larry Ulrich Stock Photography. (tc) © E.R. Degginger/Color-Pic, Inc. (bc) John Daniels/Ardea. **H26** (tc) Richard Shiell. (b) © E.R. Degginger/ Color-Pic, Inc. **H27** (t) Arnold John Kaplan/Photri. (bc) Ernest A. Janes/Bruce Coleman, Inc. (b) Tony Freeman/Photo Edit, Inc. **H28** (t) © Dwight Kuhn. (b) Andy Rouse/The Image Bank/Getty Images. **H29** (tc) Michael Newman/Photo Edit, Inc. (bc) J. David Andrews/Masterfile. ASSIGNMENT: **H19** (c) ©HMCo./Ken Karp Photography. (bc) ©HMCo./Lawrence Migdale Photography. **H20, H24, H25** (bc) ©HMCo./Ken Karp Photography. **H26** (t) ©HMCo./Richard Hutchings Photography. (c) ©HMCo./Ken Karp Photography. **H27** (tc) ©HMCo./Ken Karp Photography. **H28** (tc) ©HMCo./Lawrence Migdale. (c) ©HMCo./Ken Karp Photography. (bc) ©HMCo./Richard Hutchings Photography. **H29** (t) ©HMCo./Ken Karp Photography. (b) ©HMCo./Richard Hutchings Photography. ILLUSTRATION: **H19** (tc) ©HMCo. **H21** (b) George Baquero. **H22** (t) Richard Orr. **H23** (bc) Wendy Smith. **H26** (bc) George Baquero. **H28** (bc–inset) Sharon and Joel Harris.

Ciencias para California 2

Richard Bard School